|g|r|a|f|i|t|

© 2018 by GRAFIT Verlag GmbH
Chemnitzer Str. 31, D-44139 Dortmund
Internet: http://www.grafit.de
E-Mail: info@grafit.de
Alle Rechte vorbehalten.
Umschlaggestaltung: Nele Schütz Design
unter Verwendung von shutterstock/Diego Schtutmann (Hintergrund),
Elina Li (Herz), Cafe Racer (Riss)
Druck und Bindearbeiten: GGP Media GmbH, Pößneck
ISBN 978-3-89425-587-9
1. 2. 3. / 2020 19 18

Lucie Flebbe

Jenseits von Wut

Kriminalroman

|g|r|a|f|i|t|

DIE AUTORIN

Lucie Flebbe, geb. 1977 in Hameln, lebt mit Mann und Kindern in Bad Pyrmont. Mit ihrem Krimidebüt ›Der 13. Brief‹ mischte sie 2008 die deutsche Krimiszene auf. Folgerichtig wurde sie mit dem ›Friedrich-Glauser-Preis‹ als beste Newcomerin in der Sparte ›Romandebüt‹ ausgezeichnet. Die Geschichte der Detektivazubine Lila Ziegler lässt sich über acht weitere Romane verfolgen.

Mit ›Jenseits von Wut‹ startet eine Trilogie um die Kriminalkommissarin Eddie Beelitz. Die Folgebände heißen ›Jenseits von schwarz‹ und ›Jenseits von tot‹.

www.lucieflebbe.de

ZOMBIE

Freddie spuckte Blut auf den Boden. »Scheiße, Alter! Glaubst du den Schwachsinn etwa?«

Die Kiekser in seiner dröhnenden Stimme verrieten, dass das Dreckschwein genau wusste, wie gern ich ihm den Hals umdrehen würde. Angstschweiß glänzte auf seiner Glatze, seine tief liegenden Augen flitzten auf der Suche nach einem Fluchtweg unter den buschigen Brauen hin und her.

Natürlich ließ ich ihn nicht gehen. Ich hatte ihn bewusst in der Ecke neben den Metallspinden in die Zange genommen, ich wusste ja, wen ich mir vorknöpfte. Jetzt stand er mit dem Rücken zur Wand.

»Zombie, Alter! Krieg dich ein!«

Blut tropfte von Freddies Kinn und lief seine Arme hinunter, als er die Fäuste schützend vors Gesicht hob. Sein Bizeps, der den Umfang eines durchschnittlichen Beins hatte, zuckte nervös.

»Ich hab nix gemacht, ehrlich! Du weißt doch, wie die Weiber manchmal sind.«

Meine Wut explodierte grellrot. Seine Linke ruckte reflexartig nach unten, als ich einen unfairen Tiefschlag andeutete. Kaum war die Deckung weg, prallte meine Faust gegen seine Stirn, hellrotes Blut spritzte, sein kahler Schädel krachte gegen den Blechschrank. Freddie sackte zusammen.

EDDIE

Zurückstellung Ihres Antrags auf Verlängerung des Sonderurlaubs

Sehr geehrte PK Kramaczik-Beelitz,

Ihr Antrag auf Verlängerung Ihres Sonderurlaubs um ein weiteres Jahr zum Zweck der Kindererziehung ist eingegangen.

Aufgrund des aktuellen personellen Engpasses geben wir Ihnen die Gelegenheit, Ihren Wunsch noch einmal zu überdenken.

Wie Sie wissen, haben Sie ein Anrecht auf Arbeitszeitreduzierung. Gern wird Ihre zuständige Dienststelle Ihren Wiedereinstieg in die Berufstätigkeit mithilfe einer Teilzeitregelung und internen Schulungen unterstützen. Auch Ihre Wünsche bezüglich Einsatzort und -bereich werden, soweit organisatorisch möglich, berücksichtigt.

Verbindlich zur Rückkehr in den Dienst oder Verlängerung Ihres Sonderurlaubs äußern müssen Sie sich spätestens drei Monate vor Dienstbeginn. In Ihrem Fall bedeutet das, dass Sie sich bis zum 31. Juli festlegen müssen.

Mit der Bitte um Überprüfung stellen wir Ihren Antrag um die verbleibenden vier Wochen zurück. Als Anlage erhalten Sie die Broschüre » Unter Umständen – Informationen zu Schwangerschaft und Elternschaft« der Gewerkschaft der Polizei NRW.

Mit freundlichen Grüßen,
Die Polizeipräsidentin

»Eddie? Wenn du dich schon wieder aufs Klo verdrückt hast, flippe ich aus, das schwöre ich dir!«

Mist! Philipp hatte gemerkt, dass ich weg war.

Hastig faltete ich das alte Schreiben zusammen. An den Stellen, an denen die Knicke ihre Linien hinterlassen hatten, war das Papier vom ständigen Auseinander- und wieder Zusammenfalten dünn und teilweise eingerissen. Die Zeilen konnte ich auswendig, weil ich sie immer las, wenn ich mich im Badezimmer aufhielt. Und ich hielt mich nicht gerade selten im Badezimmer auf.

Die Frist, in der ich mich für die Rückkehr in den Dienst hätte entscheiden können, war lange abgelaufen. Mittlerweile war es schon Ende Oktober.

Den Brief hatte auch nicht wirklich die Polizeipräsidentin unterschrieben, sondern ein gewisser *I. Lambrecht*, in Vertretung. Weder Lambrecht noch die Polizeipräsidentin kannten mich persönlich. Genau wie fünfundneunzig Prozent der übrigen etwa tausendneunhundert Polizeibeamten, die derzeit in Bochum Dienst schoben. Die allermeisten ahnten rein gar nichts von meiner Existenz. Ich war lediglich eine Karteileiche im Aktenschrank der Personalabteilung.

So ein Brief ging vermutlich standardmäßig raus. Immer wenn Mitarbeiterinnen und Mitarbeiter, die sich aus welchem Grund auch immer im Sonderurlaub befanden, diesen verlängern wollten. Eine Maßnahme, um dem aktuellen Personalengpass entgegenzuwirken. Genau wie die Plakate mit fröhlichen, jungen Menschen in Uniform, die zurzeit in sämtlichen öffentlichen Gebäuden für eine Ausbildung bei der Polizei warben.

Ich wusste selbst nicht, warum ich das Schreiben seit Wochen unter der Pyramide aus Klopapierrollen auf der Fensterbank versteckte, anstatt es endlich wegzuwerfen. Ich wollte nicht ernsthaft zurück in den aktiven Dienst. Es war auch gar nicht möglich, Lotti ging noch nicht einmal in die Schule. Außerdem hasste ich den Job. Trotzdem achtete ich sorgfältig darauf, die Toilettenpapierpyramide nicht so weit zusammenschrumpfen zu lassen, dass der Zettel darunter sichtbar wurde.

»Eddie?«

Ich stopfte das Schreiben zurück unter den Klopapierturm, sprang von der Toilette und versuchte, meinen Hintern zurück in die knatschenge Kunstlederhose zu quetschen.

Philipp rüttelte an der Türklinke.

»Es ist keine Viertelstunde her, seit du zum letzten Mal auf dem Klo verschwunden bist«, zischte er. »Was ist mit diesen Einlagen? Benutzt du die überhaupt?«

»Ich komme schon«, überging ich die Frage.

»Und ich fliege zum Mond. Auf einem Einhorn mit Flügeln«, ätzte Philipp. »Ich warte auf dich.«

Ich warf einen Blick in den Spiegel. Meine Nase war rot und schien größer zu werden und meine Augen glänzten verräterisch. Hastig griff ich nach dem Make-up.

»Hörst du schwer?«, wurde mein Mann lauter, weil ich immer noch nicht reagierte.

Mit den Fingerspitzen tupfte ich die Schminke um meine Nase, doch eine Träne löste sich aus meinem Augenwinkel und hinterließ einen schwarzen Bach aus Wimperntusche auf meiner blassen, rechten Wange. Ehe ich mich versah, hatte sich die Wimperntusche mit dem Make-up vermischt und meine knubbelige Nase grau gefärbt.

Verdammt! Wieso brach ich andauernd in Tränen aus, obwohl es überhaupt keinen Grund dafür gab?

Genervt griff ich das Handtuch und rubbelte das Make-up wieder weg. Jetzt stach mein rot geheultes Riechorgan aus meinem Gesicht hervor wie eine Clownsnase aus Plastik. Außerdem waren die dicken, hellbraunen Sommersprossen auf meinem rechten Jochbein zum Vorschein gekommen.

»Unten stehen zwanzig potenzielle Geschäftspartner, die unter anderem deinen nächsten Fünfhundert-Euro-Friseur-besuch bezahlen sollen. Aber du hast eine nervöse Blase und ich kann alles allein machen«, knurrte Philipp gereizt. »Du bist doch total gestört!«

Ich ließ das Handtuch sinken, mein Blick wanderte auf den glänzenden, dunklen Zopf, der über meine rechte Schulter bis an meine Hüfte baumelte. *Ich* hatte die unechte Mähne nicht gewollt. Philipp stand auf lange Haare – aber was die Mega-Extensions kosteten, hatte ihn doch überrascht.

»Die ersten Gäste flüchten gleich, weil sie glauben, sie fangen sich bei uns den Norovirus ein«, tobte Philipp vor der Tür weiter. »Ich schnalle nicht, wie man hoffnungslos überfordert sein kann, wenn man lediglich höflich lächeln soll. Wenn du in fünf Minuten nicht drüben im Trainings-zentrum aufgetaucht bist, gibt es heute Abend noch richtig Stress.«

Endlich entfernten sich seine Schritte.

Mein Herz raste.

Meine Fünfhundert-Euro-Extensions waren vom Hinter-kopf aus zu einem dicken, dunklen Zopf geflochten. Eine einzelne, mit Glätteisen und Haarfestiger bearbeitete Sträh-ne hing mir lose ins Gesicht. Zusammen mit der dunklen Kunstlederhose, dem figurbetonten, schwarzen Pulli und den Stiefeln mit den Killerabsätzen sah ich aus wie eine Fa-schingsversion von Lara Croft. Eine Möchtegern-Tomb-Raiderin mit einem dicken Hintern, einem Push-up-BH anstelle eines Busens und einer knallroten Hexennase.

Ich kannte die Frau im Spiegel nicht.

Dann erinnerte ich mich dumpf an Philipps Warnung. Ich restaurierte mein Make-up, straffte die Schultern und entriegelte die Tür.

Kurz darauf trat ich durch eine unauffällige Stahltür direkt in die Halle, die an die Rückseite unseres Wohnhauses grenzte. Von der verkehrsberuhigten Sackgasse aus betrachtet, sah unser Klinkerbau wie ein ganz normales Einfamilienhaus mit Garten aus. Trat man aber von der Parallelstraße auf das Grundstück, befand man sich auf dem Parkplatz vor einer flachen, grauen Halle. *Physio-World Bochum* war über dem Eingang zu lesen, neben dem runden Logo mit dem stilisierten Körper, den ursprünglich Leonardo da Vinci gezeichnet hatte.

Im weitläufigen, klimatisierten Innenraum herrschte Urlaubsfeeling. Es gab sandfarbenen Boden, plätschernde Zimmerbrunnen und Fototapeten mit Palmen. Dazwischen standen moderne Krafttrainingsgeräte mit sonnengelben Polstern. Nach dem Training konnte man einen pinkfarbenen Eiweißshake in Longdrink-Optik nippen. Die Atmosphäre eines All-inclusive-Hotels auf Malle trug Philipps Meinung nach entscheidend zum Erholungsgefühl seiner Kundschaft bei.

In meinem Fall trugen Entspannungsliegen mit Sonnenstuhlcharakter und übereinander ausbalancierte Steintürmchen zum unmittelbar bevorstehenden Nervenzusammenbruch bei.

So unauffällig wie möglich näherte ich mich den Menschen, die einen deckenhohen, anthrazitfarbenen Trainingssturm umringten. Mein Mann hatte sich nach seinem Physiotherapiestudium zügig mit seinem Rehasportzentrum selbstständig gemacht. Jetzt zog er, umringt von Anzugträgern und mehreren Frauen in Businesskostümen, ein an einem Griff befestigtes Seil in die Länge.

»Der *Ergo-Train* spricht sämtliche Muskelgruppen ergonomisch und effektiv an«, referierte er souverän.

Das war kein auswendig gelernter Text. Philipp beherrschte die hundertdreißig Verstellmöglichkeiten des Fitnessturms einfach umfassend und sprach so begeistert darüber wie ein Trekkie über das originalgetreue Legomodell der *Enterprise*.

»Mit dem Gerät können wir arbeitsplatzspezifisch trainieren und Ihre Mitarbeiter so langfristig fit halten.«

Lotti kauerte hinter dem Empfangstresen und rollte mit den Füßen einen großen, roten Gymnastikball in monotonem Rhythmus gegen die Wand.

Zu den fremden Leuten hielt unsere kleine Tochter Sicherheitsabstand. Sie entdeckte mich im gleichen Moment wie ich sie. Mit ausgestreckten Ärmchen flog sie mir entgegen und mir wurde warm.

Ganz kurz wunderte ich mich wieder über Lottis rote Locken und vergaß Philipps unechte Trainingsoase.

Jedes Mal, wenn ich Lotti ansah, blitzte der Moment im Kreißsaal in meiner Erinnerung auf, in dem sie zum allerersten Mal auf meiner Brust gelegen hatte. Ich hatte nicht damit gerechnet, eine Tochter mit roten Locken zu bekommen.

Die Haare hatte sie von Philipp, die dicken Sommersprossen im ganzen Gesicht von uns beiden und die grünen Augen mit den dunklen Sprenkeln in der Iris hatte ich bereits von meiner Mutter und meine Mutter von meiner Großmutter geerbt.

Lotti hüpfte an mir hoch, als würde die Schwerkraft für sie nicht gelten. Philipp meinte, ihre Sportlichkeit habe sie ebenfalls seinen Genen zu verdanken. Dass ich irgendwann mal den Eignungstest der Polizeihochschule bestanden hatte, schien er vergessen zu haben.

»Wo warst du, Mami?«, piepste Lotti vorwurfsvoll, schlang mir die kräftigen Ärmchen um den Hals und klammerte sich fest, als hätte ich sie in einer düsteren Drachenhöhle zurückgelassen. Obwohl es mittlerweile nach zwanzig Uhr war, brauchte ich nicht zu versuchen, sie ins Bett zu bringen. Solange fremde Stimmen zu hören waren, schlief sie prinzipiell nicht.

»Geht es wieder, Schatz?« Philipp unterbrach seinen Vortrag und heuchelte Besorgnis, während seine blauen Augen bereits zu dem Tablett mit Sektgläsern flitzten, das auf dem Empfangstresen stand.

»Natürlich«, lächelte ich irritiert. Was sollte die Show?

Ein Anzugträger nickte mir wohlwollend zu. Um die Hände frei zu haben, schob ich Lotti auf meinen Rücken, wo sie sich festkrallte wie ein Affenbaby im Nacken seiner sich durch den Urwald hangelnden Mutter. Dann entsorgte ich die benutzten Plastikgläser im Müllsack und schenkte Sekt nach.

Maggie de Jong hatte sich von der Gruppe entfernt und trat zu mir an den Tresen.

Die Holländerin mit dem blonden Pagenkopf und dem zartrosa Businesskostüm kannte ich aus dem Kindergarten. Dummerweise hatte ich Philipp gegenüber erwähnt, dass sie Filialleiterin der örtlichen Sparkasse war. Daraufhin hatte er darauf bestanden, sie einzuladen. Und ich hatte mich beim morgendlichen Puschen-Anziehen im Kindergarten einschleimen müssen.

»Persönliche Kontakte sind das A und O«, hatte Philipp gesagt. »Es geht um unsere Existenz, da wirst du deine Schüchternheit ja wohl mal überwinden können.«

Ich hatte Maggie mit einem kostenlosen Probetrainingsjahr bestochen, das alle, die nicht zufällig Sparkassenfilialleiterinnen waren, gut dreihundert Euro kostete. Seitdem fühlte ich mich, als säße ich im Vorstand eines Großkonzerns und hätte den Betriebsrat ins Bordell eingeladen.

»Als Unternehmerin bist du eine absolute Niete«, lautete Philipps Meinung zu meinen Skrupeln.

Die Stilllegung des nahe gelegenen Opelwerks bereitete dem Trainingszentrum seit geraumer Zeit ernsthafte Probleme: Tausende von Arbeitern waren aus dem Bochumer Süden weggezogen. Jetzt wohnten hier hauptsächlich Studenten, von denen die meisten weder unter chronischen Gebrechen litten noch fünfundvierzig Euro im Monat in die Gesundheitsvorsorge investieren konnten.

Das war der Grund für die Verkaufsveranstaltung am Sonntagabend. So oft wie möglich köderte Philipp Firmenchefs, leitende Angestellte und Handwerksmeister mit eigenem Betrieb mit Sekt, Häppchen und Probestunden, erzählte von »Prävention am Arbeitsplatz«, »Bandscheibenerkrankungen in sitzenden Berufen« und »betrieblichem Gesundheitsmanagement« und sah ungemein attraktiv aus, wenn er seine neuesten Trainingsgeräte vorstellte. Mit Lausbubengrinsen beantwortete er geschmeidig Fragen und drückte jedem Teilnehmer anschließend einen Stapel Gutscheine in die Hand, die diese an ihre Mitarbeiter verteilen konnten. Mit dieser Strategie gelang es ihm allmählich, seine Bilanz wieder aufzupolieren.

»Ihr habt ja einen tollen Laden.« Maggie neigte den Kopf neben mein Ohr. Eine Geste, die vertrauter schien, als wir in Wirklichkeit waren.

Ich biss mir auf die Oberlippe, während ich nickte. Philipp und seine nach Feng-Shui-Raumgestaltungsprinzipien durchgestylte Trainingswelt verfehlten nur selten ihre Wirkung.

Mit den wirren, roten Locken, den Sommersprossen und dem peppigen, orangefarbenen T-Shirt unter seinem gut sitzenden Anzug war mein Mann einfach die Idealbesetzung für seinen Job. Er wirkte jugendlich, extrem kompetent und smart und der Laden mit dem angrenzenden, neuen Wohnhaus vermittelte den Eindruck, als würde das Unternehmen richtig Geld abwerfen – dabei hatte beides in Wirklichkeit mein Schwiegervater nach dem lukrativen Verkauf seiner eigenen Baufirma gesponsert. Die protzige Fassade von Philipps Leben färbte anscheinend ab, die Chefbankerin sah auch mich offenbar mit anderen Augen.

Bisher hatte Maggie de Jong mich nur als Elternsprecherin der ›Eichhörnchen‹ gekannt. Bis vor zwei Stunden hatte sie also lediglich gewusst, dass ich von einem Zettel ablas, wenn ich vor Gruppen sprechen musste, und Zupfkuchen mochte.

Was nicht einmal stimmte. Ich brachte lediglich zu allen denkbaren Anlässen Zupfkuchen mit, weil mir meine Oma ihr Rezept verraten hatte. Alle anderen Kuchen, die ich je gebacken hatte, waren schlicht ungenießbar gewesen.

»Ich bewundere dich, Eddie«, fuhr Maggie fort.

Zwei weitere Frauen hatten genug vom *Ergo-Train* und gesellten sich zu uns. Die jüngere hatte eine IT-Firma, wenn ich das richtig verstanden hatte, die ältere betrieb einen ambulanten Pflegedienst. Mir wurde mulmig zumute.

»Kind, Haushalt, Elternsprecherin, nebenbei organisierst du das Sommerfest und den Basar, dein Kuchen ist immer selbst gebacken und du siehst zu jeder Uhrzeit einfach perfekt aus«, sprach Maggie weiter.

Das war so offensichtlich unwahr, dass ich spürte, wie die

Scham meine normalerweise blassen Wangen rot färbte. Hoffentlich hatte ich das Make-up dick genug aufgespachtelt.

»Und um die Abrechnungen für das Trainingszentrum kümmerst du dich nebenbei auch noch, sagt dein Mann.«

Aha. Philipp hatte durchblicken lassen, dass sein Sportzentrum in Wirklichkeit ein mit Herzblut geführter ›Familienbetrieb‹ war. Besonders die alteingesessenen Handwerksmeister fuhren auf das Stichwort ab. Deshalb war es für Lotti und mich Pflicht, bei seinen Kundenfangabenden artig Männchen zu machen.

Bis zum heutigen Tag hatte Maggie mich vermutlich für eine Vollzeitmami gehalten, deren aufregendstes Erlebnis die jährliche Elternsprecherwahl der Kita war. Was der Wahrheit sehr nahekam.

Maggie selbst machte neben der Erziehung ihrer kleinen Tochter Rieke Karriere und sah sogar in ihrem spießigen Bankerinnenkostüm aus wie ein Model für Businessmode.

Mein Bauch hingegen war nach der Schwangerschaft weich geblieben und mein Hintern doppelt so groß wie vorher. Es war offensichtlich, dass Maggie kein einziges Wort ernst meinte. Sie machte Small Talk, wie es bei Anlässen dieser Art üblich war. Es musste Kurse für Existenzgründer und Führungskräfte geben, in denen Leute diese Gesprächsform erlernten. Oder es kamen überhaupt nur Menschen auf die Idee, eine Firma zu gründen, denen die Natur das lockere Füllen von Gesprächspausen mit sinnfreien Phrasen in die Wiege gelegt hatte.

Mir jedenfalls fielen die Nichtigkeiten, die als spontaner Gesprächsstoff taugten, nie zum richtigen Zeitpunkt ein.

Ich benötigte nicht mal einen Kaffeesatz wie meine Oma, um vorauszusehen, dass mein Gespräch mit Maggie in allerspätestens zwei Minuten in peinlichem Schweigen enden würde.

Ich musste aufs Klo.

Schon wieder.

Philipp würde Amok laufen.

»Und das schaffst du alles unter diesen Umständen«, orakelte Maggie unterdessen vielsagend.

Damit holte sie mich aus der Leere in meinem Kopf zurück in die mediterrane Fitnesslandschaft. Sollte das heißen, was ich dachte, dass es heißen sollte?

»In den ersten drei Monaten war mir auch dauerübel«, bestätigte Maggie verschwörerisch und die ältere der beiden anderen Frauen nickte wissend.

Mir wurde heiß.

»Aber ich sah dabei auch so elend aus, wie ich mich fühlte«, ergänzte Maggie.

Auf einmal schwitzte ich in der gefakten Lederhose, Lottis Klammergriff drückte mir die Kehle zu. Ich fing an, von einem Bein auf das andere zu treten.

Mein Blick flitzte zu Philipp hinüber, der gerade einen älteren Herrn in Anzug und Lackschuhen auf ein Beintrainingsgerät bugsierte.

Deswegen das allgemeine Grinsen, als ich wieder hereingekommen war. Philipp hatte seinen Geschäftspartnern in spe eine Erklärung für meine Badezimmeraufenthalte geliefert, die nichts mit einer ansteckenden Magen-und-Darm-Infektion zu tun hatte.

Dieser Idiot! Maggie begegnete ich jeden Morgen im Kindergarten. Spätestens in drei Monaten musste ich ihr ein dramatisches Melodram vorspielen, das erklärte, warum ich noch immer keinen Bauch hatte. Und zum Schauspielern hatte ich in etwa so viel Talent wie zum Small Talk.

Plötzlich spürte ich die vermeintlich wissenden Blicke auf meinem schlecht proportionierten Gesäß. Endlich war erklärt, warum das Frauchen des Fitness-Gurus fünf Jahre nach der Geburt der Tochter den Schwangerschaftsspeck noch immer nicht losgeworden war.

Das Tablett in meiner Hand begann zu wackeln, ich stellte es zurück auf den Tresen.

Jetzt musste ich wirklich aufs Klo! Die unechte Lederhose kratzte zwischen meinen Beinen und ich hoffte, dass die Wärme nur mit meinem Schweißausbruch zusammenhing.

Ich löste Lottis Klammergriff und schob meine Tochter in die vor Blicken geschützte Ecke hinter dem Tresen. Sie sah mich an, als hätte ich sie im Löwenkäfig des Zoos abgesetzt.

»Ich muss mal, Mami!«, piepste sie dann sauer.

Ich machte große Augen.

Dann schnappte ich ihre warme, kleine Hand und wir rannten los.

ZOMBIE

Zu gern hätte ich Freddies hohlen Schädel zerknackt wie eine faule Nuss.

Dieser notgeile Sack! Wenn er es wirklich so nötig hatte, musste er eben eine Nutte bezahlen. Wagte er aber noch mal, meine Schwester anzutatschen, würde er garantiert nicht mehr mit einem blauen Auge davonkommen. Dann war der Wichser tot.

Und wenn ich richtig mies drauf war, kaufte ich ihn mir morgen gleich noch mal.

»Was hätte ich den Leuten denn deiner Meinung nach erzählen sollen?« Philipp dachte nicht daran, leise zu sprechen. »Es war doch klar, dass du dich irgendwann verkriechst. Ich kann alleine sehen, wie ich meinem Vater das Geld für das Haus zurückzahle, in dem du den ganzen Tag deinen fetten Arsch auf dem Sofa platt sitzt.«

Hastig zog ich die Tür von Lottis Kinderzimmer zu. Wenn sie jetzt aufwachte, würde ich Stunden brauchen, um sie wieder zum Schlafen zu kriegen.

Tatsächlich war ich nicht zu Philipps Werbeveranstaltung zurückgekehrt, sondern hatte Lotti ins Bett gebracht und mich dazugelegt, bis sie endlich eingeschlafen war.

»Sollte ich etwa freundlich lächeln, während mir alle zu einer Schwangerschaft gratulieren, die es gar nicht gibt?«, fauchte ich und wunderte mich selbst über meinen ungewohnt scharfen Ton.

»Ha!«, wurde Philipp prompt noch lauter. »Beim letzten Mal hast du mich genauso sitzen lassen! Nur dass ich so schnell keine Ausrede parat hatte und wie ein Trottel dastand. Dass du fünf Jahre nach der Geburt immer noch unter Blasenschwäche leidest, kannst du deiner Oma erzählen. Du hast keinen Bock und lässt mich allein buckeln, so sieht's aus.«

»Wenn ich wieder arbeiten gehen würde ...«

»Das Thema ist durch!« Philipps Stimme überschlug sich vor Wut. »Du kriegst nicht mal ein paar Abrechnungen hin. Wenn meine Mutter nicht zweimal die Woche putzen käme, würde der Schimmel aus der Küche kriechen. Selbst wenn du einfach nur nett lächeln sollst, bist du hoffnungslos überfordert. Und ausgerechnet *du* willst zurück zur Polizei? Meinst du, da kannst du auch den ganzen Tag auf dem Klo hocken? Hast du etwa schon verdrängt, dass du die komplette Fehlbesetzung für den Job bist, oder was?«

Ich biss mir auf die Unterlippe.

»Idiot«, murmelte ich.

»Pass auf, was du sagst!«, tobte Philipp weiter. »Ohne mich hättest du kein Haus, kein Auto und keine schicken Klamotten im Schrank! Ohne mich bist du überhaupt nicht lebensfähig!«

Ruckartig wandte ich mich ab, verschwand im Bad, drückte die Tür hinter mir zu und drehte den Schlüssel um.

»Von mir aus kannst du dich die ganze Nacht einschließen«, triumphierte Philipp. »Das ändert nichts dran, dass ich recht habe.«

Ich sank auf die weiche, weiße Badematte und heulte.

Weil Philipp wirklich recht hatte. Selbst wenn ich ihn wegen seiner miesen Sprüche hätte verlassen wollen, ging das gar nicht. Seit die Elterngeldzahlungen ein Jahr nach Lottis Geburt aufgehört hatten, bewegte sich auf meinem Konto absolut nichts mehr. Sogar das Kindergeld hatte Philipp auf seinen Namen beantragt. Ich könnte die Miete für eine Wohnung gar nicht bezahlen. Ganz zu schweigen von einer Kaution, die ich hinterlegen müsste. Oder dem Wocheneinkauf. Oder den Kitagebühren. Oder Fahrkarten für die U-Bahn, denn auch der weiße Opel Mokka, mit dem ich Lotti jeden Morgen zum Kindergarten kutschierte, gehörte meinem Mann. Na ja, genau genommen, meinem Schwiegervater. Ich saß in Philipps Wohlfühlscheinwelt fest wie in einem goldenen Käfig.

Ich hätte schreien können vor Wut!

Mit einem Ruck sprang ich auf und knickte mit dem hohen Absatz der Stiefel auf der dicken Badematte um. Zornig riss ich die langen Reißverschlüsse an den Rückseiten meiner Waden auf und schleuderte die Stiefel gegen die Wanne. Wer hatte denn eine freistehende Kochinsel haben wollen? Wer wollte denn, dass ich ein Auto fuhr, das zwar an einer Wüstenralley teilnehmen konnte, aber in keine Parklücke passte? Wer stand denn auf die Klamotten, in denen ich aussah wie die Karikatur einer Actionfilmheldin?

Ich trat vor den Spiegel, aus dem mir Lara Croft verheult entgegenstarrte.

Sogar die Extensions, für die ich Stunden meiner Lebenszeit in einem Friseursalon verschwendet hatte, waren Philipps Idee gewesen – er hatte mir die unechte Mähne zum Geburtstag geschenkt. Von selbst wäre ich garantiert nicht auf die Idee gekommen, mich mit Anfang dreißig wie ein Teenager mit Modelambitionen aufzuführen.

Na, warte!

Ich riss die Schranktüren unter dem Waschbecken auf. Schminke, Wimperntusche, Lippenstifte, Lidschatten, Haarfestiger, Schaum, Wachs, Haarspray, Shampoo, Spülungen, Tönungen, Bürsten, Föhn, Lockenstab, Epiliergerät, Schere und Glätteisen polterten zur Seite.

Hölle! Mit dem Zeug hätte ich ein Kosmetikstudio ausstatten können. Plötzlich wurde mir bewusst, was für einen Aufwand ich betrieb, um Philipp zu gefallen. Hatte er mich eigentlich schon zu Beginn unserer Beziehung dumm, fett und hässlich gefunden oder war das erst in den letzten Jahren passiert?

Mein Blick blieb an den Heißwachsstreifen hängen, die sich vor meinen Füßen auf den Fliesen verteilt hatten. Sogar darauf hatte ich mich eingelassen – an ausnahmslos allen Stellen, die mein Mann für nötig hielt. Auch wenn die Prozedur wirklich kein Vergnügen war und sämtlichen feministischen Grundsätzen, die meine Mutter mir von klein auf eingetrichtert hatte, wiedersprach. Weil Philipp Haare an allen anderen Körperstellen als am Kopf paradoxerweise eklig fand. War ich eigentlich vollkommen bescheuert?

Ab sofort war Schluss damit!

Ich griff die große Schere und den dicken Zopf, der wie eine tote Schlange über meiner Schulter hing.

In der nächsten Sekunde sprangen die Haarreste auf meinem Kopf auseinander, während die geflochtenen Extensions neben meinen Füßen auf die Fliesen klatschten.

Seltsamerweise fühlte sich mein Kopf sofort leichter an. Als wäre die unechte, hüftlange Mähne aus Blei gewesen.

Als ich jetzt in den Spiegel sah, stockte mir der Atem. Obwohl meine Haare ungleichmäßig lang um mein Gesicht zottelten und noch die Knoten der Haarverlängerungen darin baumelten, war die Veränderung unübersehbar: Ich war wieder ich.

Ich drehte den Wasserhahn auf und wusch mir die Schminke von den Sommersprossen. Die Reste rubbelte ich in ein Handtuch und hatte endlich auch mein Gesicht wieder.

Auf dem Körper einer fresssüchtigen Actionheldin.

»Spinnst du jetzt völlig?«

Eine Schrecksekunde lang war Philipp sprachlos, als ich in den zerrissenen Jeans, die ich eigentlich nur zur Gartenarbeit trug, ins Wohnzimmer trat. Dann sprang er auf und packte mein Handgelenk, bevor ich zurückweichen konnte. Er zerrte mich in den Flur, vor den großen Spiegel neben der Garderobe.

»Guck hin! Du siehst aus wie ein Wischmopp!«

Mir fiel keine Antwort darauf ein.

»Ganz toll! Jetzt bist du nicht nur unfähig, sondern siehst dabei auch noch beschissen aus! Ist dir überhaupt klar, dass du die Haare nicht wiederbekommst? An die Fransen kriegst du keine neuen Extensions dran! Hast du mal so weit gedacht?«

Meine Ohren rauschten.

»Ach, nee! Denken ist ja nicht deine Stärke.«

Ich registrierte die kleine, hellblaue Gestalt aus dem Augenwinkel heraus. Lotti stand in ihrem Eisköniginnennachthemd auf der Treppe. Kälte knisterte durch meinen Körper, als hätte meine Tochter einen Schneesturm im Flur heraufbeschworen. Philipps Stimme rückte weit in den Hintergrund. Die Kopfnuss, die er mir in die struppigen Haarfransen klatschte, spürte ich kaum.

Ich richtete mich auf.

»Jetzt bist du zu weit gegangen, das lasse ich mir nicht gefallen!«, tobte Philipp weiter. »Raus hier! Hau einfach ab, ich will dich nicht mehr sehen!«

Er schmiss mich raus?

»Mami!«, quietschte Lotti erschrocken. Sie stürzte an Philipp vorbei und umklammerte meine Hand.

»Du bleibst hier!«, protestierte Philipp, doch Lotti verkroch sich hinter meinen Beinen.

Die Situation kam mir absurd vor. Ich konnte nicht glauben, dass mir das gerade wirklich passierte.

»Ohne mich steht ihr auf der Straße, wird Zeit, dass ihr das kapiert! Deine verrückte Mutter nimmt euch garantiert nicht auf! Mal ganz abgesehen davon, dass ihr ohne *mein* Auto sowieso nicht bis nach Gerthe kommt!«

Er schnappte meinen Autoschlüssel von der Kommode und pfefferte ihn klimpernd ins Wohnzimmer.

»Wir können immer im Garten übernachten, sagt Oma

Edith«, widersprach Lotti, hob trotzig das Näschen und zog mich zur Tür.

Mir wurde übel. Meine fünfjährige Tochter handelte entschlossener als ich selbst.

Wie in Trance griff ich meinen dunkelgrünen Winterparka und stellte fest, dass alle meine Schuhe einen Absatz besaßen, mit dem ich den Weg quer durch die Innenstadt nicht schaffen würde. Schließlich schlüpfte ich in die Gummistiefel. Lotti zog ich ihre Regenhose, die noch an der Garderobe hing, und den Miniparka über das dünne Nachthemd. Die nackten Füßchen steckte ich in die wasserdichten Winterstiefel mit Fellbesatz.

Im nächsten Augenblick stand ich auf der Straße.

»Du solltest dir eine verdammt gute Entschuldigung einfallen lassen, wenn du zurückgekrochen kommst!«, brüllte Philipp mir nach, bevor er die Haustür hinter mir zudonnerte.

ZOMBIE

Ich hatte das schrille, hohe, lang gezogene Quieken oft genug gehört, um zu wissen, dass der Kampf verloren war.

Eine Sekunde lang überlegte ich trotzdem, ob es sich lohnte, aufzustehen und einzugreifen. Doch die Erfahrung sagte mir, dass ich dann das Opfer, dem vermutlich schon die Gedärme aus dem aufgeschlitzten Bauch quollen, wohl selbst mit einem Tritt auf den Kopf erlösen musste.

Zum Glück übertönte der Sonntagabend-Zeichentrickfilm im Wohnzimmer den Todeskampf im Flur einigermaßen. Sekunden später verrieten mir das hörbare Knacken der Knochen und das schmatzende Geräusch, dass es vorbei war.

Neben mir bewegte sich lautlos die Tür und die Mörderin schob sich herein. Mit einem geschmeidigen Satz landete sie auf dem Küchentisch und setzte sich zwischen die Teller, die ich noch nicht weggeräumt hatte. Sie legte den übertrieben buschigen Schwanz, der ihre adlige Herkunft verriet, über ihre Pfoten. Dann starrte mich das arrogante Vieh auffordernd an, während es sich das Blut von der Schnauze leckte.

Ich starrte zurück.

Ich fragte mich, wo die dämliche Katze in einem Haus mit zwanzig Wohnparteien jeden Tag eine Maus herholte. Entweder züchtete Günni im dritten Stock dem zeternden Vermieter zum Trotz noch immer Lebendfutter für seine Königspythons oder es wurde Zeit, dass sich mal ein Kammerjäger im Keller umsah.

Ich wünschte, Janine hätte damals statt des BMW den haarigen Killer mitgenommen.

EDDIE

Verdammt! Mein Rücken und meine Füße schmerzten, ich schwitzte, obwohl der kalte Herbstwind unter meine Jacke pfiff, und meine Arme zitterten vor Anstrengung, weil Lotti mittlerweile gut fünfzehn Kilo wog.

Weil mein Portemonnaie noch in der Jackentasche gesteckt hatte, hatte ich genug Kleingeld für ein U-Bahn-Ticket zusammenbekommen. Jetzt besaß ich noch genau zwei Euro und achtunddreißig Cent. Meine EC-Karte nutzte mir nichts, weil auf meinem Konto ja seit Jahren gähnende Leere herrschte. Wenn ich Geld brauchte, hatte Philipp mir welches gegeben.

Keuchend wuchtete ich Lottis schlaffen, kleinen Körper wieder auf meine Hüfte und blieb unschlüssig stehen. Der gleichmäßige, warme Atem, den ich unter Lottis Kapuze an meinem Hals spürte, sagte mir, dass meine Tochter längst eingeschlafen war.

Aber ich konnte nicht ewig auf der Straße herumstehen.

Meine Eltern lebten fünfzig Meter weiter, in einem Reihenhäuschen aus Bergbauzeiten, gleich hinter der Kleingartenanlage. Meine Oma bewohnte ein Zimmer zwei Straßen weiter.

Mein Vater saß, seit er in Rente war, im Atelier auf dem Dachboden vor einer zwei mal zwei Meter großen Leinwand und malte mit autistischer Perfektion die Bochumer Skyline in Acryl. Im Schlafzimmer stapelten sich die Werkzeuge meiner Mutter, die nicht mehr in die Garage gepasst hatten, neben dem Ehebett. Auf der Couch im Wohnzimmer wäre noch ein bisschen Platz für Lotti und mich.

Tränen schossen mir in die Augen. Ich konnte meine Mutter nicht mitten in der Nacht aus dem Bett klingeln. Weil mein Mann mich rausgeschmissen hatte. Ihre Reaktion darauf verkraftete ich heute nicht mehr.

Ruckartig wandte ich mich von der Häuserreihe ab und schleppte Lotti weiter die Straße hinunter.

Bevor ich reumütig zu Philipp zurückkroch, krabbelte ich morgen lieber zum Sozialamt und beantragte Stütze. Ich stutzte, weil dieser Gedanke, der mir in diesem Moment das erste Mal kam, etwas Tröstliches hatte. Das war wahrscheinlich möglich. Und etwas anderes würde mir letztlich wohl auch nicht übrig bleiben.

Die einzige Person, bei der ich mitten in der Nacht samt Kind vor der Tür stehen und mich für ein paar Monate einquartieren könnte, war meine beste – und einzige – Freundin Anne. Dummerweise lebte die seit Jahren in South Dakota.

Heute Nacht blieb mir nur eine Möglichkeit.

Ein schmaler Fußweg führte zwischen den Häusern hindurch, an einem rot-weißen Pfosten vorbei, der Autos und Fahrrädern die Durchfahrt verwehrte. Dann stand ich zwischen den ersten Hecken und Büschen der weitläufigen Kleingartenanlage direkt neben dem ehemaligen Zechengelände. Hoffentlich lag der Schlüssel zu Omas Gartenlaube unter dem Lavendeltopf.

Ich bog nach rechts ab. Der Garten meiner Großmutter befand sich in der hintersten Ecke der Anlage, direkt an dem Wall, der die Grenze zum neuen Gewerbegebiet bildete.

Um Mitternacht herrschte Ruhe zwischen den Beeten. Der alte Baumbestand der Anlage knarrte im Wind, bunte Blätter wirbelten den gepflasterten Weg entlang, während sich düstere Wolken über den Himmel wälzten.

Der Kirschbaum meiner Oma überragte die meisten anderen Gewächse. Zwischen ihren Obstbäumen standen noch die langen trockenen Stängel der Pflanzen, die im Sommer ungehindert wucherten. Die kleinen Beete, in denen meine Oma Kräuter und Kohlrabi anbaute, waren scheinbar willkürlich zwischen den Bäumen verteilt. Wer die schmalen Lücken zwischen den außer Kontrolle geratenen Thujas nicht kannte, fand in diesem Urwald weder die gemütliche, kleine Holzlaube noch die Bienenstöcke.

Mein Blick wanderte den Plattenweg entlang. Beinahe wäre ich zusammengezuckt. Auf den Steinplatten, die zwischen den Büschen hindurch zur Gartenlaube führten, materialisierte sich eine helle Gestalt. Sie trug ein flattriges, knielanges Hemd und der Wind zerrte an ihrem langen, weißen Haar. Sah aus, als spukte ein Gespenst durch den Garten.

Eigentlich überraschte mich das gar nicht so sehr.

»Was machst du hier?«, fragte ich über das morsche Törchen im Zaun hinweg.

»Pilze sammeln«, antwortete meine Oma, als wäre das die logischste Erklärung der Welt. »Wenn man sie um Mitternacht pflückt, sollen sie angeblich besonders gut Darmprobleme lindern.«

Beinahe lautlos schwebte sie zum Gartentor und hielt es mir auf. Keuchend schleppte ich Lotti zur Laube. Mittlerweile kam es mir vor, als würde sie drei Zentner wiegen.

Die weit auseinanderstehenden Augen meiner Oma leuchteten in der Dunkelheit wie die einer Eule. Typisch, dass sie keine Fragen stellte.

»Ich habe uns Tee gemacht«, brummelte sie nur, während sie mir zwischen den Büschen hindurch zum Häuschen folgte.

ZOMBIE

Brot war alle. Also gab es wieder Milch und Cornflakes. Jeden Morgen der gleiche Fraß, kam mir schon zu den Ohren raus.

Bevor ich aufstand, um die Milch aus dem Kühlschrank zu holen, klickte ich auf das Tablet neben der Krümelmonster-Müslischüssel, hinter der schon wieder die Killerkatze herumlungerte. Die kurze Stille, die morgens um sechs in der Wohnung herrschte, konnte ich nicht ertragen. Ich brauchte Ablenkung.

Als ich die Milch über die Maisflocken kippte, war die Action auf dem Bildschirm schon im Gange. Eine Fotze auf einem Bierzelttisch. Nackt, bis auf die roten Stilettos.

Dunkle Mähne, dicke rote Lippen, Wahnsinnstitten. Mindestens Doppel-D. Dass die überdimensionalen Hupen nicht von Natur aus zu ihrem dünnen Körper gehörten, war unübersehbar. Sah aus, als hätte jemand zwei Plastikbecher Wackelpudding auf ihrer Brust umgestürzt.

Der eine Kerl rammte seine Faust in die Muschi. Sie wand sich auf dem Holztisch, konnte sich nicht wehren, noch nicht mal schreien, weil der andere ihre Arme festhielt, während sein Schwanz so weit in ihrem Mund steckte, dass sich das Ende irgendwo hinter ihrem Kehlkopf befinden musste.

Igitt, die Milch war sauer!

Ich spuckte die Scheiße zurück in die Schüssel.

Die Katze grinste.

Im gleichen Augenblick hörte ich Geräusche im Flur. Fuck! Wieso geisterten die Bratzen schon rum?

Hastig klickte ich das Video weg, bevor ich mir über den Mund wischte. Die Möchtegernregisseure auf den Internetplattformen filmten sowieso alle den gleichen Dreck. Wieso dachten die Idioten, ein paar hochhackige Schuhe, Megatitten und ein Blick wie eine gefolterte Kuh reichten aus, damit Mann auf seine Kosten kam?

Mir wäre was Originelleres eingefallen …

EDDIE

»Ich muss nicht sagen, dass ich es von Anfang an gesagt habe, oder?«

Ich beantwortete die blöde Frage mit einem bösen Blick.

Meine Mutter tat, als würde sie es nicht bemerken. Sie

wühlte eine große Schere aus der uralten Küchenzeile in der Schrebergartenlaube meiner Oma.

Während es draußen auch heute Morgen noch ungemütlich kalt war, bullerte in Omas Hexenhäuschen der kleine, gusseiserne Ofen in der Ecke. Es roch nach Feuerholz und Kräutergarten. Die Wände des winzigen, mit Holz verkleideten Innenraumes waren bis unter die Decke mit Regalen gefüllt. Ich sah Apfelmus, Kirschmarmelade und eingemachte Rote Bete, Teedosen und Honiggläser. Dazwischen sammelten sich unzählige kleinere Töpfchen und Tiegelchen, deren Aufschrift *Anti-Age-Creme* oder *Haarwachs* mit handbeschriebenem Klebeband überdeckt war. Unter der Decke baumelten an Wäscheleinen zum Trocknen aufgehängte Kräuterbüschelchen und eine Leiter führte auf den niedrigen Dachboden, wo die Matratzen lagen, auf denen Lotti und ich die Nacht verbracht hatten. Oma hatte im Ohrensessel in der Ecke geschlafen.

Jetzt saßen wir an dem ausklappbaren Tischchen unter dem einzigen Fenster. Meine Oma schob mir wortlos eine Teetasse unter die Nase, der verdächtig intensive Geruch ließ mich auf Baldrian tippen.

Sie hatte ihr Nachthemd gegen einen bodenlangen, schwarzen Rock und eine grüne Strickjacke getauscht und ihre weißen Haare zu einem losen Zopf geflochten. Selbst mit einundsiebzig Jahren besaß meine Oma noch sehr weibliche Rundungen. Genau wie meine Mutter, auch wenn sie die immer unter einer ausgebeulten Latzhose versteckte.

Meine Mutter machte sich mit der Küchenschere an meinen Haaren zu schaffen, während sie darauf wartete, dass ich ihr mitteilte, wie es meiner Meinung nach nun weitergehen sollte.

Sie selbst hatte immer einen Plan. Nicht nur einen Masterplan, sondern auch Plan B, C und D und eine Notlösung. Sie erkannte die Möglichkeiten, die sich durch eine neue Situation eröffneten, mit einem einzigen Blick und identifizierte zuverlässig die beste. So wie sie die Möglichkeiten einer halb verrotteten Baumwurzel mit einem Blick erkannte.

Allerdings war sie nicht in der Lage nachzuvollziehen, dass es Menschen wie mich gab, die einfach keinen Plan hatten. Und wenn ich doch mal eine Idee äußerte, konnte meine Mutter, noch bevor ich sie ganz ausgesprochen hatte, bereits sagen, warum ich die am wenigsten klügste aller Möglichkeiten gewählt hatte.

Meine Mutter hatte nie ein Geheimnis daraus gemacht, dass sie mein komplettes Leben für eine einzige Fehlplanung hielt.

Meine Berufswahl hatte in meiner gesamten Familie für Entsetzen gesorgt.

Du willst zur Polizei? Wieso, um Himmels willen? Für einen kreativen Menschen ist in so einem System doch gar kein Platz. Eine Behörde denkt nicht mit einem Gehirn, sondern mit einer Hierarchie. Da gehst du unter.

Rückwirkend betrachtet war diese Weitsicht einmal mehr bemerkenswert gewesen. Damals hatte ich, ehrlich gesagt, gar nicht verstanden, wovor sie mich warnen wollte.

Auch meine Schwangerschaft hatte bei meiner Mutter für schlecht verstecktes Entsetzen gesorgt.

Natürlich ist dein Philipp ein süßer Junge, aber ihr kennt euch gerade mal drei Monate, Eddie. Mit anderen Menschen sprichst du nach drei Monaten noch keine zwei Sätze. Außerdem ist er zwei Jahre jünger als du. Glaub mir doch einfach, dass kein Mann mit zweiundzwanzig Vater werden will.

Auch damit hatte sie recht behalten, denn Philipp hatte seine gesamte Energie darauf verwendet, sein gerade eröffnetes Trainingszentrum zum Laufen zu bringen. Sein Einsatz als Vater hatte sich auf das Mitbringen von Lollis beschränkt.

Schön, hatte er gesagt, als ich ihm damals die ungeplante Schwangerschaft gebeichtet hatte. Allerdings müsstest du zu Hause bleiben und dich um das Kind kümmern. Meine Eltern haben viel Geld in die Physio-World gesteckt. Ich kann beruflich jetzt keine Pause machen.

Weil mir damals sowieso gerade starke Zweifel an meiner eigenen Berufswahl gekommen waren, war mir Philipps Aufgabenverteilung sogar ganz recht gewesen. In meinen goldenen Käfig hatte ich mich also freiwillig gesetzt und die Tür hinter mir zuschnappen lassen.

Ich legte Lotti ein Honigbrötchen auf den Teller. Meine Tochter schnupperte gerade an einem Kräuterbüschelchen, das Oma ihr unter die Nase hielt.

»Salbei«, identifizierte Lotti das Kraut, während mir noch der knappe Kommentar meiner Mutter zu meiner Hochzeit durch den Kopf schoss: *Behalt wenigstens deinen Nachnamen.*

Meine Mutter zupfte die Reste der Extensions aus meinem neuen Wuschelkopf. Sie selbst war mit der Emanzipationsbewegung groß geworden und hatte ihre eigenen schlauen Ratschläge konsequent befolgt. Trotz über dreißig Jahren spießigster Beziehung lebten meine Eltern bis heute aus Protest gegen die Konventionen in wilder Ehe. Meine Mutter hieß noch immer Greta Beelitz, sie hatte ihre Identität nie aufgegeben – im Gegensatz zu mir.

Meine Mutter war nicht viel größer als meine Oma, sah aber größer aus, weil sie sich stets provokativ aufrecht hielt. Dass ich beide Frauen um beinahe einen ganzen Kopf überragte, verdankte ich den Erbanlagen meines Vaters.

Das Haar meiner Mutter war genauso weiß wie das meiner

Oma. Sie trug es extrem kurz und fransig. Mit der Zunge an der Nasenspitze schnippelte sie nun an meinem Kopf herum, als würde sie einem Kunstwerk die entscheidenden Pinselstriche verpassen. Die herunterfallenden Haare verrieten mir, dass sie noch einmal radikal kürzte.

»Ende Oktober in einer Gartenlaube zu wohnen kommt jedenfalls nicht infrage. Schon gar nicht mit Kind«, entschied meine Mutter, weil sie längst begriffen hatte, dass von mir keine Antwort mehr zu erwarten war.

Sie wuschelte so gekonnt über meinen Kopf, dass es fantastisch aussehen musste und ich nie in der Lage sein würde, es genauso hinzukriegen. Dann legte sie die Küchenschere auf den Tisch, dessen wegklappbare Platte aus einer blank polierten, rechteckigen Holzplanke bestand, die vom Stamm eines großen Baumes gesägt worden war. Meine Mutter hatte den Tisch vor über dreißig Jahren extra für Omas Gartenlaube angefertigt.

»Hey! Jetzt siehst du aus wie Hicks, der Drachenreiter, Mami!«, feixte Lotti.

In meiner Fantasie tauchte der dünne Wikingerjunge auf, der auf einem schwarzen Drachen durch die Zeichentrickserien ritt, die in Dauerschleife auf dem Kinderkanal liefen. Ich stand auf und betrachtete meine neue Kurzhaarfrisur mit schrägem Pony im Spiegel über der Spüle.

Manchmal hatte es auch Vorteile, dass meine Mutter besser wusste, was ich wollte, als ich selbst.

»Wenn du wirklich nicht zu Philipp zurückwillst, braucht ihr eine Wohnung«, informierte mich meine Mutter nüchtern. »Darauf, dass Philipp dir die bezahlt, würde ich mich allerdings nicht verlassen. Wirft sein Trainingszentrum genug ab, dass neben Selbstbehalt, laufenden Krediten und Unterhalt für Lotti auch noch was für dich übrig bleibt?«

Ich biss mir auf die Unterlippe. Seit Philipps Geschäfte schlechter gingen, hatte er die Kreditraten öfter aussetzen müssen. Was nur problemlos möglich war, weil sein Gläubiger sein eigener Vater war.

Meine Mutter konnte mir ansehen, was ich dachte.

Ich schluckte trocken. »Ich geh heute Vormittag gleich zum Amt.«

Als ich mich umdrehte, hatte meine Mutter das alte Marmeladenglas, in dem sie ihren Notgroschen aufbewahrte, aus der Brusttasche ihrer Latzhose gezogen. In weiser Voraussicht hatte sie es eingesteckt, bevor sie hergekommen war, begriff ich.

»Trainingszentrum und der Rohbau des Hauses standen schon vor der Hochzeit, gehören also Philipp«, stellte sie fest. »Genau wie die Schulden – wenn du nicht auch noch für ihn gebürgt hast.« Sie musterte mich durchdringend, während sie Geldscheine neben meine Teetasse sortierte.

Siebenhundert – achthundert – tausend Euro etwa.

»Ich gebe es dir zurück, sobald ich kann«, murmelte ich zähneknirschend.

Ich hatte nicht gebürgt. Und in Bezug auf den Nachnamen hatte ich zumindest so weit auf ihren Rat gehört, dass ich bei der Hochzeit auf einen Doppelnamen bestanden hatte – was schwierig genug gewesen war, weil Philipp keinen Sinn darin sah und den ›Emanzentick‹ nur umständlich fand.

Bei Lottis Geburt hatte ich es dann auch schon nicht mehr geschafft, mich durchzusetzen. Egal, wie es jetzt weiterging, meine Tochter hieß Karlotta Kramaczik.

Ich hielt die Nase in meinen Baldriantee und atmete tief durch. Meine Mutter hatte richtig gelegen. Mit ausnahmslos allem. Das zugeben zu müssen war der absolute Tiefpunkt in meinem bisherigen Leben.

ZOMBIE

»Schlag ihn tot! Schlag ihn tot!«

Er ist in Spitzenform.

Aber meine Wut ist größer. Meine Wut ist meine Waffe, und mittlerweile kann ich sie heraufbeschwören und freilassen wie einen bösen Flaschengeist.

Seit Jahren warte ich auf den Moment, in dem ich mit ihm im Ring stehe. Ich lasse den Dämon frei und sehe rot.

Die verzerrten Gesichter um mich herum verschwimmen. Das Gebrüll der Menschen rückt in die Ferne. Wenn die Pulle einmal entkorkt ist, kann ich die bösen Geister nicht mehr kontrollieren.

Als ich wieder denken kann, liegt er am Boden. Von seinem Gesicht ist unter dem ganzen Blut nicht viel zu erkennen. Die Schaulustigen murmeln. Menschen mit besorgten Gesichtern beugen sich über seinen leblosen Körper. Irgendwer zerrt mich weg. Ich weiß nicht genau, was passiert ist. Aber etwas, das sich wie ein Krampf im Magen anfühlt, lässt mich die Scheiße, in der ich stecke, bereits ahnen. Als ich an mir herunterblicke, sehe ich, wie sich mein Körper in den des Ungeheuers verwandelt, zu dem ich gerade geworden bin.

Schweißgebadet schrak ich hoch. Eine Sekunde lang wusste ich nicht, wo ich war. Aber das Katastrophengefühl, das meinen Magen schmerzhaft zusammenzog, war noch da.

Regentropfen prasselten gegen das Dachfenster. Okay, ich war zu Hause. War der Magenkrampf die übliche Reaktion auf den seit Jahren immer wiederkehrenden Albtraum? Oder war wirklich etwas passiert? Hatte ich wieder die Kontrolle verloren?

Freddies blutendes Gesicht tauchte aus meinen Erinnerungen auf. Sein schwerer, massiger Körper, der zusammengerollt vor mir am Boden lag, die Arme schützend vor dem Gesicht. Wimmernd.

Fuck! Ich war wirklich ausgeflippt. Seit Wochen kochten meine alten Aggressionen wieder hoch. Ich hatte mich nicht mehr im Griff.

Das ist wie bei einem bissigen Hund, kamen mir die Worte meines Stiefvaters in den Sinn. *Hat der einmal die Hemmschwelle überschritten und zugebissen, gibt es kein Zurück mehr. Der wird es immer wieder tun, verlass dich drauf.*

Sah aus, als hätte der Wichser recht gehabt.

EDDIE

»Tatsächlich? Sie meinen, die Möglichkeit besteht?«

Ich schluckte trocken. Mit dieser Antwort hatte ich nicht ernsthaft gerechnet.

Lotti kletterte auf den alten Spielturm mit der von der Witterung ausgeblichenen Plastikrutsche. Daneben standen eine morsche Sandkiste und eine Wippe zwischen den graubraunen, vierstöckigen Wohnkomplexen.

»Wahrscheinlich können wir Ihnen sogar kurzfristig entgegenkommen, Frau Krama-«

»Beelitz reicht.«

»... Frau Beelitz. Sehr kurzfristig sogar. Um zeitnah aktiv werden zu können, wäre es günstig, wenn Sie einfach mal persönlich bei mir vorbeischauen. Dann können wir die notwendigen Anträge gemeinsam bearbeiten und gegebenenfalls noch fehlende Unterlagen identifizieren. Erfahrungsgemäß geht das im persönlichen Gespräch am schnellsten. Wie passt es Ihnen morgen früh um zehn? Ach, und haben Sie besondere Vorstellungen hinsichtlich Arbeitszeit, Abteilung und Einsatzort, die wir berücksichtigen sollen?«

Mein Herz klopfte bis zum Hals. Kalter Schweiß brach mir aus und ließ das Smartphone in meiner Hand so glitschig werden, dass es mir beinahe weggeflutscht wäre.

Der Wortschwall der Sachbearbeiterin überschwemmte mein Gehirn wie eine Flutwelle, riss jeden klaren Gedanken fort und hinterließ verwüstete Leere.

»Frau Beelitz, sind Sie noch dran? Ich glaube, die Verbindung ist schlecht.«

Hastig drückte ich das Telefonat weg und sank auf die morsche Holzumrandung des Sandkastens.

Sie konnten mir kurzfristig entgegenkommen? Sehr kurzfristig? Ernsthaft?

Mein Herz raste, meine Hände zitterten, ich musste dringend aufs Klo.

Verdammt, war ich bescheuert? Da war sie, meine Chance bei diesem gigantischen Absturz einigermaßen auf den Füßen zu landen! Und ich vergeigte es schon wieder.

Philipp behielt recht: Ich war nicht lebensfähig. Ich war nicht mal in der Lage, ein Telefongespräch zu führen.

Mist!

Mist! Mist! Mist!

Ich krallte meine Finger in meine ungewohnt kurzen Haare. Wieso kriegte ich es nicht hin? Ich musste doch nur ein paar ganz normale Fragen beantworten.

Arbeitszeit, Einsatzort, Abteilung – ich hatte Vorstellungen, ziemlich genaue sogar. Seit Monaten hatte ich mir Gedanken darüber gemacht. Aber wenn ich meine Überlegungen, wie ich den Wiedereinstieg in den Job organisieren konnte, niemandem mitteilte, würde ich in zehn Jahren noch von der Sozialhilfe leben.

Was immer noch besser wäre, als dich noch einmal als Polizistin bis auf die Knochen zu blamieren, stichelte eine böse, kleine Stimme in meinem Kopf.

Ich atmete tief ein.

Das wollten wir doch mal sehen.

Ich wischte das vom Angstschweiß klebrige Handy an meiner Hose ab, stand auf und klemmte die Knie zusammen, bevor ich die Wahlwiederholung drückte.

Arbeitszeit, Einsatzort, Abteilung ...

»Polizei Bochum, Personalabteilung, Weber«, meldete sich die Mitarbeiterin, die ich gerade weggedrückt hatte.

»Hallo, hier ist noch mal Edith Beelitz. Wir haben gerade miteinander telefoniert, doch die Verbindung scheint abgebrochen zu sein.«

»Schön, dass Sie sich wieder melden«, antwortete die Frau am anderen Ende mit geübter Freundlichkeit. »Passt Ihnen der Termin morgen früh um zehn?«

»Ja.« Ich versuchte, meine Stimme fest klingen zu lassen.

»Wunderbar, ist notiert. Die notwendigen Formulare habe ich hier, den Antrag auf vorzeitige Wiederaufnahme des Dienstes können wir dann gemeinsam aufsetzen. Vielleicht ist der Betriebsarzt ja auch zufällig im Haus, ich kümmere mich gleich darum. Also dann ...«

»Ähm, wegen der Dienstzeiten und so ...«, bremste ich die eifrige Frau Weber, bevor sie mich mit der Beendigung des Gespräches gleich wieder überrollte und ich noch ein drittes Mal anrufen musste. »Meine Tochter ist noch nicht in der Schule, ich müsste also halbtags arbeiten, 20,5 Stunden erst mal und auf alle Fälle hier in Bochum. Und ...«, ich stockte, »... wenn es möglich wäre ... also falls ...« Ich holte tief Luft und gab mir einen Ruck. »Ich möchte in den Kriminaldienst«, erklärte ich, so entschlossen ich konnte. »KK 11,

12, 13 oder 14. Auf gar keinen Fall will ich in die Hundert-schaft. Schreiben Sie das bitte gleich dazu.«

ZOMBIE

Die rote Akte lag noch auf meinem Schreibtisch, als ich ins Büro kam. Fleckig, mit schlampig eingehefteten Unterlagen, einem Dutzend an der Oberkante herausragenden, gelben Klebezetteln und einem alten Aufkleber auf dem Deckel, der einen blöde grinsenden Osterhasen zeigte. Ich hatte gute Lust, das Ding gegen die nächste Wand zu knallen und zu-zusehen, wie sich die Scheißpapiere auf dem Fußboden ver-teilten.

Wütend packte ich den Ordner und brachte ihn zurück zu dem Schreibtisch, auf den er gehörte.

EDDIE

Ich konnte es nicht fassen.

Immer noch saß ich mit dem Smartphone in der Hand auf dem Sandkastenrand. Rechts und links von mir erhoben sich die schmuddeligen, braungrauen Fronten der baugleichen Wohnbunker. Zumindest hielten die bunten Blätter des alten Baumbestands den Nieselregen ab.

Morgen früh um zehn … Konnte ich womöglich wirklich wieder als Polizistin arbeiten? O je, wollte ich das denn überhaupt? Mein Blick wanderte auf meinen im Gummistie-fel steckenden, linken Außenknöchel. Auf die Stelle, an der unter Jeans und Socke die lange Operationsnarbe senkrecht über mein Sprunggelenk lief.

Lotti riss mich aus meinen Gedanken, indem sie sich vergnügt quietschend die wacklige Rutsche hinabstürzte. Ein dick eingemummeltes Mädchen mit dunkler Hautfarbe versuchte kichernd, sie einzuholen. Unter der pinkfarbenen Mütze der Kleinen quollen schwarze Krauslocken hervor. Die beiden schienen etwa gleich alt zu sein. Einen Moment lang sah ich lächelnd zu, denn normalerweise brauchte Lotti länger, um mit anderen Kindern warm zu werden.

Es ging nicht darum, ob ich wieder als Polizistin arbeiten *wollte,* erinnerte ich mich dann. Ich brauchte Geld. Und zwar am Ende des nächsten Monats und zumindest so viel, dass ich eine Zweizimmerbude in einem abgewrackten Wohnklotz, Essen und den Kindergarten bezahlen konnte.

»Du scheinst fit zu sein, Jo. Dann geht's morgen wieder in den Kindergarten.«

Lottis dunkelhäutige Spielgefährtin kreischte zur Antwort.

Ich sah zu der Frau hoch, die mit einer Zigarette im Mund zwei Kleinkinder in den Sandkasten setzte. Sie hatte blassblaue, aus den Höhlen hervorquellende Augen mit dunklen Ringen und war so mager, dass ihre Jogginghose im pinkfarbenen Bundeswehr-Tarnfleck-Muster um ihre Beine schlabberte. Ihr grauer Kapuzenpulli hatte orangefarbene Flecken, die ich mit an Sicherheit grenzender Wahrscheinlichkeit als Babybrei identifizierte. Und aus ihrer straßenköterblonden Kurzhaarfrisur baumelte eine einzelne, lange, pinkfarbene Strähne, die sie zu einem dünnen Zopf geflochten hatte. Ich schätzte, dass die Fremde älter aussah, als sie wirklich war. Ihre gelblich verfärbten Fingerspitzen deuteten auf eine jahrelange Nikotinabhängigkeit hin, die ihre Haut vorzeitig hatte altern lassen. Um die vierzig hielt ich für einigermaßen realistisch.

Die beiden Kleinen, die neben mir im Sand spielten, waren genauso hellhäutig wie ihre Bewacherin.

In Gedanken versuchte ich, die Familienverhältnisse zu ordnen. Die Haut von Lottis Rutschenbekanntschaft war nicht schwarzafrikanisch dunkel, sondern um einige Nuancen heller. Möglich, dass die Tarnhosenträgerin die Mutter war und die Kleine den Milchkaffeeteint und den Afro ihrem Vater verdankte. Dann war ihr Erzeuger allerdings nicht identisch mit dem der beiden Windelträger, die hinter mir Sand aßen, denn die hatten spärliches, schmuddeligblondes Haar und blassblaue Froschaugen. Die Tarnhosenträgerin daddelte unterdessen, an den Kletterturm gelehnt, auf ihrem Smartphone herum.

Vielleicht war sie auch bloß die Tagesmutter.

»Guten Tag.« Ein kleiner Mann in einem grauen Kittel war aus einem Nebeneingang rechts von mir auf den Parkplatz getreten. Dort rottete das verbeulte Wrack eines klobigen SUV neben einem Motorroller vor sich hin. Die komplett zerquetschte Front des Autos stellte einen Totalschaden dar. An dem Roller klebte ein Pappschild mit der hingekritzelten Aufschrift *200 €*.

»Sind Sie das wegen der Wohnung?«, brummelte der kleine Mann, der mit seinem kurz gestutzten weißen Bart, den großen, rollenden Augen und der Hakennase an einen sprechenden Gartenzwerg erinnerte.

Mein Blick wanderte zweifelnd von der Tarnhosenträgerin zum Autowrack und an der mit Graffiti beschmierten, vierstöckigen Fassade hinauf.

Dann erhob ich mich doch und klopfte den Sand von meiner Jeans. »Sind Sie Herr Roski?«

Ohne aufzusehen, nuschelte der Zwerg etwas, was ich mit einiger Mühe als Aufforderung mitzukommen deutete. Er watschelte auf den Eingang des mittleren der drei parallel stehenden baugleichen Wohngebäude zu. Ich rief Lotti und folgte dem Mann einem mit abgesackten Steinplatten befestigten Fußweg entlang zum vorderen der beiden Hauseingänge.

Die Treppenhauswände waren schmutzig, schlammige Fußspuren führten die grau marmorierten Steinstufen hinauf und in den Ecken lag so viel Dreck, dass ich mich fragte, wofür die Sandkiste vor der Tür noch nötig war. Auf jeder Etage gab es zwei Wohnungstüren, vor denen sich Schuhe neben den Fußmatten stapelten.

Im dritten Stock hielt Roski inne. Ein paar orange-rot gemusterte Flipflops lagen vor dem linken Wohnungseingang.

Vor der rechten Tür zückte Roski ein klimperndes Schlüsselbund. Im nächsten Moment standen wir in zwei winzigen, kahlen Zimmern und mir wurde allmählich klar, warum man hier eine Wohnung für dreihundertachtzig Euro Warmmiete bekam.

Die Wohnung war besenrein, aber nicht renoviert, wobei das Wort ›besenrein‹ Interpretationsspielraum zuließ. Die Wände waren schlicht weiß, mit dunklen Schleifspuren vom Abtransport der Möbel des Vormieters, der Fußboden mit zerschrammtem Laminat ausgelegt. Es gab einen Einbauschrank im Flur, von dem das Furnier abblätterte, ein Bad mit Wanne und eine winzige, schlauchförmige Küche, in die, wenn eine Küchenzeile eingebaut war, garantiert kein Tisch mehr passte.

O je. Ich würde auch noch eine Küche brauchen.

»Kaution is nicht«, nuschelte Roski hinter mir. »Wenn Se ab November mieten, könn' Se jetzt schon einräumen.«

Irgendwo zankten Kinder und laute Rapmusik wummerte

durch das Haus. Ich trat in das rechte der beiden Zimmer. Lotti war auf die breite Fensterbank geklettert und winkte hinaus.

Ich dachte an beheizte Bodenfliesen und eine Kochinsel, während ich ebenfalls aus dem Fenster schaute. Etwas Günstigeres als diese Bude würde ich nicht finden. Und etwas Schickeres konnte ich mir definitiv nicht leisten, wenn ich noch einen Herd hineinstellen wollte. Und vielleicht einen Stuhl.

Mein Blick fiel auf die gammelige Rutsche vor dem Haus.

Unten winkte das dunkelhäutige Mädchen mit der pinkfarbenen Mütze.

Am Abend lag ich mit offenen Augen auf dem Rücken und starrte in die Dunkelheit.

Draußen herrschte Weltuntergangsstimmung. Dicke Regentropfen prasselten gegen das Fenster. Irgendwo unter mir wurde gestritten, während über mir wieder Rapmusik dröhnte und ein Baby schrie. Außerdem kochte jemand mitten in der Nacht. Mit viel Knoblauch.

Gestern Nacht erst war ich mit Lotti auf dem Arm durch Bochum gestolpert, heute kuschelte meine Tochter eng an meiner Seite unter dem aufgebauschten Federbett. Trotz der gewöhnungsbedürftigen Geräuschkulisse hatte Lotti seit ihrer Geburt nicht so tief und fest geschlafen wie jetzt gerade. Vielleicht lag das an der nach Lavendel duftenden Daunendecke, die meine Oma aus der Truhe in ihrem Schlafzimmer gezogen hatte.

Ich selbst fühlte mich darunter zurückversetzt auf den Dachboden des Reihenhäuschens, wo im Winter Eisblumen an den einfach verglasten Fensterscheiben hinaufgewachsen waren. Wie damals hatten meine winzige Tochter und ich es unter der Decke mollig warm, während sich meine Nasen-spitze kalt anfühlte. Wenn es schlecht lief, würde die Hei-zung erst nächste Woche, am ersten November angestellt werden.

Ich starrte auf die Stelle, an der über mir drei Kabel aus der Decke ragten, und fragte mich, wie ich eine Lampe daran befestigen sollte.

Noch vor dem Mittagessen hatte ich den Mietvertrag im Büro des Bauvereins unterzeichnet, der einen Großteil der Wohnungen im Gebäude verwaltete. Den Hinweis auf das Beamtenverhältnis, von dem ich zurzeit beurlaubt war, hatte es gar nicht gebraucht, die Mieten in den Wohnblöcken waren so günstig, dass sie bei Grundsicherungsanspruch auch vom Sozialamt übernommen wurden.

Am Nachmittag hatte ich den Wohnungsschlüssel von Roski bekommen und mir dann den klapprigen Pritschen-wagen meiner Mutter geliehen, um im dänischen Bettenlager die zwölf Zentimeter dünne Rollmatratze für 49,99 Euro zu kaufen. Bettdecke, Kissen, Bezüge, Laken und Lavendelseife fürs Bad hatte meine Oma gesponsert. Meine Mutter hatte einen großen Esstisch zu meiner Wohnungseinrichtung beigesteuert. Das Ding war eines ihrer ›frühen Werke‹ und hatte seit ein paar Jahren ungenutzt in einer Ecke der Garage gestanden. Die Tischplatte war aus einer einzigen, dicken Baumscheibe gefertigt, in deren Maserung man unendlich viele Jahresringe erkennen konnte. Die Platte lag auf einem dicken, begradigten und aufgearbeiteten Stumpf, in den meine Mutter ihre Initialien – GB – eingeritzt hatte. Mein Esstisch war ungefähr zweitausend Euro wert.

Außerdem hatte meine Mutter mir noch eins der Regale leer geräumt, in denen sie im Schlafzimmer ihre Werkzeuge lagerte. Und meine Oma hatte das deckenhohe Gestell mit

Einmachgläsern gefüllt. Mithilfe von Apfelmus, eingelegten Roten Beten, Marmelade und Honig würden Lotti und ich den Winter nun auf alle Fälle überstehen.

Ein trotziges Triumphgefühl machte sich in mir breit. Wir hatten ein Dach über dem Kopf. Und vielleicht hatte ich bald sogar wieder einen Job ...

Mir war klar, dass ich morgen früh als Allererstes zu Philipp fahren und ein paar Klamotten holen musste. Die wichtigsten Papiere. Saubere Sachen für das Personalgespräch im Präsidium. Winterkleidung für Lotti. Mein Notebook. Zahnbürsten. Angenehm würde das nicht werden.

Aber ich würde nicht zurückkriechen.

Mit Abstand betrachtet, war offensichtlich, wie absurd Philipps und meine Beziehung zuletzt gewesen war. Wie zum Teufel kam er auf die Idee, dass ich seine Erlaubnis brauchte, um meine Frisur zu ändern?

Irgendwann war zwischen Rund-um-die-Uhr-Body-Pump-Kursen und der abgeschlossenen Badezimmertür unsere Ehe auf der Strecke geblieben. Und zwar lange bevor ich mir gestern Abend vor Wut den Zopf abgeschnitten hatte.

Überraschenderweise fehlte mir in der winzigen, leeren Wohnung in Bochum-Gehrte absolut nichts.

ZOMBIE

Sie lag auf dem Rücken. Zwischen den Büschen. Versunken im kniehohen Gestrüpp neben dem Parkplatz.

Unter der zerrissenen Bluse trug sie einen fleischfarbenen BH. Modell ›Orthopädie‹ mit breiten Trägern und Stützfunktion. Als wären ihre Titten eine Schwerbehinderung.

Passte aber zum Büroschnepfenoutfit mit dunkler Jeans und dunklem Blazer.

Weil es regnete, zog ich mir die Kapuze tiefer ins Gesicht.

Ihr lebloser Körper verschwand zwischen den Büschen, nur die Fingerspitzen ihrer linken Hand ragten kaum sichtbar unter ein paar Zweigen aus dem Beet.

Sie hatte ihre Nägel so weit abgekaut, dass es an manchen Stellen geblutet hatte. Der Kopf war nach rechts gerollt. Das schwere, kupferrote Haar hatte sich in den Zweigen verheddert, dazwischen waren die Schädelbrüche gut zu erkennen. Schmale, blutgefüllte Kerben im Kopf. Links war der Oberkiefer zerschmettert. Die kurze, wulstige Lippe hing in Fetzen, Blut war aus Mund, Augenhöhle und Nase ausgetreten. Das rechte Auge starrte blicklos ins Gebüsch. Ein großes blaues Glupschauge mit dicken Lidern und farblosen Wimpern.

Die Details brannten sich in mein Gedächtnis, bevor ich aufstand und mich abwandte.

EDDIE

»Was soll das heißen: Du kommst nicht zurück?« Philipp polterte viel zu dicht hinter mir die Treppe hinauf.

»Das heißt, es ist aus«, erklärte ich. »Denkst du wirklich, ich tue, als wäre nichts gewesen?«

»Was war denn, bitte? *Du* bist doch hysterisch geworden! *Du* hast mich mit den Gästen sitzen lassen und dich auf dem Klo eingeschlossen! *Du* hast in einem Anfall von Wahnsinn die Fünfhundert-Euro-Extensions gekillt!«

Philipp wurde immer lauter und mir brach prompt kalter Schweiß aus.

Ich war seit zwei Stunden auf den Beinen, hatte Lotti in der Kita um die Ecke abgeliefert und musste wirklich dringend aufs Klo.

Schweigend trat ich an den Kleiderschrank im Schlafzimmer und stopfte Unterwäsche und Socken in die Plastiktüte vom dänischen Bettenlager. Nach kurzem Zögern folgten meine ältesten, eigentlich schon lange ausrangierten Jeans, allesamt mit Löchern an den Knien.

Dann ließ ich die Tüte ratlos sinken. Ich fühlte mich, als würde ich vor dem Schrank einer Fremden stehen. Besaß ich wirklich nur Oberteile, die entweder schulterfrei waren, Einsätze aus durchsichtiger Spitze besaßen oder ein Dekolleté wie ein Dirndl?

Wahnsinn! Dabei war ich mein Leben lang beinahe pathologisch unauffällig gewesen. Der sportliche Jeans-und-Turnschuh-Typ, bei dem Männer sich höchstens ausheulten, wenn die Traumfrau Schluss gemacht hatte – wenn überhaupt jemand meine Anwesenheit registriert hatte.

Mein Blick fiel auf Philipps zwischen den Anzügen auf Bügeln hängende Oberhemden.

Na ja, besser als nackt. Kurzerhand ließ ich zwei weiße Hemden samt Bügel in der Tüte verschwinden, ein paar seiner T-Shirts, die mir zu groß sein würden, und zwei dunkle Sportpullover mit Kapuze.

Unter den Anzügen entdeckte ich die Walkingschuhe, die ich während einer schwarzen Phase meiner Mein-Hintern-ist-zu-fett-Depression gekauft hatte, ohne sie je benutzt zu haben. Auch die steckte ich ein, alle anderen Schuhe unten im Regal besaßen einen Absatz, der das Gehen in einigermaßen normalem Tempo unmöglich machte.

Dabei war ich in meinem früheren Leben als Kommissaranwärterin natürlich keineswegs unsportlich gewesen. Den

Aufnahmetest an der Polizeihochschule hatte ich locker bestanden. Aber nach der Schwangerschaft hatte mich das Gefühl, die siebzehn Kilo Übergewicht und die schwabbelige Bauchdecke nie wieder loszuwerden, gelähmt wie ein in Gift getunkter Blasrohrpfeil.

Egal jetzt! Ich brauchte noch Sachen für Lotti.

Philipp folgte mir ins Kinderzimmer. Walt Disneys Eiskönigin, die in Lebensgröße die Wand zierte, versuchte erfolglos, Philipp in einen Eiswürfel zu verwandeln.

Ich stopfte Hosen, T-Shirts und Winterpullover in die Tüte und griff nach einem hellblauen Eisköniginnenkleid.

»Wenn du glaubst, dass ich dir auch nur einen Cent gebe, hast du dich verrechnet«, zischte Philipp. »Ich lasse mich von dir nicht fertigmachen, das schwöre ich dir.«

Langsam ließ ich das Kleid sinken und wandte mich um. Mein Ehemann kam mir genauso fremd vor wie mein Kleiderschrank.

Philipp hatte sich Gedanken gemacht, erkannte ich. Angst machte ihm allerdings nicht die Vorstellung, Lotti und mich zu verlieren, sondern die Kosten, die dadurch auf ihn zukommen könnten. Ich versuchte mich zu erinnern, was mir eigentlich mal an Philipp gefallen hatte.

Es fiel mir nicht mehr ein.

»Dein Geld kannst du behalten«, erklärte ich kühl. »Ich fühle mich ohne dich einfach wohler, das ist alles.«

»Du hast einen anderen!«, explodierte er.

Obwohl ich schon Abstand genommen hatte, ließ mich die Druckwelle der Detonation zwei Schritte rückwärts gegen Lottis Feenschlosshochbett stolpern.

»Wie lange schon?« Sein Gesicht war jetzt dunkelrot, seine Sommersprossen nicht mehr zu erkennen. »Ich finanziere dich, ich schiebe dir ein dickes Auto unter den fetten Arsch, ich stelle dir ein Haus hin, von dem andere nur träumen können, und du betrügst mich, du Flittchen?«

Mir fehlten die Worte.

War unsere Ehe für ihn eine Art Geschäft gewesen? Geld, Auto, Haus für … für was eigentlich? Sex? Haushaltsführung und Babysitting? Oder den Verzicht auf das Recht, meine Frisur selbst zu bestimmen?

Ich griff die Klamottentüte. »Mach's gut, Philipp.«

Verwirrt blieb er im Kinderzimmer zurück. Ich beeilte mich, zur Tür zu kommen, griff nur noch schnell nach meinem Laptop und dem alten Drucker, den ich schon auf der Polizeischule gehabt hatte. Keine Sekunde zu früh schlüpfte ich durch die Haustür hinaus.

»Wenn du das durchziehst, sorge ich dafür, dass du Lotti nie wiedersiehst!«, hörte ich Philipp hinter mir brüllen. »Du kommst ja nicht mal mit dir selbst klar! Du bist gar nicht in der Lage, dich um sie zu kümmern. Jeder kann sehen, dass ich viel besser für sie sorgen kann.«

ZOMBIE

Ich musste die Scheißleiche aus dem Kopf kriegen. Den Geruch von Blut, das zertrümmerte Gesicht, das im Gebüsch verheddderte Haar.

Weil ich nicht daran denken wollte, checkte ich meine SMS. Janine wollte schon wieder Geld. Dabei hatte ich der dämlichen Schlampe letzten Monat schon mehr gegeben, als abgemacht. Die ließ sich ihre Shoppingsucht noch immer von mir finanzieren. Das Einzige, was sich geändert hatte, war, dass ich die Tüten nicht mehr schleppen musste.

»Mit einer halben Stelle werden Sie die Kollegen wohl hauptsächlich bei der Fleißarbeit unterstützen. Kleinere Recherchen, die Aktenführung und das Protokollieren von Befragungen können Sie sicherlich übernehmen«, informierte mich die pummelige Frau mit der blondierten Fusselfrisur hinter dem Schreibtisch. Das Büro roch genauso neu, wie das gesamte Gebäude 3 des Polizeipräsidiums, in dem die Personalabteilung untergebracht war.

»Hauptsächlich werden Sie die Kollegen bei der Büroarbeit entlasten«, fuhr Frau Weber fort, »aber auch das wäre schon eine Hilfe. Und sollte ein dringender Fall zu bearbeiten sein, werden im Kriminaldienst natürlich auch mal Überstunden notwendig.«

Ich biss mir auf die Zunge, um keine Miene zu verziehen.

Als besser bezahlte Tippse den Schreibkram meiner Kollegen zu erledigen, störte mich nicht, wenn ich so den Kühlschrank füllen konnte. Überstunden stellten allerdings ein Problem dar.

Meine Mutter wurde unausstehlich, wenn sie ihre Vision eines Baumwurzelcouchtischs nicht verwirklichen konnte, weil sie einem Kind die Nase putzen musste. Ein Umstand, der mir eine sehr selbstbestimmte Kindheit in einem sehr unordentlichen Kinderzimmer beschert hatte.

Mein Vater schied als Babysitter ebenfalls aus, denn der würde den Dachboden vor der Fertigstellung seines Werks nicht verlassen. Womöglich würde ihm deshalb irgendwann mal eine mittelschwere Form von Autismus attestiert.

Und meine Großmutter sammelte nachts Pilze.

»Im Augenblick können die Kollegen im Kriminalkommissariat 11 dringend Unterstützung brauchen. Ihre Zeugnisse sind hervorragend und Sie haben in der Ausbildung ja bereits Interesse an der Kriminalarbeit gezeigt«, plapperte die mollige Personalsachbearbeiterin weiter, bevor ich auch nur ein Wort gesagt hatte.

Ich gab mir Mühe, mein Pokerface durchzuhalten.

KK 11? Todesermittlungen, Brand, Waffen? Hammer!

Mein Herz hüpfte vor Aufregung.

Vor acht Jahren, als ich zusammen mit einem ganzen Abschlussjahrgang von Polizeischulabsolventen das Studium an der Polizeifachhochschule beendet hatte, war ich nicht im Kriminaldienst, sondern in einer Hundertschaft der Bereitschaftspolizei gelandet. Zwei Jahre lang hatte ich jedes Wochenende die Fußballfans zum Stadion eskortiert und war direkt vor dem ... Unfall verbeamtet worden.

»Das KK 11 ist zurzeit chronisch unterbesetzt«, informierte mich die redselige Frau Weber weiter, während sie Zettel hin- und herschob. »Die kriegen die Überstunden gar nicht mehr abgebaut. Und heute Morgen gab es gleich zwei Todesfälle, die die Bereitschaft an ihre personellen Grenzen bringen. Wir müssen zwei Mordkommissionen auf die Beine stellen – Sie können sofort anfangen.«

Ich schluckte.

Ich brauchte eine längere Kinderbetreuung. Aber ich bekam eher einen Platz im DSDS-Recall als eine Ganztagskita mitten im laufenden Kindergartenjahr. Außerdem war Lotti für eine Ganztagsbetreuung nicht sonderlich geeignet, sie spielte lieber mit ein oder zwei Kindern als mit zwanzig. Lärm, Zankereien und wechselnde Erzieherinnen stressten sie.

»Erledigen wir also schnell die Formalitäten«, unterbrach Frau Weber meine Gedanken. »Den Antrag auf Arbeitszeitverkürzung habe ich hier schon mal vorbereitet.«

Sie schob mir den Zettel über den Schreibtisch.

ZOMBIE

Fünfhundert Euro. Mehr war diesen Monat nicht drin. Die Luxusnutte war schließlich nicht die Einzige, die versuchte, mich zu melken wie eine genmanipulierte Hochleistungs-milchkuh. Dass ich für ein paar Jahre schlechten Sex so lange zahlen musste, hatte ich auch nicht geahnt. Solange kein anderer schwanzgesteuerter Vollidiot auf ihre aufgepusteten Titten reinfiel und auf sie draufsprang, ging Janine mir weiter auf die Nerven.

Irgendwann musste ich sie mir vom Hals schaffen.

EDDIE

»Alles in Ordnung, Mami?«

Lotti neigte das Köpfchen zur Seite. Mit ihren roten Rattenschwänzen sah meine Tochter aus wie eine Mini-Pippi-Langstrumpf. Und sie war mindestens genauso pfiffig, denn absolut nichts war in Ordnung.

Ich fühlte mich, als hätte mich die U-Bahn überrollt.

Und ich war wieder im Dienst.

Natürlich noch nicht offiziell, so schnell arbeitete die Behörde nicht.

Einen Polizeiausweis, eine Zugangsberechtigung zu den Diensträumen oder gar eine Waffe besaß ich noch nicht. Aber alle notwendigen Formulare waren unterzeichnet, ein müder Betriebsarzt hatte meinen Blutdruck kontrolliert und etwas von Überprüfung der körperlichen Leistungsfähigkeit gemurmelt. Und: Ich hatte einen Termin im Kriminalkommissariat 11.

Heute! Um vierzehn Uhr, weil die gerade ins Leben gerufene Mordkommission, die ich verstärken sollte, im Augenblick noch den Leichenfundort sicherte.

Das war ein guter Grund für eine mittelschwere Panikattacke.

Überstunden vor dem Dienstantritt! Ich hatte noch genau zwei Stunden Zeit, um meine Mutter zu überreden, heute Nachmittag mit Lotti Gartenzwerge zu schnitzen.

Und ab morgen würde ich gar nichts mehr geregelt bekommen.

Ich hatte nicht einmal ein Auto. Aber ich brauchte eines. Von unserer neuen Wohnung im Bochumer Norden aus war der Weg zur Kita im Süden zu weit. Mit einem Wagen wäre ich zwanzig Minuten unterwegs. Für Hin- und Rückweg sowie die Verabschiedung von Lotti musste ich vor der Arbeit mindestens eine Dreiviertelstunde einplanen – wenn alles glatt lief. Mit der U-Bahn würde es viel mehr Zeit kosten. Und wenn ich den Pritschenwagen meiner Mutter weiterhin entwendete, würde sie das Fahrzeug in absehbarer Zeit als gestohlen melden.

Ich hätte sagen sollen, dass ich noch mindestens einen Monat Zeit brauchte, um die Scherben meines bisherigen Lebens einzusammeln und im Altglascontainer zu entsorgen. Statt den offensichtlichen Köder, den der Einsatz in der Mordkommission für mich darstellte, mit einem Happs zu verschlucken und jetzt an der Angel der Personalbeschafferin zu zappeln.

Am liebsten hätte ich mir stöhnend die Haare gerauft.

Lotti musterte mich vom Beifahrersitz aus, weil der rumpelnde Pritschenwagen keine Rückbank besaß.

Ich zwang mich zu lächeln. »Alles bestens, mein Schatz.«

Ich könnte sie erwürgen.

Den langen, dünnen Giraffenhals meiner Exfrau umgriff ich locker mit einer Hand. Schön langsam würde ich ihre Kehle zudrücken und spüren, wie ihre Halsschlagader unter meinem Griff pulsierte, wie sie mit ihren Plastikkrallen vergeblich versuchte, meine Finger zu lösen.

Ein bisschen krank war es wahrscheinlich schon, sich die Zeit mit Mordfantasien zu vertreiben.

Mithilfe der Aggression verdrängen Sie andere Dinge, hatte der Psycho-Onkel vom Antiaggressionstraining damals herumdiagnostiziert, nachdem ich zum Ungeheuer mutiert war.

Arschloch.

Wahrscheinlich brauchte ich einfach nur mal wieder was zu ficken.

Mit Sex verdrängen Sie ebenfalls, erinnerte mich die imaginäre Stimme des Seelenklempners.

Scheiß drauf, vögeln kam sowieso nicht infrage. Wenn ich eine aufriss, hatte ich die nächste Schlampe am Hals, der ich jedes Wochenende ein paar Dreihundert-Euro-Pumps kaufen musste, um sie bei Laune zu halten. Eine Nutte käme billiger, aber so abgefuckt, für eine Vergewaltigung zu bezahlen, war ich dann doch noch nicht.

Wenn ich heute irgendwann Feierabend hatte, ging ich mich besser erst mal abreagieren …

»Mann, es ist gleich zehn nach zwei. Ich soll einen Mordfall aufklären und warte auf eine Tippse, die nicht mal am ersten Tag pünktlich ist.«

Die offenkundig genervte, männliche Stimme, gefolgt vom Knall einer Tür, ließ mich ahnen, dass die Begrüßung in meiner neuen Abteilung nicht besonders herzlich ausfallen würde.

Dass ich darauf besser nicht hoffte, war mir aber schon vorher klar gewesen.

Die junge Kollegin, die mich durch das Präsidium begleitet und die blaue Flurtür mit den Glaseinsätzen geöffnet hatte, ergriff prompt die Flucht.

Ich holte tief Luft. Das Adrenalin kribbelte durch meinen Körper, als ich im ersten Stock von Gebäude 2 den schmalen Flur zum Kriminalkommissariat 11 betrat. Weil Lotti immer ausgerechnet dann unter herzzerreißendem Abschiedsschmerz litt, wenn ich es eilig hatte, war ich spät dran.

Es fühlte sich an, als würde ich die Kriminaldirektion das erste Mal betreten, dabei hatte ich hier während des Studiums bereits zwei Praxissemester absolviert. Damals war ich überzeugt gewesen, irgendwann mal im Kriminaldienst zu landen. Nach Ausbildungsende war ich allerdings der Bereitschaftspolizei zugeteilt worden, die an der Castroper Straße neben Stadion und JVA stationiert war.

Die grau gestrichene Bürotür war zu, doch die schwangere Beamtin mit dem dunklen Pferdeschwanz, die mit zwei dicken Aktenordnern unterm Arm im Flur stand, entdeckte mich und setzte ein entschuldigendes Lächeln auf. »Sind Sie die neue Kollegin? Frau – äh – Kramer?«

»Kramaczik-Beelitz – aber Beelitz reicht«, nickte ich.

»Katarina Gruber – aber Kati reicht«, zwinkerte sie. Ihre Brille vergrößerte ihre ausdrucksvollen Augen.

Ich reichte ihr die Hand. »Eddie.«

»Herzlich willkommen. Du bist unsere Verstärkung. Du tauchst genau im richtigen Moment auf. Er leitet die Mordkommission, am besten gehst du gleich rein.« Kati deutete auf die geschlossene graue Tür, durch deren winzige Glaseinsätze ich nicht wirklich in das Büro dahinter sehen konnte.

»Er wartet schon auf dich«, fügte sie vielsagend hinzu. Der Unterton und das Nicht-Aussprechen des Namens ließen mich nichts Gutes ahnen.

»Ich habe gehört, du steigst halbtags wieder ein?«

Als ich nickte, senkte Kati verschwörerisch die Stimme. »Das ist toll. Ich würde nach der Geburt nämlich auch gern in den Kriminaldienst zurückkehren.« Vielsagend strich sie über ihren gerundeten Bauch. »Ich drück dir also die Daumen, dass es klappt.«

Offenbar sah sie Schwierigkeiten auf mich zukommen, deren Grund nicht meine Unpünktlichkeit war. Es war nicht schwer zu erraten, dass mein neuer Chef weniger begeistert über meine Rückkehr in den Job war als die Personalabteilung. Wegen der Halbtagsstelle?

Als ich vor der zugeschmetterten Tür stand, ließ meine Nervosität meine Handflächen schwitzig werden und das bekannte Gefühl, besser noch mal schnell auf die Toilette verschwinden zu wollen, stellte sich mal wieder ein.

Konnte es sein, dass meine Blasenschwäche ein Trick war, mit dem mich mein Körper zwingen wollte, unangenehme Situationen zu verlassen, wie Philipp behauptete? Seit Philipp nicht mehr dauernd für unangenehme Situationen sorgte, hatte sich das Problem jedenfalls eindeutig gebessert.

Das vage, mulmige Gefühl bereitete mich allerdings in

keiner Weise auf den Super-GAU vor, der passierte, nachdem ich die Tür geöffnet hatte.

Ich trat in ein Büro, in dem zwei Stühle vor einem lang gezogenen Schreibtisch mit PC standen. Es gab ein Aktenregal und eine Magnetwand mit zuklappbaren Flügeln, die wie eine Tafel in der Schule aussah und an die mehrere Fotos angepinnt waren. Durch die beiden großen Fenster des Raumes konnte man auf die braune Ziegelwand des Altbaus hinübersehen.

Bereits dem Rücken des schlanken, hochgewachsenen Kommissars, der in den Regen hinausblickte, konnte ich ansehen, dass er attraktiv war. Er trug ein blaues T-Shirt zu einer gut geschnittenen Jeans, deren ›Destroyed‹-Look im Gegensatz zu dem Riss am Knie meiner eigenen Hose beabsichtigt war. Die blonden Locken waren kurz geschnitten. Etwas an der Art, wie er lässig am Fensterrahmen lehnte, ließ mich stutzen.

Irgendwo in meinem Hinterkopf ging eine Warnlampe an – zu spät, denn er drehte sich bereits um.

Im gleichen Moment stellte mein Herz seine Tätigkeit ein, mein Blut hörte auf zu zirkulieren, mein Körper verwandelte sich in eine Salzsäule und drohte zu zerbröseln und als ein krümeliger Haufen auf den unempfindlichen, grauen Boden zu rieseln.

Adrian Adamkowitsch.

»Eddie? Du?« Seine Brauen rückten irritiert über den blauen Augen zusammen. Wimpern und Bartstoppeln waren dunkler als sein Haar und verliehen seinem attraktiven Gesicht markante Konturen.

Adrian.

Das konnte doch nicht sein?!?

Wieso stand ausgerechnet in dem Büro, in dem ich mich

zum Dienstantritt melden sollte, der einzige Typ in ganz Bochum, dem ich nie wieder begegnen wollte?

Adrian schüttelte seine Verwunderung ab. »Die Weber hat gesagt, sie schickt mir eine Frau Kramer?!«

Ich musste irgendwas sagen. Jetzt. Vor Schreck in die Hose zu machen war nicht akzeptabel.

»Kramaczik«, verbesserte ich. Meine Stimme krächzte und ich räusperte mich, um sie wieder in Gang zu bringen. »Aber den Namen brauchst du dir gar nicht erst zu merken, den werde ich demnächst wieder los sein.«

Seine linke Augenbraue zuckte hoch, als er die Bedeutung meiner Worte begriff. Mit seinen eins einundachtzig war er genau elf Zentimeter größer als ich und konnte deshalb auf mich hinuntersehen. Seinen intensiven Blick zu ignorieren, gelang mir nicht. Ich hatte tatsächlich vergessen, wie spektakulär seine Augen waren. Hellblau und klar wie der Himmel an einem klirrend kalten Wintertag. Es kam mir vor, als würde mich ein Husky anstarren.

Mir brach der Schweiß aus. Siedend heiß wurde mir bewusst, was er sah: Ich war mittlerweile über dreißig, hatte die Falten in meinen Augenwinkeln nicht weggeschminkt, seit sechs Jahren keinen Sport mehr gemacht, dafür eine Schwangerschaft und zwei Jahre Stillzeit hinter mir. Ich trug ein Herrenhemd, was bei mir keineswegs so lässig aussah wie bei Angelina Jolie, und meine Jeans saß zu eng und hatte ein Loch am Knie.

Prompt blieben Adrians Huskyaugen an meinem aus dem Leim gegangenen Gesäß hängen.

»Sorry«, sagte ich, »ich muss mal eben für kleine Mädchen. Habt ihr irgendwo …?«

Endlich hob Adrian seinen Blick wieder in mein Gesicht. »Im Treppenhaus links.«

ZOMBIE

Meine Arme kribbelten. Mein Kopf dröhnte. Mir fehlte Schlaf. Aber um den zu bekommen, musste ich mich erst abreagieren, den Druck loswerden, sonst flippte ich aus.

Ihre Gedanken stecken fest in dieser Spirale aus Aggression und Gewalt! Und die eskaliert jedes Mal mehr!

Na toll, der Seelenklempner spukte auch wieder in meinem Kopf herum. Anscheinend hatte er mir meine Null-Bock-Einstellung damals übel genommen und versuchte nun umgekehrt, mich in den Wahnsinn zu treiben.

Sie sind doch nur noch Sie selbst, nachdem Sie Ihre Wut mit Sport oder Sex abreagiert haben. Wenn das nicht klappt, flippen Sie aus und schlagen wahllos zu. Wann schalten Sie endlich Ihr Hirn ein und überlegen, was Ihre Wut überhaupt auslöst?

Heute definitiv nicht. Wenn ich nicht wie ohnmächtig ins Bett fiel, kamen die Gedanken an die Tote und an den Ordner mit dem Osterhasenaufkleber. Und die Albträume. Und die Erinnerungen …

EDDIE

Das war's.

Aus. Schluss. Vorbei.

Ich schaffte es eben nicht.

Ich hielt ein paar bräunliche Papiertücher unter den Wasserhahn und wischte mir den Schweiß aus dem Nacken, der meine kurzen Haare kräuselte, während mir von meinem heftig pochenden Herzschlag übel wurde.

Ich musste hier weg.

Ich starrte mein Spiegelbild an, während ich darauf wartete, dass mein Herzklopfen nachließ. Meine Sommersprossen, Augen und Haare bildeten einen scharfen Kontrast zu meiner Haut, die weiß geworden war wie die geflieste Wand hinter mir.

Wieso musste mir von etwa tausendneunhundert Mitarbeitern der Bochumer Polizei ausgerechnet der gegenüberstehen, an den ich nie wieder erinnert werden wollte?

Nun ja, zu spät.

Jetzt polterten die Bilder durch mein Gedächtnis wie Felsbrocken bei einem Steinschlag.

Adrians verschwitzter Oberkörper beim Wettrennen im Stadion, die fast zufälligen Berührungen beim Selbstverteidigungstraining, sein Körper dicht hinter meinem, als er mir zeigt, wie ich die Waffe halten muss …

Mit Gewalt drängte ich die Erinnerungen aus meinem Kopf.

Den Job konnte ich jedenfalls vergessen. Dass mein Vorgesetzter wusste, dass ich auch am Hintern Sommersprossen hatte, war keine Grundlage für eine unkomplizierte Zusammenarbeit.

Vorsichtig lugte ich aus dem Waschraum, warf einen kurzen Blick durch die Glastür in den Flur des Kriminalkommissariats 11 und huschte in Richtung Treppe.

Auf der ersten Stufe hielt ich inne. Für eine Sekunde konnte ich genau sehen, wohin die Treppe vor mir führte.

Ich drehte mich noch einmal um. Noch nie war ich meinem Ziel so nah gewesen. Hinter der blau gerahmten Glastür wies der enge Flur mit dem unempfindlichen Kunststoffboden den Weg in die Mordkommission.

Mein Blick wanderte erneut die Stufen hinunter. Genauso deutlich sah ich, wohin es dort ging: als Aushilfe zu Aldi.

Dabei konnte ich mir nicht mal merken, wo im Supermarkt die Würstchen standen.

Wollte ich wirklich aufgeben wegen eines Typen, der die Sommersprossen auf meinem Hintern längst vergessen hatte?

Das war lächerlich! Unsere Affäre hatte nicht lange gedauert und war fast zehn Jahre her. Wir waren beide erwachsene Menschen. Da sollte ich doch drüberstehen.

Nun ja, wenn ich kopflos wie ein hysterisches Huhn davonrannte, war Adrian jedenfalls sofort klar, dass ich über gar nichts drüberstand.

Ich wandte mich um, straffte die Schultern und öffnete die Glastür.

»Du bist damals nach deinem ... Unfall nicht wieder in den aktiven Dienst zurückgekehrt, oder?« Adrian blätterte in einer dünnen Pappmappe, auf der ich meinen Namen erkennen konnte. »Sorry, die Personalabteilung sagte nur, sie schickt mir jemanden mit Interesse und guten Zensuren und ich hatte heute Morgen keine Zeit, einen Blick in deine Unterlagen zu werfen. Sonst hätte ich eben nicht so doof geguckt, als du reinkamst.«

Er versuchte ein Grinsen, das ein bisschen an Michel aus Lönneberga erinnerte. Und ein bisschen an ...

O je. Erschrocken schüttelte ich den Gedanken ab.

Konzentration jetzt.

»Während der Rehabilitation habe ich meinen Mann kennengelernt und bin schwanger geworden.« Ich zog einen der Stühle an die Ecke von Adrians Arbeitsplatz und setzte mich so selbstverständlich wie möglich neben ihn.

»Du hast ein Kind?«

»Lotti kommt nächstes Jahr in die Schule.«

Adrian seufzte. »Deshalb also der Mist mit der halben Stelle. Und bei der Kripo warst du auch noch nicht, oder?«

»Nur während der Ausbildung.« Ich hob entschuldigend die Schultern, weil ich ihm offensichtlich nicht sonderlich weiterhalf. »Frau Weber aus der Personalabteilung meinte, wenn ich vormittags arbeite, könnte ich euch bei den Schreibarbeiten und den kleineren Recherchen unterstützen.«

»Die Weber will nur den Stellenplan erfüllen und die Frauenquote aufpolieren. Heute Nacht musste die Bereitschaft wegen einer Messerstecherei raus. Sieht nach einer Ehrenmordsache aus, da ist das mediale Interesse groß. Als heute Morgen noch eine Leiche am Jobcenter gefunden wurde, musste ich sehen, woher ich Leute für eine zweite Todesfallermittlung bekomme. Die Tatortgruppe habe ich mit Gerald, unserem Kommissariatsleiter, der Staatsanwältin, zwei Kriminaltechnikern, Kati und Gregor aus dem KK 14 auf die Beine gestellt. Gerald kann natürlich nicht mitermitteln, dem sitzt wegen der Ehrenmordsache die Presse im Nacken. Und Gregor konnte ich gleich wieder nach Hause schicken, weil die drüben im KK 14 den Norovirus haben und er mir beinahe ins Auto gekotzt hätte. Unser Team besteht jetzt also offiziell aus Kati, dir und mir – wobei ich Kati gar nicht zum Tatort hätte mitnehmen dürfen. Sie darf im Augenblick nur Innendienst machen.«

Wegen der Schwangerschaft.

»Wie lange hat sie noch bis zum Mutterschutz?«, wollte ich wissen.

Adrians Blick zuckte von meiner Akte in mein Gesicht hoch.

»Acht Wochen«, erklärte er. »Für Außeneinsätze fällt sie aus und bei Zeugenbefragungen will ich sie auch nicht dabeihaben – jedenfalls nicht, wenn es um schräge Vögel wie die beiden geht, die gleich hier auftauchen. Bis zum Mutterschutz kann Kati den Schreibkram und die Fleißarbeit in Vollzeit erledigen. Ich brauche jemanden, der mit mir ermittelt.«

Unsere Blicke trafen sich.

Verstand ich das richtig? Ich sollte gar nicht die Sekretärin spielen?

Adrian fuhr sich mit der Hand über das absichtlich nicht ganz glatt rasierte Kinn. Mir fielen seine langen, gepflegten Finger mit den kurz geschnittenen Nägeln auf und ich konnte das Kratzen der Barthaare in seiner Handfläche hören. Plötzlich erinnerte ich mich genau, wie sich das Kitzeln der harten, kurzen Stoppeln in meiner eigenen Hand angefühlt hatte.

»Halbtags ist besser als gar nichts«, seufzte Adrian. »Wenn wir alle Beweise gesichert und die wichtigsten Zeugen befragt haben, kriegen wir das vielleicht hin. Aber in den nächsten Tagen werden Überstunden nötig sein. Und dass wir den Fall pünktlich zum Wochenende gelöst haben werden, bezweifele ich auch.«

Er sah mich abwartend an.

Verdammt, ich wollte die Chance im Kriminaldienst! Ich schluckte den Einwand, dass der Kindergarten um dreizehn Uhr zu Ende war, herunter. Würde die Geduld meiner Mutter ausreichen, um die Arbeit in einer Mordkommission organisiert zu bekommen?

Adrian wertete mein Schweigen anscheinend als Zustimmung. Er heftete eine durchsichtige Plastikeinsteckhülle aus der aufgeschlagenen Akte neben seinem Computer und hielt sie mir hin.

»Der Erkennungsdienst ist bereits mit der Spurensicherung beschäftigt, die Staatsanwältin ist schon wieder weg, deshalb verschieben wir die offizielle Vorstellungsrunde. Ich versuche, so schnell wie möglich einen Termin auf dem Schießstand klarzumachen, damit du wieder in Übung kommst. Die Überstunden reichst du mit einem Meldeformular für die Zeiterfassung ein. Und den Schlagstocklehrgang lassen wir besser erst mal weg.«

Ich zuckte zusammen.

Er grinste.

Idiot!

»Sieh dir die Bilder an.« Er deutete mit einer Kopfbewegung auf die Klarsichthülle in meiner Hand. »Gleich tauchen zwei Typen von der Wach- und Schließgesellschaft auf, die nachts das Jobcenter und die Agentur für Arbeit kontrolliert. Die haben möglicherweise gepennt. Obwohl die Leiche anscheinend die ganze Nacht vorm Haupteingang lag, haben sie nichts bemerkt. Dabei mussten sie fast drüber wegsteigen. Oder sie waren gar nicht da.«

Ich blinzelte.

Vorgestern war ich noch Philipps unfähige Vollzeitfrau gewesen und heute sollte ich helfen, einen Mordfall aufzuklären?

Panisch fing mein Gehirn an, sämtliche Schubladen meines Gedächtnisses aufzuziehen, in denen Reste der Polizeiausbildung vor sich hinschimmeln könnten. Ich war davon ausgegangen, vor Dienstbeginn einen Blick in meine Unterlagen werfen zu können – die sich allerdings im Haus meines Noch-Ehemanns befanden, in das ich so schnell keinen Fuß mehr setzen wollte.

Mein Gehirn reagierte wie ein Computer, der fünfundzwanzig Programme zugleich starten sollte: Es surrte und ratterte und ansonsten tat sich gar nichts.

Error.

Adrian erwartete offenbar irgendeine Reaktion. Glücklicherweise klopfte es in dem Moment an der Tür. Kati steckte den Kopf herein. Sie zwinkerte mir zu.

»Herr Rheinhart und Frau Rigowski sind jetzt da«, informierte sie Adrian.

»Sollen warten«, entschied er.

Kati verschwand wieder, während ich die Fotos aus der Klarsichthülle auf den Schreibtisch schüttelte.

Bevor ich nach dem ersten Bild griff, konnte ich mir einen kurzen Seitenblick nicht verkneifen. Adrian starrte mich an, als hätte sich ein Alien mit acht schleimigen Fangarmen neben ihn an den Schreibtisch gesetzt.

Als sich unsere Blicke trafen, senkte er hastig den Kopf und fing an zu schreiben.

Ich nahm das erste Foto, das am Leichenfundort aufgenommen worden war, in die Hand – und ließ es sofort wieder sinken. Ich war nicht darauf vorbereitet, ein Mordopfer zu sehen. Und dass es schlimm war, hatte ich begriffen, bevor ich die Details wahrgenommen hatte.

Plötzlich war mein Mund trocken.

Vorsichtig sah ich mir das Bild an.

Als Erstes fielen mir die Haare auf. Lang, dick und rot. Einzelne Strähnen ihrer schweren Mähne hatten sich um das aufgedunsene Gesicht der Frau gewickelt, die übrigen Haare hatten sich in den Ästen der Büsche verfangen, zwischen denen sie lag. Rhododendren. Und halbhohe Bodendecker.

Die linke Gesichtshälfte war zerstört. Blutüberströmt. Zerschmettert. Irgendetwas Scharfkantiges hatte die Frau mit Wucht ins Gesicht getroffen, hatte eine tiefe, zentimeterlange Kerbe in die Wange gerissen, ihre Oberlippe gespalten. Den Kiefer zertrümmert. Blut war aus Auge, Nase und Mund ausgetreten. Könnte ein Axthieb gewesen sein.

Ein weiteres Bild zeigte den eingeschlagenen Schädel in Nahaufnahme. Mehrere Hiebe mit der scharfkantigen Waffe hatten den Knochen eingedrückt und blutige Kerben hinterlassen. Das war ein unglaublich brutaler Angriff gewesen. Sie hatte keine Chance gehabt, zu überleben.

Die nächste Aufnahme zeigte den Körper zwischen den Büschen und das hohe Gebäude dahinter.

Die Tote war nicht auf blasse, elfenhafte Art rothaarig wie Lotti. Sie war stabil gebaut und hatte unreine Haut. Unter dem dunklen Jackett war ihre weiße Bluse aufgerissen, der BH war zu sehen.

»Ein Sexualdelikt?«, erkundigte ich mich.

Adrian zuckte die Schultern. »Außer der aufgerissenen Bluse konnte der Rechtsmediziner bei der ersten Inspektion keine Anzeichen für sexuelle Gewalt entdecken. Möglicherweise ist der Täter gestört worden.«

Ich betrachtete ein Foto von einem im Laub liegenden Schild. An eine kurze, eckige Metallstange war ein längliches Hartplastikrechteck von der Größe eines Nummernschildes geschraubt worden. Ein Schild, mit dem man Parkplätze reservierte. Auf diesem stand *Jobcenter*. Das J war schmutzig. Rot verschmiert. Betonreste klebten am Stiel.

Dann kam eine Aufnahme der langen Reihe von Stellplätzen, rechts vom Weg. An jeder der Parkbuchten stand ein Schild wie das, was ich eben im Laub hatte liegen sehen.

Links von der schmalen Straße erhob sich eine hellgraue Fassade mit weißen Fensterrahmen, hinter einer Begrünung aus kniehohen Bodendeckern und Rhododendren. Das Jobcenter an der Universitätsstraße. Irgendwo dort in den Rabatten hatte die tote Frau gelegen.

Es gab noch weitere Bilder der Toten. Mit einem Maßband als Größenorientierung daneben. Und den kleinen

Pyramiden mit den Nummern drauf, mit denen der Erkennungsdienst wichtige Spuren kenntlich machte.

Fotos von vorn, von der Seite, von hinten. Detailaufnahmen der Schädelverletzungen. Der blau angelaufenen Finger. Und der bis aufs blutige Nagelbett abgekauten Nägel.

Dunkle Punkte tauchten um das Bild herum aus dem Nichts auf. Hastig steckte ich die Fotos zurück in die Folie, Adrian bemerkte es und sah auf.

»Die Frau ist mit dem Schild erschlagen worden?«, schlussfolgerte ich, bevor er etwas sagen konnte.

Adrian nickte in Richtung der Magnetwand gegenüber vom Schreibtisch.

»Laut erster Schätzung des Rechtsmediziners ist sie gestern Abend zwischen zwanzig und zweiundzwanzig Uhr gestorben. Das Schild, vermutlich die Tatwaffe, wurde in den direkt an die Parkplätze angrenzenden Friederikapark geschleudert.«

An der magnetischen Wand haftete unter einem weiteren Foto der toten Frau ein Bild der Tatwaffe und ein Zettel mit den Zeitangaben.

»Im Schutz der Büsche sind am Schild Blutspuren erhalten geblieben«, fuhr Adrian fort. »Ansonsten hat der Regen wohl die meisten Spuren vernichtet. Offenbar ist die Frau niedergeschlagen und in die nächstbeste begrünte Fläche geworfen worden. Sie lag direkt vor dem Eingang des Jobcenters zwischen den Büschen.«

Ich atmete ein.

»Laut den Kollegen vom Erkennungsdienst müsste der Täter eigentlich Blut an der Kleidung gehabt haben«, fügte Adrian noch hinzu. »Ich hoffe noch auf Fingerabdrücke an der Tatwaffe.«

»Wisst ihr, wer sie ist?«

»Ihr Name ist Ronja Bleier. Wir haben zwar weder Portemonnaie noch Handy oder Handtasche gefunden, aber der Pförtner hat sie erkannt. Offenbar hatte sie zurzeit Hausverbot im Jobcenter.«

»Hausverbot? Was muss man denn anstellen, damit die einen nicht mehr reinlassen?«

Adrian hob die Schultern. »Die Sachbearbeiterin, mit der es Ärger gab, hat heute dummerweise frei, wir haben sie noch nicht erreicht. Die Chefin des Jobcenters lässt die Akte ausdrucken. Bleiers Familie habe ich heute Vormittag bereits informiert. Die Mutter ist im Besitz eines Zweitschlüssels der Wohnung der Verstorbenen und ist bereit, uns dorthin zu begleiten.«

»Was wollte Ronja Bleier beim Jobcenter, wenn sie Hausverbot hatte?«, überlegte ich laut.

»Bleier wohnte nicht weit entfernt, nur ein paar Hundert Meter die Universitätsstraße hinunter«, klärte Adrian mich weiter auf. »Vielleicht wollte sie bloß den Weg abkürzen und war zur falschen Zeit am falschen Ort.«

Und wurde zum Zufallsopfer eines Killers, der nachts im Park lauerte? Und mit einem Parkplatzschild auf sie losging?

»Den Typen von der Wach- und Schließgesellschaft, der um Mitternacht seine Kontrollrunde um das Gebäude gemacht hat, habe ich bereits befragt«, brachte mich Adrian weiter auf den derzeitigen Stand der Ermittlungen. »Der muss ziemlich dicht an der Toten vorbeigegangen sein.« Adrian zog eine Skizze des Tatortes aus der Akte, auf der die Lage des menschlichen Körpers in der Grünfläche eingezeichnet war. »Angeblich hat er nichts bemerkt, was aufgrund der Dunkelheit und des starken Regens wohl möglich ist. Zumindest, wenn man Ohrstöpsel und eine Sonnenbrille trägt«, ergänzte er ironisch. »Wenigstens führt er Protokoll über seine Rundgänge und sollte die Unterlagen jetzt dabei-haben. Eine Kollegin von ihm hat bereits ein erstes Mal ge-gen zwanzig Uhr die Türen kontrolliert. Mit ihr habe ich noch nicht gesprochen.« Mit einem Kopfnicken deutete Adrian auf die Bürotür. »Die beiden sitzen im Flur.«

ZOMBIE

Meine Schwester sitzt auf meinem Fuß, umklammert mit dün-nen Ärmchen meinen Unterschenkel und juchzt, wenn ich das Bein ausstrecke und sie behutsam in die Luft hebe.

Die Erinnerung tat mir weh. Aber ich bekam den verfick-ten Gedanken nicht aus meinem Kopf. Ich hätte nichts da-gegen, ihn mithilfe von ein paar krankhaften Mordgedanken zu verdrängen. Ich musste was dagegen machen!

Egal was!

EDDIE

Der ›Typ von der Wach- und Schließgesellschaft‹ und seine Kollegin waren auf eine Art cool, die mir sofort auf die Ner-ven ging.

Die langen Beine provokant ausgestreckt saß der dickliche Dunkelhäutige im Wartebereich vor der Glastür und daddel-te auf seinem Smartphone herum. Er trug Bart und Gold-kettchen. Die schwarzen Haare hatte er zum Knoten auf dem Kopf zusammengebunden. Seine aufgeplusterte, dunkle Daunenjacke, die er über dem Kapuzenpulli mit Glitzeraufdruck trug, vertuschte sein Übergewicht. Fehlte nur noch eine Sonnenbrille, um das Gangster-Rapper-Outfit zu komplettieren.

Seine blonde Kollegin schien ähnlich groß zu sein. Sie hatte ebenfalls eine Daunenjacke mit fellbesetzter Kapuze an, doch ihre langen Beine in den engen Jeans verrieten, dass sie magermodelmäßig dünn war. Ihre Füße steckten in schweren, fellbesetzten Moonboots und ihre kinnlangen, blonden Haare hatte sie auf der linken Seite zum stylischen Undercut wegrasiert. Sie trug Anfang Oktober, im mäßig beleuchteten Treppenhaus des Präsidiums, tatsächlich eine Sonnenbrille.

Statt nachts in Bochum zu überprüfen, ob die Türen der Agentur für Arbeit auch richtig abgeschlossen waren, hätten die beiden wohl lieber Bodyguard für Rihanna oder Beyoncé gespielt.

Als Adrian die Tür zum Treppenhaus öffnete, klickte der dunkelhäutige Wachmann ein nervig-bimmelndes Jump-'n'-Run-Spiel vom Display, steckte sein Handy ein und erhob sich. Unter seiner dicken Jacke zog er einen zusammengerollten Schnellhefter hervor.

»Die Protokolle, über die wir gesprochen haben.«

Wow, der Typ war riesig. Außerdem war er locker doppelt so breit und doppelt so schwer wie Adrian. Ein Bär, allerdings kein Kuschelteddy.

Adrian reichte der blonden Frau die Hand, die ihren Modelkörper entfaltete und ihn ebenfalls überragte.

»Meine Kollegin Beelitz«, stellte er mich vor.

Die Möchtegernbodyguards verzogen keine Miene.

Kurz darauf saßen die beiden vor Adrians Schreibtisch, die inzwischen zugeklappte Magnetwand mit den Tatortfotos im Rücken.

Ich organisierte mir einen Stuhl aus dem Nebenraum.

»Sollten Sie keine Augenerkrankung haben, nehmen Sie bitte die Brille ab«, forderte Adrian die Blonde auf und die Wachfrau gehorchte.

Ohne Brille wirkte sie sofort viel weniger cool und noch sehr jung. Die Sonnenbrille zitterte in ihrer Hand.

»Wir brauchen Ihre persönlichen Daten, Frau Rigowski. Die von Herrn Rheinhart habe ich heute Vormittag bereits aufgenommen.«

Adrian reichte mir einen Protokollblock.

Marleen Rigowski war vierundzwanzig Jahre alt und arbeitete nach einem abgebrochenen Medizinstudium seit zwei Jahren für die Sicherheitsfirma. Sie hatte blasse Haut, große, braune Augen, volle Lippen, hohe Wangenknochen und oben rechts einen leicht schiefen Schneidezahn, der sie perfekt unperfekt machte. In ihrem freirasierten, linken Ohr steckten mindestens acht Piercings. Als unauffälliger Bodyguard für Taylor Swift wäre sie die optimale Besetzung, sie würde locker als deren beste Freundin durchgehen.

Der Dunkelhäutige schlug unterdessen den Schnellhefter, den er mitgebracht hatte, auf.

»Frau Rigowskis Schicht begann um vierzehn Uhr und endete um zweiundzwanzig Uhr. Ich war von zweiundzwanzig Uhr bis sechs Uhr morgens im Einsatz. Hier im Protokoll sehen Sie, dass Frau Rigowski um neunzehn Uhr fünfundvierzig mit ihrem Dienstwagen die Agentur für Arbeit erreichte.«

Der Wachmann deutete auf seine Aufzeichnungen, die auf den ersten Blick nicht ganz leicht zu durchschauen waren.

»Die einzelnen Eingänge, die sie kontrolliert hat, wurden hier abgehakt.« Sein Finger mit dem Goldring tippte auf die Häkchen im Protokoll. »Danach ist sie zu Fuß von der Agentur für Arbeit zum Jobcenter hinübergegangen. Die beiden Gebäude liegen etwa fünf Gehminuten voneinander entfernt. Frau Rigowski erreichte das Jobcenter um zwanzig Uhr fünf und hat auch dort Fenster und Türen überprüft. Danach kehrte sie zum Parkplatz auf dem Wirtschaftshof der Agentur für Arbeit zurück.«

Adrian studierte die Liste.

»Wann Sie die Agentur für Arbeit nach Ihrer Kontrollrunde verlassen haben, ist nicht vermerkt?«, wandte er sich an die blonde Sicherheitsfrau.

Die Oberlippe des Dunkelhäutigen zuckte hoch, wie bei einem knurrenden Hund. »Ob die Türen unseres eigenen Dienstwagens verschlossen sind, haken wir tatsächlich nicht im Protokoll ab«, stellte er ironisch fest. »Da Frau Rigowski aber um zwanzig Uhr fünfunddreißig am nächsten Objekt in Laer ankam, können Sie davon ausgehen, dass sie den Parkplatz der Agentur für Arbeit allerspätestens um zwanzig Uhr fünfundzwanzig verließ.«

»Auf dem Weg zum Haupteingang des Jobcenters müssen Sie direkt an der toten Frau vorbeigekommen sein.« Adrian legte den Plan, den die Spurensicherung vom Leichenfundort angefertigt hatte, auf den Tisch und tippte auf den zwischen den schematisch dargestellten Büschen und Bäumen eingezeichneten Körper.

Rigowski drehte ihre Sonnenbrille zwischen den Fingern. »Mir ist nichts Verdächtiges aufgefallen.«

»Ist Ihnen jemand begegnet?«

»Es hat stark geregnet. Da war niemand unterwegs.«

»Waren noch Mitarbeiter des Jobcenters im Gebäude, als Sie die Türen kontrolliert haben?«, wollte Adrian wissen.

Die Blonde zuckte ratlos die Schultern und warf ihrem älteren Kollegen einen Hilfe suchenden Blick zu.

»Unser Vertrag mit der Agentur für Arbeit beinhaltet lediglich den Schließdienst und einen nächtlichen Kontrollgang«, sprang der prompt ein. »Das gesamte Gebäude zu überprüfen, wäre wesentlich kostenintensiver.« Er schob Adrian eine Visitenkarte hin.

Der warf einen kurzen Blick darauf und reichte sie an mich weiter.

Rheinhart-Security – Ihr Partner für Sicherheit, stand in Weiß auf schwarzem Grund. Rheinhart hieß der Typ doch selbst, wenn ich das richtig mitbekommen hatte. Der Möchtegern-Gangster-Rapper war der Boss?

Wach- und Schließdienst, Objektsicherung, Veranstaltungs-Security, Transportsicherung, Personenschutz, Schlüsseldienst, las ich weiter. *Inh. J. Rheinhart – Dieselstraße 35 c, Bochum-Gerthe.*

»Soweit ich weiß, können Mitarbeiter gegen Unterschrift einen Schlüssel am Empfang leihen«, gab Rheinhart Auskunft. »Es ist immer möglich, dass sich nach Dienstschluss noch Leute im Gebäude befinden. Deshalb habe ich selbst ab Mitternacht sowohl die Eingänge der Agentur für Arbeit als auch die des Jobcenters ein zweites Mal kontrolliert. Beim Umrunden des Jobcentergebäudes bin ich aber nicht über den Parkplatz gegangen.«

Er zog Adrian die Skizze der Fundstelle weg.

»Ich habe diesen Weg hier benutzt, den barrierefreien Zugang, der dicht am Gebäude entlangführt. Ist kürzer. Die Grünfläche daneben steigt zum höher gelegenen Parkplatz hin an. Die Tote oben am Parkplatz konnte man von dem Weg, den Frau Rigowski und ich immer benutzten, definitiv nicht sehen.«

Die ganze Situation fühlte sich unwirklich an. Mir wurde klar, wie lange es her war, dass ich über etwas Wichtigeres als Reiswaffeln und Schwimmkurse gesprochen hatte.

Und dass ich keinen Schimmer mehr hatte, worauf es bei der Gesprächsführung in einer Zeugenbefragung eigentlich ankam.

ZOMBIE

… zweiundvierzig … dreiundvierzig … vierundvierzig …

Ich biss die Zähne zusammen. Zwanzig Minuten durch den Stadtpark zu joggen, brachte mich nicht ins Schwitzen. Aber die Liegestütze mit den Füßen auf der Parkbank zeigten endlich Wirkung. Meine Arme brannten, der Schweiß rann mir aus dem Nacken übers Kinn, die nasskalte Luft schmerzte in meinen Lungen. Und endlich verschwanden die Bilder.

… achtundvierzig … neunundvierzig … fünfzig.

Keuchend sank ich auf die Knie auf den nassen Kiesweg.

Die junge Frau im figurbetonten, pinkfarbenen Laufdress zog die Augenbrauen hoch. Sie schlug einen Bogen zur anderen Seite des Weges, um ausreichend Abstand zu mir zu halten, während sie vorbeijoggte.

Ihr Parfüm stieg mir in die Nase. Das Zeug aus der Werbung, in der sich eine Tussi in einem Sektglas räkelt. Hatte Janine auch eine Zeit lang benutzt.

Ich hob den Kopf.

Das Mädchen war nicht ganz schlank, das Laufen strengte sie offensichtlich an. Ihr blonder Pferdeschwanz wippte im Takt ihrer Schritte.

Ich gab ihr Vorsprung, bis sie außer Sicht geriet, dann drückte ich mich auf die Füße.

»Typisch, dass du erst mal Kaffee trinken gehst, während ich die Drecksarbeit für dich mache, Adamkowitsch.« Auf dem weiträumig abgesperrten Parkplatz des Jobcenters kam ein Mann im weißen Schutzanzug der Kriminaltechniker auf uns zu.

Nach der Befragung der Wachleute waren wir mit Adrians Wagen zum Tatort gefahren. Den Pritschenwagen meiner Mutter hatte ich geistesgegenwärtig verleugnet.

Das Loch in meiner Jeans konnte man eventuell noch als modisch angesagt durchgehen lassen. Dass der Fußraum im Wagen meiner Mutter mit Sägespänen und Erde gefüllt war wie der eines Treckers, den man zum Holzrücken benutzte, hätte längerer Erklärungen bedurft.

Adrians dunkler Alpha Romeo hingegen roch nach Politur und sah aus, als würde mein Kollege die Schuhe gegen Puschen tauschen, bevor er einstieg. Schon immer hatte er dazu geneigt, seinen fahrbaren Untersatz zu vermenschlichen. Gern hatte er seinen Autos Frauennamen gegeben, und auch wenn er jetzt offiziell aus dem Alter raus war, hörte sein aktuelles Modell von Haus aus auf den Namen Giulietta.

Angesichts des breitbeinigen Gangs des Kriminaltechnikers stellten sich meine Nackenhaare auf. Viel mehr als die gedrungene Figur und das Gangbild konnte ich von dem Mann nicht erkennen, weil er den weißen Overall über der Kleidung trug und sich die Kapuze ins Gesicht gezogen hatte.

Doch meine Blase reagierte überdeutlich. Ich musste dringend aufs Klo! Sofort!

Was für ein Mist!

Ich zögerte eine Sekunde, bevor ich mich unter dem rot-weißen Absperrband hindurchbückte, das den Parkplatz des Jobcenters unzugänglich machte.

Mein Herz pochte. Ich hielt Sicherheitsabstand. Nur für den Fall, dass meine Blase die Situation schneller erfasste als mein Verstand.

»Ach so, du hattest ein Date. Hätte ich mir denken können.« Der Spurensicherer rempelte Adrian scherzhaft an, während der flinke Blick seiner kleinen Augen flüchtig an mir herunterflitzte.

War es das übliche Geplänkel unter Kollegen, das mich abstieß? Weil ich wusste, wie schnell ich hin und her geschubst wurde, wenn ich dazwischengeriet?

Der bullige Kriminaltechniker zog sich die Kapuze von der Glatze.

Mein Rücken versteifte sich.

Die spöttisch hochgezogene Oberlippe des Mannes, die eine Reihe kleiner, gelber Zähne entblößte, sorgte dafür, dass die Erinnerungen aufblitzten, noch bevor ich die zwanzig Kilo Mehrgewicht und das fehlende Haar addiert hatte.

Ein großer Mehrzweckschlagstock. Ein stechender Schmerz in meinem Knöchel. Allgemeines Gelächter.

Bussi.

Verdammt!

Nach Adrian Adamkowitsch war Daniel ›Bussi‹ Bussemeier der zweite Bochumer Polizeibeamte, dem ich nie wieder hatte begegnen wollen. In diesem Fall allerdings nicht, weil ich mit ihm im Bett gewesen wäre.

»Meine Kollegin Edith Beelitz arbeitet ab sofort mit an dem Fall«, informierte Adrian den Kriminaltechniker.

Verwirrt zuckten Bussis unruhige Augen zurück zu meinem Gesicht. Mein ungewöhnlicher Vorname ließ bei ihm anscheinend etwas klingeln, das in dem beachtlichen Hohlraum in seinem Kopf ein Echo erzeugte. In einem seltenen Anfall von geistiger Umnachtung hatte mich meine Mutter nach meiner Oma benannt – ausnahmsweise ohne vorauszusehen, was der hoffnungslos veraltete Name für Folgen haben würde, sobald ich zur Schule ging. Mein Name war immer deutlich einprägsamer als meine äußere Erscheinung gewesen.

Bussis Blick traf meinen.

Es dauerte einen langen Moment, bevor seine fleischige Oberlippe noch ein Stückchen höher zuckte und sein Mund sich zu einem Grinsen verzog.

Plötzlich schien er es doch für nötig zu halten, mich zu begrüßen. Meine Ohren begannen zu rauschen, als er mit schweren Schritten auf mich zumarschierte und mir die Hand hinhielt.

»Edith! Sieh mal an, das ist ja eine Überraschung.« Seine Pranke quetschte meine Hand. Seine flinken, kleinen Schweineaugen funkelten.

»Und Edith macht uns jetzt mal wieder vor, wie es nicht geht! Nun komm schon, Schnuckelchen, versuch wenigstens, mich zu schlagen! Ich weiß doch, dass du mir gern die Fresse polieren möchtest. Du hast die offizielle Erlaubnis. Aber halt den Stock richtig rum.«

Bussis Bemerkung sorgt für Gelächter unter den Kollegen, die in der mit blauen Matten ausgelegten Sporthalle herumstehen.

Meine Knie werden weich.

»Komm schon! Hau mir eine rein!«

Ich weiß, dass ich es nicht kann. Der Hartgummischlagstock in meiner Hand kommt mir bleischwer vor.

Irgendwer feuert mich an.

Ich ticke mit dem Stock halbherzig auf Bussis Knüppel.

»*Und genau so macht ihr es nicht*«, referiert Bussi, *während er meinen Schlag pariert. »Ihr schlagt natürlich nicht auf die Waffe, mit der der Gegner euren Angriff leicht abwehren kann, sondern auf ungeschützte Bereiche seines Körpers. Nur bitte nicht auf den Kopf.«*

Der Schmerz explodiert in meinem Oberschenkel! Vermutlich hätte Bussi noch viel härter zuschlagen können. Doch mir reicht der Hieb, ich sehe Sterne.

»*Und dann holt ihr sie von den Füßen.*«

Ich höre das Knacken, lande auf dem Boden. Meine Kollegen prusten los.

Bussi seufzt. »*Und jetzt mache ich das noch mal mit jemandem vor, der sich auch wehrt.*«

»Was macht dein Fuß, Edith?«, erkundigte sich Bussi, ohne meine Hand loszulassen.

»Ist wieder wie neu«, knirschte ich. Mein Herz klopfte panisch und ich ärgerte mich darüber.

Er grinste breiter. »Ich hatte ja fast ein schlechtes Gewissen. Konnte nicht ahnen, dass deine zarten Knochen so einen kleinen Showkampf nicht verkraften.«

Ich wollte meine Hand wegziehen. Er hielt sie fest.

»Hast du denn inzwischen ein bisschen mehr Biss?«

Mir wurde übel.

»Lass sie in Ruhe!« Adrian verpasste seinem Kollegen eine unsanfte Kopfnuss.

»Ach? So ist das?« Bussi ließ mich endlich los und grinste Adrian anzüglich an.

Ich griff meine schmerzende Rechte und hatte das Gefühl, mich übergeben zu müssen.

Eine Behörde denkt nicht mit einem Gehirn, sondern mit einer Hierarchie. Da gehst du unter.

Meine Mutter hatte mich gewarnt.

Bereits am ersten Arbeitstag steckte ich wieder in der gleichen, verfahrenen Situation fest. Es ging nie um die Sache, es ging immer darum, wer das Sagen hatte. Der Ranghöhere hatte automatisch recht, der Vorgesetzte, der Dienstältere oder wie in Bussis Fall einfach der physisch Stärkere. Auch wenn er statt eines Kopfes einen mit einem Vakuum gefüllten Unterdruckbehälter zwischen seinen Schultern sitzen hatte.

Und egal, in welche Situation ich auch geriet, in der allgemeinen Hackordnung stand ich immer ganz unten.

Hast du etwa schon verdrängt, dass du die komplette Fehlbesetzung für den Job bist, oder was?

Überlegenheit zählte einfach nicht zu meinen Stärken.

Was ich eigentlich in Ordnung fand. Nicht mal, wenn ich Muskeln wie Popeye besessen hätte, hätte ich mich mit einer Rugby-Spieler-Mentalität wie Bussi durchs Leben rempeln wollen. War sicher sinnvoll, dass der Typ sich inzwischen mit dem Einsammeln von Haaren befasste statt mit Menschen.

»Während du geschäkert hast, waren wir fleißig«, gingen Bussi und Adrian inzwischen mehr oder weniger zum Dienstlichen über. »Das Schild ist schon in der KTU. Fingerabdrücke kannst du vergessen. Wahrscheinlich hatte der Täter Handschuhe an, wäre allein wegen des Wetters kein Wunder.«

Adrian fluchte.

»Aber ...« Der Kriminaltechniker zog eine durchsichtige Tüte hinter dem Rücken hervor und hielt sie hoch. »Taadaa!«

»Mensch, Bussi, du bist der Größte!« Adrian packte den bulligen Schädel des Kriminaltechnikers und drückte ihm einen Kuss auf die Glatze, bevor er ihm die Tüte aus der Hand nahm. Darin steckte eine mittelgroße, schwarze Lederhandtasche.

»Die gehört eindeutig der Toten, die Papiere sind im Porte-monnaie. Ansonsten ist aber nicht viel Aufregendes darin, ein Lippenstift, Taschentücher, ein Wohnungsschlüssel. Kein Handy. Geld fehlt auch. Ob das rausgenommen wurde oder gar keines drin war, kann ich dir nicht sagen.«

»Keine Telefonnummern oder Adressen?«, fragte Adrian. »Nicht mal ein Foto von ihrem Freund?«

»Ein bisschen was sollst du ja auch noch zu tun haben«, feixte Bussi. Meine Anwesenheit ignorierte er konsequent. In seinem übersichtlichen Denkschema stand ich offensichtlich noch immer auf einer Stufe mit einer mittelgroßen Küchen-schabe.

»Wo habt ihr die Tasche gefunden?«, wollte Adrian wissen.

»Im Mülleimer vor dem Supermarkt neben der Agentur für Arbeit.« Der bullige Kriminaltechniker deutete vage in Richtung Universitätsstraße. »Deshalb haben wir da vor-sichtshalber auch alles dichtgemacht.«

»Der Mörder könnte also die Handtasche hier mitgenom-men, das Geld rausgenommen und sie dann ein Stück weiter entsorgt haben«, überlegte Adrian. »Ein simpler Raubüber-fall?«

Ich biss mir auf die Unterlippe. Ich traute mich nicht, mich einzumischen. Bussis dämliche Psychospielchen zeigten immer noch Wirkung. Er degradierte mich zur Küchenschabe und ich glaubte ihm.

An dem Gedanken blieb ich hängen. Hatte Philipp nicht genau das Gleiche gemacht?

»Aber wie passt das zu der aufgerissenen Bluse?«, stellte Adrian die Frage, die ich heruntergeschluckt hatte. »Hat der Täter erst ein Sexualdelikt ausführen wollen und sich dann anders entschieden und einen Raub begangen? Oder wurde er gestört – vielleicht von der sich nähernden Wachfrau?

Dann hat er das Opfer ins Gebüsch geworfen und schnell noch daran gedacht, die Handtasche mitzunehmen?« Adrian rieb sich das kratzige Kinn. »Oder ist jemand anders später vorbeigekommen, hat die Tote entdeckt und, statt die Polizei zu rufen, die günstige Gelegenheit genutzt und die Tasche gestohlen?«

ZOMBIE

Sie bekam einen Busen.

Mein Blick glitt über ihre nackten, unter ihrem T-Shirt hervorragenden Beine, die lang und schlaksig waren und so dünn, dass die Kniegelenke Knubbel bildeten. Sie würde noch größer als ihre Mutter werden und einen Körper haben, der den Kerlen feuchte Träume bescherte. Dummerweise kam sie nicht nur äußerlich nach ihrer Mutter ...

Knurrend tat ich, als würde ich ihr Arschwackeln nicht bemerken. Aber lange hielt ich nicht mehr durch.

Für die Sache mit den Kondomen hätte ich ihr am liebsten eine gescheuert.

Scheiße! Ich hatte mir nicht ausgesucht, die Bratzen am Arsch kleben zu haben! Genauso wenig wie die Scheißkatze.

Ich schwanzgesteuerter Idiot hatte die Evolution seit dem Ende der Steinzeit verpennt und war davon ausgegangen, dass das Luxusflittchen im Fall der Fälle die Blagen mitnahm und es mich allerhöchstens zwanzig Jahre Unterhaltszahlungen kosten würde.

Jetzt hatte ich die Brut am Hals.

Und vergeigte es grandios.

»Es tut mir sehr leid, ich kann Frau Ösing leider nicht erreichen. An ihren freien Tagen besucht sie häufig ihre Mutter
im Sauerland und sie scheint ihr Handy ausgeschaltet zu
haben. Sie werden sich gedulden müssen, bis sie morgen
wieder im Dienst ist.« Dr. Andrea Steffen zuckte entschuldigend die runden Schultern. Die Chefin des Jobcenters war
trotz ihrer flachen Schuhe größer als ich, maß also mindestens eins fünfundsiebzig, und brachte vermutlich zwei
Zentner auf die Waage. Ihre buschigen, grauen Locken trug
sie auf Kinnlänge gestutzt. Sie bemühte sich nicht, durch
krampfhaftes Ducken und Kopfeinziehen oder kaschierende
Kleidung zierlicher zu wirken, als sie war. Und den Polizeieinsatz vor ihrer Behörde nahm sie mit der Gelassenheit
einer seit über einem halben Jahrhundert amtierenden Köni-
gin zur Kenntnis. Ich beneidete sie umgehend.

»Frau Ösings Kollege hat mir aber inzwischen die Akte
von Frau Bleier ausgedruckt.« Steffen schob Adrian eine
Mappe über den Schreibtisch. Eine gut fünf Zentimeter
dicke Pappakte. Die Tote schien das Jobcenter schon länger
zu beschäftigen.

»Können Sie uns sagen, ob gestern Abend nach zwanzig
Uhr noch Mitarbeiter von Ihnen im Haus waren?«, wiederholte Adrian die Frage, die die Wachleute nicht hatten beantworten können.

Auf Dr. Steffens Stirn entstanden eine Menge senkrechter
Falten. »Zumindest kann ich das für Sie in Erfahrung brin-
gen«, erklärte sie. »Wir arbeiten mit einem elektronischen
Zeiterfassungssystem. Die Mitarbeiter stempeln sich beim
Dienstbeginn und Dienstende ein und aus. Allerdings ist
das Einsehen dieser Informationen aus Datenschutzgründen

nicht ganz einfach. Und ob noch jemand von der IT-Abteilung und der Personalvertretung im Haus ...«

»Müssen Mitarbeiter, die sich nach achtzehn Uhr noch im Gebäude aufhalten, nicht einen Schlüssel für den Haupteingang am Empfang abholen?«, erinnerte ich mich an die Erklärung des Wachmanns.

Die korpulente Frau hob erstaunt ihre buschigen Brauen über ihre randlose Brille. Dann griff sie nach dem Telefon.

Wenige Minuten später stand ein pummeliges Mädchen mit einem Plastikschnellhefter in der Hand in der Tür von Dr. Steffens Chefinnenbüro. Anscheinend traute es sich nicht herein.

»Das ist Frau Grubenbauer, unsere Auszubildende«, erklärte die Jobcenterchefin. »Sie hatte gestern Nachmittag Dienst am Empfang. Kommen Sie herein, Frau Grubenbauer. Frau Beelitz und Herr Adamkowitsch sind von der Polizei und wollen wissen, ob gestern jemand einen Schlüssel ausgeliehen hat.«

Das Gesicht des Mädchens begann zu glühen. Sie trug eine Brille, eine Zahnspange und einen dunkelblonden Pferdeschwanz. Sah aus, als wäre sie erst fünfzehn.

Sie legte eine Liste auf den Besprechungstisch aus Glas, an dem wir saßen. »Ja, also – ja. Es hat jemand einen Schlüssel ausgeliehen.«

Ich rutschte dichter an Adrian heran, um einen Blick auf das Blatt Papier im Schnellhefter werfen zu können.

Frau Grubenbauer tippte auf die letzte Spalte in der Liste. Da stand in sorgfältiger, runder Schulmädchenschrift das Datum von gestern eingetragen. Und dahinter ein Schnörkel, der am ehesten dem Gekritzel ähnelte, mit dem man einen eingetrockneten Kugelschreiber wieder gängig zu machen

versuchte. Offenbar war das die Unterschrift des Schlüssel-
empfängers.

Adrian fixierte die Auszubildende. Die fing prompt an,
von einem Bein aufs andere zu trippeln, als müsste sie dringend aufs Klo.

O je.

»Sie hatten gestern Dienst, Sie müssen doch wissen, wem
Sie den Schlüssel ausgehändigt haben«, stellte Adrian fest.

Die runden Wangen des Mädchens wechselten im Sekundentakt die Farbe. Sie sah aus, als würde sie jeden Augenblick in Tränen ausbrechen.

»Ich bin erst einen Monat hier und hier arbeiten so viele
Leute ...«, stammelte sie. Ihr Blick wanderte Hilfe suchend
von Dr. Steffen zu mir.

Weil die Leiterin des Jobcenters anscheinend nicht vor-
hatte, ihrer jungen Mitarbeiterin zu Hilfe zu kommen, hielt
ich Adrian davon ab, weiter zu bohren.

»Können Sie sich noch erinnern, wie der- oder diejenige
aussah?«, mischte ich mich ein.

Die Auszubildende nickte hastig.

»Ein Mann oder eine Frau?«

»Ein Mann.«

»Jung oder alt?«

»Nicht so alt.«

»Dick oder dünn?«

»Na ja ... sportlich?«

»Brille, Glatze, Warze auf der Nase?«

Ich hatte sie zum Lächeln gebracht.

»Er hat so strubbelige, dunkle Haare, eine eckige Brille
und einen Ohrring. Er sieht ein bisschen aus wie dieser
Fernsehmoderator.«

»Das müsste Herr Otto sein«, mischte sich Steffen ein.

»Er sieht wirklich ein bisschen aus wie der Moderator vom *Dschungelcamp*. Er organisiert den Bewerbungsworkshop, der heute drüben im BIZ geplant gewesen war, bevor Ihre Kollegen das gesamte Gelände abgesperrt haben.«

Mit ein bisschen Fantasie ließ sich der Kringel auf der Schlüssel-Ausleih-Liste als O identifizieren.

»Vielen Dank, Frau Grubenbauer. Sie haben uns sehr geholfen«, nickte die Jobcenterchefin der Auszubildenden freundlich zu.

Ich überlegte, ob sie genauso freundlich blieb, nachdem wir verschwunden waren, oder ob Grubenbauer den Ärger zu erwarten hatte, den sie befürchtete, weil sie einen Schlüssel zum Jobcentereingang an jemanden herausgegeben hatte, von dem sie nicht einmal den Namen kannte.

ZOMBIE

Die Katze maunzte lang gezogen.

Ihre gelben Augen waren unnatürlich starr, die Pupillen riesig und schwarz. Sie schob ihr Kinn über den Wohnzimmerteppich, ließ sich jaulend auf die Seite kippen, rollte auf den Rücken, schlug mit dem buschigen Schwanz.

Das Vieh war high.

Komplett zugedröhnt.

Den Grund konnte ich riechen. Ein penetranter Gestank hing im gesamten Wohnzimmer. Die Blagen hatten wieder so ein Scheiß-Baldrian-Spielzeug besorgt. Dabei wussten die genau, dass ich ausflippte von dem Zeug! Bei Katzen hingegen sorgte das Unkraut für einen krassen Drogentrip, das Vieh sah durch den Baldrian bunte Elefanten fliegen.

Fluchend ging ich auf die Knie, um unter die Couch sehen zu können. Das winzige Stoffkissen mit rosa Blütenaufdruck klemmte hinter dem Holzfuß des Sofas. Ich zog einen Kugelschreiber aus der Tasche, um die stinkende Katzendroge hervorschieben zu können.

Kaum kam ein rosa Zipfel unter der Couch zum Vorschein, schlug der pelzige Junkie mit irre aufgerissenen Augen seine Krallen hinein.

Ich hasste das Scheißvieh.

EDDIE

»Gestern stand der Beamer definitiv auf dem Rollwagen.«

»Na toll! Den hat sich wieder irgendjemand, ohne Bescheid zu sagen, weggeholt. Jetzt können wir jeden Sitzungssaal und jeden Lagerraum absuchen.« Die schlanke junge Frau schob verärgert ihre Brille hoch. Zur Jeans trug sie eine lange, orangefarbene Strickjacke und ein T-Shirt mit Panda-Aufdruck. Der Look ließ vermuten, dass sie Yogi-Tee statt Kaffee trank, in ihrer Frühstückspause meditierte und vegan kochte. Sie war wahrscheinlich jünger als ich, ihre braunen Locken hatte sie zu einem unordentlichen Knoten im Nacken zusammengezurrt und ihrer schmalen Oberlippe gelang es nicht, ihre großen Schneidezähne komplett zu verdecken.

»Wegen des Beamers mache ich nicht schon wieder Überstunden.« Den etwa Dreißigjährigen mit dem kantigen Kiefer identifizierte ich dank seiner auffälligen Brille und den lustig in die Höhe frisierten, dunklen Haaren als den mysteriösen Herrn Otto, der sich mithilfe seiner unleserlichen

Unterschrift gestern einen Schlüssel für den Haupteingang des Jobcenters ausgeliehen hatte. Er hatte sein Sakko ausgezogen. Sein verschwitztes Oberhemd klebte an seinen Oberarmen, die verrieten, dass er nicht unsportlich war.

Die Jobcenterchefin hatte durch einen kurzen Anruf festgestellt, dass Herr Otto noch im Dienst war. Allerdings saß er nicht in seinem Büro im Jobcenter, sondern im ein paar Hundert Meter entfernt an der Universitätsstraße gelegenen Gebäude der Agentur für Arbeit, wo er einen Workshop vorbereitete.

Adrian und ich waren zu Fuß hinübergegangen. An der Parkplatzreihe des Jobcenters am Park entlang und nach dem Überqueren der Friederikastraße auf dem Fußweg am Theaterzentrum vorbei, hatten wir das Gebäude der Agentur für Arbeit erreicht.

Diesen Weg hatten die Leute vom Sicherheitsdienst auch genommen. Die Fahrt mit dem Auto lohnte sich nicht. Ehrlich gesagt, war mir bisher nicht einmal bewusst gewesen, dass zwischen dem Jobcenter und der Agentur für Arbeit ein Unterschied bestand. Weil ich ja gerade noch einmal haarscharf daran vorbeigeschlittert war, das Amt um Unterstützung bitten zu müssen.

Mittlerweile hatte mich Wikipedia aufgeklärt. Die Agentur für Arbeit war für Arbeitsberatung und -vermittlung von Menschen zuständig, die Arbeitslosengeld I bezogen, also weniger als zwölf Monate ohne Job waren.

Weil ich in den letzten sechs Jahren kein Einkommen gehabt hatte, würde ich selbst zum Fall für das Jobcenter werden, wenn ich die Sache mit der Rückkehr in den Beruf vergeigte. Diese Behörde betreute Leute, die länger als zwölf Monate ohne Arbeit waren und Arbeitslosengeld II oder Sozialhilfe bezogen. Besser bekannt als Hartz IV.

Das waren die schwierigen Fälle. Langzeitarbeitslose, die aufgrund einer Krankheit ihren erlernten Beruf nicht mehr ausüben konnten. Menschen mit Behinderung oder ohne Ausbildung. Jugendliche ohne Schulabschluss.

Oder Alleinerziehende ...

Die Agentur für Arbeit war in einem großen Backsteinbau mit grün gerahmten Fenstern untergebracht. Doch auch die Jobcenterabteilungen für Akademiker und für junge Erwachsene befanden sich in diesem Gebäude. Und das BIZ – das Berufsinformationszentrum. Im BIZ fand Ottos Workshop statt. In dem weitläufigen Raum gab es PC-Arbeitsplätze zwischen Regalreihen mit Informationsmaterial zu unzähligen Berufen.

Im hinteren Bereich hatten Otto und seine Kollegin Tische in Querreihen aufgebaut wie in einer Schulklasse. Ein Stehpult stand vor einer Leinwand.

»Ich organisiere uns morgen früh den Beamer aus dem Vortragsraum«, erklärte der smarte, junge Mann seiner Kollegin mit dem mutmaßlichen Faible für Bioprodukte. »Fehlt sonst noch irgendwas?«

Adrian räusperte sich und klopfte auf den Informationstresen in der Raummitte. »Herr Otto?«

Der Arbeitsvermittler wandte sich zu uns um.

»Adamkowitsch, Kriminalpolizei. Das ist meine Kollegin Beelitz. Wir haben ein paar Fragen an Sie. Es geht um die Frau, die heute Morgen tot aufgefunden wurde.«

»Frau Dr. Steffen hat Sie angekündigt«, nickte Otto. Er deutete auf einen kleinen Nebenraum hinter einer Glastür. Ein Tisch, mehrere Stühle und einige übereinandergestapelte Getränkekisten waren darin untergebracht.

»Wie kann ich Ihnen helfen?« Otto nahm mir gegenüber Platz, legte die Hände auf die Tischplatte und presste die

Fingerspitzen aneinander. Adrian schob mir den Protokollblock hin.

»Sie haben sich gestern Abend einen Schlüssel für den
Haupteingang des Jobcenters ausgeliehen«, begann Adrian
das Gespräch. »Haben Sie länger gearbeitet?«

Er nickte.

»Der Wachdienst macht um achtzehn Uhr Feierabend,
danach ist der Haupteingang zu. Frau Kroneberg und ich ...«,
er deutete auf die Strickjackenträgerin, die in der Tür aufgetaucht war, »... wir haben gestern das Gleiche gemacht wie
heute: Wir bereiten ein Bewerbungstraining vor. Eigentlich
hätte der Workshop heute stattfinden sollen, aber aufgrund
des schrecklichen Vorfalls haben Ihre Kollegen ja das gesamte Gelände gesperrt. Wir mussten die Leute nach Hause
schicken und die Veranstaltung auf morgen verschieben.«

Mit einer Handbewegung beorderte Adrian Kroneberg
ebenfalls an den Tisch.

»Wie lange haben Sie beide gestern gearbeitet?«, kam Adrian auf den Punkt.

Otto pustete die Backen auf und tauschte einen ratlosen
Blick mit seiner Kollegin.

»Ich war rechtzeitig zum Beginn der zweiten Krimiserie
um Viertel nach neun zu Hause«, sprang diese ein. Sie lispelte. »Wir haben das Gebäude also gegen neun verlassen.«

Adrian richtete sich unmerklich auf. »Haben Sie irgendetwas Auffälliges bemerkt?«

»Sie wollen wissen, ob die Tote schon vorm Jobcenter
lag?«, schlussfolgerte Otto. »Das können wir Ihnen nicht
sagen, weil wir gar nicht mehr drüben im anderen Gebäude
waren. Ich hatte mir zwar den Schlüssel geliehen, falls wir
noch irgendetwas aus unseren Büros gebraucht hätten, aber
benutzt haben wir letztlich nur den Schlüssel für die Agen-

tur für Arbeit. Ich kann für Frau Kroneberg mitsprechen«, ergänzte der Arbeitsvermittler, »weil ich sie nach Hause gefahren habe. Geparkt hatte ich hier im Wirtschaftshof, direkt vor dem Nebeneingang.«

Adrians Körperspannung ließ nach. »Und außer Ihnen beiden war niemand mehr da?«

Synchrones Kopfschütteln.

»Auf dem Parkplatz ist Ihnen auch niemand begegnet?«

»Nein.«

Sackgasse.

Adrian zog unzufrieden die Mundwinkel nach unten und ich wunderte mich, wie mühelos ich noch immer seine Miene deuten konnte.

»Kennen Sie denn die Tote? Ronja Bleier?«, mischte ich mich ein. »Sie war ja Klientin des Jobcenters und es muss Probleme mit ihr gegeben haben.«

Kroneberg schüttelte die braunen Locken.

Otto kaute auf seiner Unterlippe.

»Ich habe Frau Bleier früher betreut«, erklärte er dann.

Ach so? Mein Blick traf Adrians und mein Herzschlag beschleunigte, weil sich das viel zu vertraut anfühlte. Mann, die Geschichte mit uns war zehn Jahre her! Abgehakt. Fertig. Konzentration jetzt!

»Vor etwa einem Jahr haben sich die Zuständigkeiten verändert«, sprach der Arbeitsvermittler weiter. »Seitdem hat meine Kollegin Frau Ösing Frau Bleiers Betreuung übernommen.«

»Wieso?« Im Gegensatz zu mir hatte Adrian den Faden durch unseren kurzen Blickkontakt nicht verloren. Hastig schrieb ich wieder mit.

»Gab es schon damals Probleme mit Frau Bleier?«

Otto schüttelte den Kopf. »Das war ein reiner Verwaltungsvorgang. Früher war die Zuständigkeit alphabetisch nach dem Anfangsbuchstaben der Nachnamen geregelt. Das hatte zur Folge, dass die Kollegen, die zum Beispiel für Nachnamen mit ö zuständig waren, überproportional häufig mit türkischen Mitbürgern zu tun hatten.«

Logisch, wenn man darüber nachdachte.

»Also haben wir auf Zuständigkeit nach Aktennummern umgestellt. Damit fiel Frau Bleier in den Bereich von Frau Ösing.«

»Und mit der hat es Streit gegeben?«, versuchte Adrian erneut, etwas über den Grund für das Hausverbot herauszufinden.

»Mit der gibt es immer Streit«, lispelte Ottos Kollegin Kroneberg mit ironischem Unterton.

Otto warf ihr einen missbilligenden Blick zu.

»Wie meinen Sie das?«, hakte Adrian sofort nach.

»Frau Ösing hat manchmal eine etwas ruppige Art«, antwortete Otto anstelle seiner Kollegin.

Kroneberg rümpfte unzufrieden die Nase, woraus ich schloss, dass sie die Sachlage weniger taktvoll beschrieben hätte.

»Frau Ösing macht sich die Arbeit bis zur Rente so bequem wie möglich«, bemerkte Kroneberg schnippisch. »Junge Leute mit einem Bewerbungstraining bei der Arbeitssuche zu unterstützen, hält sie für ›ungesunden Übereifer‹.«

»Chantal!«, mahnte Otto.

»Was ist?«, eiferte sie sich. »Das ist ein wörtliches Zitat.« Angriffslustig warf sie eine lose Locke nach hinten und wandte sich wieder an Adrian. »Die Kollegin Ösing meint nämlich, dass ich auch zur frustrierten Zicke mutieren werde, sobald ich – Achtung, noch ein Zitat – ›zehn Jahre lang in meiner Freizeit Coachings für Leute organisiert habe, die lieber zum Zahnarzt gehen als zu einem Bewerbungsgespräch‹. Ich hingegen bin der Meinung, dass gerade die jungen Leute Unterstützung brauchen und keine Sanktionen.«

Freundinnen waren die beiden Arbeitsvermittlerinnen definitiv nicht.

»Wie gesagt, bin ich in Frau Bleiers Fall nicht mehr auf dem Laufenden«, bemühte Otto sich, das Gespräch zu beenden. »Wenn Sie wissen wollen, was los war, müssen Sie Frau Ösing persönlich fragen.«

ZOMBIE

Der Gestank des Baldrians zerrte Bilder aus den dunklen Ecken meines Unterbewusstseins, die ich auf keinen Fall sehen wollte.

Das Klingeln des Telefons mitten in der Nacht. Meine heulende Mutter. Der tobende Alte.

Fluchend entsorgte ich das Katzenspielzeug in der Mülltonne.

EDDIE

»Was wolln Se?« Die Alkoholfahne und der bissige Tonfall der korpulenten Frau ließen mich einen Schritt zurückweichen.

Sie war über fünfzig. Ihr lilafarbenes Shirt und die Leggings waren aus so billigem Stoff gefertigt, dass sie durchsichtig schienen, weil sie von Brüsten und Bauch gefährlich überdehnt wurden. Außerdem trug sie verschiedenfarbige Socken. Eine schwarze und eine grüne.

Das graue Haar war kurz geschnitten, eine Ponysträhne lila getönt. Die rote Nase, die roten Augen und die roten Flecken im Gesicht verrieten, dass die Frau geweint hatte.

»Adamkowitsch, Kriminalpolizei«, sagte Adrian, obwohl sie das eigentlich schon wissen müsste. »Ich war heute Vormittag hier, erinnern Sie sich, Frau Winnemeier?«

Ich konnte kein Anzeichen eines Wiedererkennens in Winnemeiers Gesicht ablesen. Stattdessen hatte sie Schwierigkeiten, Adrian mit ihren verheulten Augen zu fokussieren. Anscheinend hatte sie, seit Adrian ihr die Nachricht vom Tod ihrer Tochter überbracht hatte, ihren Schmerz mit Alkohol betäubt.

Was ich ihr nicht verübeln konnte.

Im engen Flur hinter Ronja Bleiers Mutter entdeckte ich ein hüfthohes Regal, in dem sich außer Schuhen auch Handtaschen, Regenschirme, Käppis, Handys, Sporttaschen und Rucksäcke, ein Portemonnaie, mehrere Ausgaben der Bildzeitung und ein paar rote Boxhandschuhe stapelten.

Ein großer, nicht mehr ganz junger Mann spähte argwöhnisch aus einem Zimmer, in dem ich den Fernseher flackern sah. Zu seiner Jogginghose trug er ein Achselshirt, dessen verwaschener Aufdruck mir auffiel: eine gruselige Fratze mit gebleckten Zähnen. Der Schriftzug darunter sollte aussehen, als sei er mit verlaufenem Blut geschrieben. *Jenseits,* stand da. Vielleicht der Name einer Rockband?

Er war ein breitschultriger Türstehertyp mit roten Flecken am Hals und mürrischer Miene, trotzdem war die Ähnlichkeit zu dem halb zerstörten Gesicht auf den Tatortfotos nicht zu übersehen: die gleichen großen Augen mit den dicken Lidern und den blassen Wimpern. Das kupferrote Haar. Unübersehbar Ronja Bleiers Bruder. Sie war neunundzwanzig gewesen, ihn schätzte ich älter.

94

Die Gesichter von zwei weiteren jungen Männern tauchten neben seinen Schultern auf. Wahrscheinlich waren auch die beiden schon volljährig, allerdings waren ihre Gesichter deutlich schmaler und ihnen fehlten die charakteristischen roten Haare.

»Wir hatten besprochen, dass Sie uns zur Wohnung Ihrer verstorbenen Tochter begleiten. Erinnern Sie sich?«, blieb Adrian beharrlich.

Die Frau schrak zusammen, als hätte Adrian eine Entführung durch Außerirdische angekündigt. Sie knallte die Tür zu. Adrian zuckte gerade noch rechtzeitig zurück, sonst hätte er sie vor die Nase bekommen.

Er drückte gleich wieder die Klingel. »Frau Winnemeier! Es wäre wirklich hilfreich, wenn Sie uns begleiten würden.«

Die Frau hinter der Tür schnäuzte sich geräuschvoll die Nase.

»Sie können dazu beitragen, die Todesumstände Ihrer Tochter zu klären.«

Keine Antwort.

»Wenn Sie sich außerstande sehen, uns zu begleiten, werden wir den Vermieter Ihrer Tochter anrufen und die Wohnung in seinem Beisein öffnen lassen«, erklärte Adrian.

Ich sah auf seine Armbanduhr. Mittlerweile war es beinahe halb fünf. In einer halben Stunde musste ich Lotti bei meiner Mutter abholen. Ihr fehlte jedes Verständnis für Leute, die ihre Termine nicht geregelt bekamen.

»Wenn Sie sich nicht um den Nachlass Ihrer Tochter kümmern wollen, wird dem Vermieter die Aufgabe zufallen, die Wohnung aufzulösen. Das Hab und Gut Ihrer Tochter geht in diesem Fall in seinen Besitz über«, ergänzte Adrian ein wenig zusammenhanglos.

Doch tatsächlich ging die Tür wieder auf und die Frau

stand in Plastikschlappen und einer Joggingjacke vor uns, ein klimperndes Schlüsselbund in der Hand.

»Den ganzen Tag habe ich nicht Zeit«, maulte sie.

»Ich habe immer gesagt, dat lohnt sich alles nich.«

Ronja Bleier hatte keine fünf Gehminuten von der Agentur für Arbeit entfernt gewohnt, in Sichtweite des Exzenterhauses, einem markanten, mitten auf der Universitätsstraße errichteten Büroturm, dessen gläserne Stockwerke versetzt angeordnet waren.

Das Haus, in dem Bleier gelebt hatte, war zweistöckig und unauffällig. Zwei Steinplatten führten zum Eingang. Fünf Meter entfernt rauschten die Autos auf der viel befahrenen, vierspurigen Straße vorbei. Hier herrschte den ganzen Tag über Rushhour, schöner Wohnen ging anders.

»Warum soll ich Putzen gehen und mir die Knochen kaputt machen, für 'nen Scheißchef, der auch nur hundert Euro mehr zahlt als das Amt und mich sowieso in den Arsch tritt, wenn der befristete Vertrag ausläuft?«, lamentierte Bleiers alkoholisierte Mutter weiter, während sie den Wohnungsschlüssel aus der Tasche fummelte. »Aber die Ronni wollte zur Bank. Ein Witz, wo ihr Alter seit Jahrzehnten in der Schufa steht, oder? Ich hab ihr gleich gesagt, dass die nur Supermodels hinter die Schalter stellen. Und wie Heidi Klum sieht sie ja wirklich nicht aus. Aber sie hat sich den Arsch aufgerissen, Abi und so, keiner von ihren Brüdern hat so was, da reicht's nur zum Rumstehen vor die Discos. Ich hab Ronni immer gesagt, dass sie zu fett ist für die Bank und am Ende mit ihrer tollen Ausbildung doch bei Lidl an der Kasse hockt.«

Die Formulierung traf mich wie eine Faust in den Magen. Weil ich gerade haarscharf an genau der gleichen Situation vorbeischlitterte.

96

»Ronni hatte einen befristeten Job nach dem anderen.« Winnemeier gelang es nicht, den Schlüssel in das Schloss der Wohnungstür zu stecken. »Bis sie mit fast dreißig gar keine Stelle mehr kriegt. Und was sagt die Alte vom Amt? Alternativbewerbungen.«

Der Tonfall der Frau mit dem lila Fleck in den Haaren klang nach ›Hab ich gleich gesagt‹. Emotionale Intelligenz im Minusbereich.

»Ronni sollte sich bei Lidl bewerben, sonst hätte ihr die Jobcentertussi die Stütze gekürzt. Da hat Ronni der Kuh 'n Kaffeepott an den Kopp geschmissen.«

Was dann wohl das Hausverbot erklärte.

Ein leises Wimmern lenkte mich ab. Eine Gänsehaut kroch mir die Arme hinauf in den Nacken. Kam das aus der Wohnung der Toten?

Agnes Winnemeier klimperte immer noch mit dem Wohnungsschlüssel vor dem Schlüsselloch herum. Ich legte der Frau eine Hand auf den zitternden Unterarm.

Adrian horchte ebenfalls auf.

Als Winnemeier aufhörte, zu kramen und zu klimpern, war das Geräusch hinter der Tür deutlich zu hören. Ein hoher, lang gezogener, verzweifelter Ton.

»Ach, nee«, stöhnte Ronja Bleiers Mutter.

»Lebte Ihre Tochter nicht allein hier?«, erkundigte sich Adrian, sichtbar alarmiert.

»Den Köter hab ich ganz vergessen«, maulte Winnemeier und hantierte erneut erfolglos mit dem Schlüssel. »Muss ich das Vieh jetzt etwa auch noch im Tierheim abliefern?«

Adrian atmete auf. Offenbar hatte er genau wie ich im ersten Moment an ein Kind gedacht.

Ich nahm der Betrunkenen den Schlüssel aus der Hand und öffnete die Tür. Etwas, was wie ein Troll auf Speed aussah und hauptsächlich aus weißen Locken und schwarzen Knopfaugen zu bestehen schien, sauste aus der Wohnung und wuselte fiepend um unsere Beine herum.

Adrian wich einen Schritt zurück und zupfte, noch bevor der Pelzträger ihn berührt hatte, ein Hundehaar vom Hosenbein seiner Jeans.

Bleiers emotional unterwickelte Mutter trat nach dem Tier.

Hastig ging ich in die Hocke und hielt dem verwirrten Kerlchen meine Hand hin. Dankbar verkroch er sich zwischen meinen Knien.

Weil meine Oma ihr Leben lang in ihrem Schrebergarten von der herrenlosen Katze bis zur aus dem Nest gefallenen Krähe und zur Not auch noch dem obdachlosen Karl-Heinz Asyl gewährt hatte, waren meine Freundin Anne und ich den größten Teil unserer Kindheit mit der Pflege von Omas Tieren beschäftigt gewesen. Was mich in die Lage versetzte, den Winzling am Kragen zu packen und auf den Arm zu nehmen, ohne dass er Schwierigkeiten machte.

»Boah, das Vieh hat den Flur vollgeschissen!« Winnemeier hatte sich inzwischen in die Wohnung gedrängelt.

Das war keine große Überraschung, denn der Hund war ja anscheinend seit gestern Abend allein gewesen.

»Bleiben Sie hinter mir, Frau Winnemeier«, hörte ich Adrian kommandieren.

Komisch, dass Bleier den Hund nicht dabeigehabt hatte, ging es mir durch den Kopf. Ein Hundespaziergang wäre eine einigermaßen logische Begründung für ihre Anwesenheit am Jobcenter gewesen. Immerhin grenzte der Park gleich an die Parkplätze. Der kleine Kläffer versuchte, mir mit seiner rosa Zunge durchs Gesicht zu schlecken.

Groß war Ronja Bleiers Zuhause nicht: ein Zimmer mit Dachschrägen, Küche und ein Duschbad mit Futternapf.

»Nichts anfassen. Wir dürfen keine mit dem Tod Ihrer Tochter in Zusammenhang stehenden Spuren zerstören«, erklärte Adrian der Mutter der Toten. »Sagen Sie Bescheid, wenn irgendetwas fehlt – oder Ihnen einfach etwas ungewöhnlich vorkommt.«

Augen auf, Mund zu und Hände in die Taschen, kramte mein Gehirn ein paar Schnipsel von dem, was ich in der Ausbildung mal gelernt hatte, hervor.

Ich hielt den Hund fest und folgte Adrian ins Wohnzimmer.

Kampfspuren gab es jedenfalls keine. Und glücklicherweise hatte auch der Hund die Zeit, die er allein gewesen war, nicht genutzt, um die Wohnung zu verwüsten. Sonst hätte der Erkennungsdienst einiges mehr an Arbeit vor sich.

Viel hätte Bleiers haariger Mitbewohner allerdings auch nicht kaputt machen können. Die Wohnung erinnerte an meine eigene. Sie wirkte leer, unsere Schritte hallten von den kahlen Wänden wieder.

»Wohnte Ihre Tochter schon länger hier?«, erkundigte ich mich, während Adrian sich Einmalhandschuhe überzog.

»Seit der Trennung von ihrem Freund«, nickte Winnemeier.

Ich horchte auf. Verletzte Gefühle taugten immer als Mordmotiv. »Wann ist das gewesen?«

»Muss schon über ein Jahr her sein«, murrte die Dicke achselzuckend.

Na ja, da hatten sich die Gefühle vermutlich längst wieder abgekühlt.

»Hatten die beiden noch Kontakt?«, hakte ich trotzdem nach, während ich das zerwühlte Bett mit der gelben Sponge-Bob-Bettwäsche betrachtete. Der Hund schlief offensichtlich am Fußende. Sah nicht aus, als hätte Bleier mit spontaner, nächtlicher Romantik gerechnet.

»Das müssen Sie doch wissen«, ätzte die Frau. »Sie können doch das Handy prüfen und so.«

»Das Handy Ihrer Tochter haben wir nicht gefunden und der Verbindungsnachweis steht noch aus. Eine Ortung mithilfe der Nummer, die Sie mir heute Morgen gegeben haben, ist zurzeit ebenfalls nicht möglich.« Adrian wandte sich uns zu. »Zuletzt eingeloggt war das Gerät gestern Abend in dieser Gegend. Weil diese Wohnung in so unmittelbarer Nähe von Agentur für Arbeit und Jobcenter liegt, ist nicht nachvollziehbar, ob Frau Bleier es überhaupt bei sich hatte.«

Er sah sich suchend um. Doch in dem übersichtlichen Wohnraum war auf Anhieb kein Mobiltelefon zu entdecken.

Mit dem Hund auf dem Arm warf ich einen Blick in die enge Küche, während Adrian vorsichtig das kleine, weiße Notebook aufklappte, das auf dem Schreibtisch stand.

Ich fand in Plastik verpacktes Toastbrot, Nutella, Dosenravioli, Hundefutter. Keine frischen Vorräte. Keine Zettel am Kühlschrank. Keine Dekosprüche oder Wandtattoos, die den kahlen Raum wohnlicher gemacht hätten. Kein Hinweis auf die Person, die hier über ein Jahr lang gelebt hatte.

Gut, dass an den Wänden keine Familienfotos hingen, wunderte mich nicht, nachdem ich Bleiers Mutter kennengelernt hatte.

Einen Moment lang war ich froh über den Tisch, den meine Mutter mir geschenkt hatte. Und die Einmachgläser meiner Oma. Ich musste unbedingt Bilder aufhängen. Und Lottis Kinderzimmer einrichten.

Ich kehrte in den Wohnschlafraum zurück. Der Rechner war surrend angesprungen und zeigte nun die Passwordabfrage vor einem Hintergrundbild.

Vielleicht hatte sich Bleiers Leben ja hauptsächlich virtuell abgespielt? Gab es eine Internetbekanntschaft auf irgendeinem Datingportal? Hatte sich ein Blind Date fatal entwickelt?

Ich trat neben meinen Kollegen. Er warf dem hechelnden Hund auf meinem Arm einen missbilligenden Blick zu und ging auf Abstand.

Das Hintergrundbild auf Ronja Bleiers Rechner zeigte einen übergewichtigen, jungen Mann, der wie der Frontmann einer Heavy-Metal-Band aussah. Er trug ein Totenkopf-T-Shirt und hatte sein dünnes, dunkles Haar wie einen Vorhang vors Gesicht gekämmt. Auf seinem linken Unterarm durchbohrte ein auftätowierter Dolch einen Totenschädel. Die Spitze der Klinge ragte bis an das Handgelenk. Der Typ sah aus wie eine Gruselfilmversion von Angelo Kelly.

»Wer ist das?«, erkundigte ich mich bei Bleiers Mutter.

»Na, der Tobi. Ihr Ex«, murmelte sie.

Tatsächlich? Dann waren die Gefühle wohl doch noch nicht komplett abgekühlt.

»Tobi? Tobias? Und wie ist sein Nachname?«

Bleiers Mutter zuckte die Schultern. »Weiß ich nicht mehr. So lange waren sie auch nicht zusammen.«

»Ich denke, sie hatten eine gemeinsame Wohnung?«, fragte ich verwirrt.

Winnemeier winkte ab. »Sie wissen doch, wie das ist – erst ist es der Mann fürs Leben und ein halbes Jahr später zieht man wieder aus.«

Außer man ist bereits schwanger, ergänzte eine gehässige kleine Stimme in meinem Kopf. Dann putzt man noch ein paar Jahre länger sein Klo.

Autsch.

Bleiers Mutter trug vielleicht zwei verschiedene Socken in Plastikpuschen, aber in Sachen Lebenserfahrung war sie mir einige Lichtjahre voraus.

Adrian betrachtete noch einen Augenblick lang das Foto, dann klappte er den Rechner zu.

»Und was passiert jetzt mit dem Köter?«, wollte Winnemeier wissen.

ZOMBIE

Der Gestank des Baldrians hatte die Flaschengeister geweckt. Die Dämonen meiner Vergangenheit rumorten in ihren Gefängnissen. Das vertraute Gefühl, irgendetwas kaputt schlagen zu müssen, war wieder da.

Schon wieder.

Gedankenspirale, meldete sich prompt der Seelenklempner in meinem Kopf. Tatsächlich steckte ich seit Wochen wieder in dem vertrauten Muster aus Wutaufbau und Abreagieren fest. Dass ich das registrierte, half mir aber kein bisschen. Im Gegenteil, ich konnte spüren, wie ich mehr und mehr die Kontrolle darüber verlor.

Verlass die Situation!, erinnerte ich mich an Danas Rat. *Lass irgendwie Dampf ab! Geh laufen, stemm Gewichte, kauf dir meinetwegen einen Sandsack und schlag auf den ein!*

Zeit, auf sie zu hören, bevor die Kinder die Auswirkungen meiner unterirdisch miesen Laune zu spüren bekamen.

Oder die drogensüchtige Katze …

EDDIE

Ich versinke in Adrians blauen Augen. Er zieht mich in seine Arme. Tausend Schmetterlinge flattern in meiner Brust auseinander, als wir uns küssen.

Als ich endlich im Pritschenwagen meiner Mutter saß, tauchten die Erinnerungen an unsere verkorkste Beziehung an der Oberfläche meines Bewusstseins auf wie das Ungeheuer von Loch Ness: Irgendwie hatte ich immer gewusst, dass es sie gab, trotzdem wäre ich am liebsten schreiend davongerannt.

Adrian sitzt neben mir auf der alten Gartenbank in unserer WG, die Füße auf dem Balkongeländer. Er tickt seine Bierflasche gegen meine und zwinkert mir zu.

Scheinwerfer und Lüftungsgitter des dunklen BMW hinter mir erweckten den Eindruck, als würde er die Zähne fletschen und am liebsten der Karre meiner Mutter in die Stoßstange beißen. Der Fahrer drückte auf die Hupe, weil die Ampel, vor der ich stand, längst Grün zeigte. Die verschlissene Kupplung der Schrottkiste meiner Mutter griff viel zu spät, der Wagen machte einen Satz.

Die Jobcenterakte von Ronja Bleier, die mir Adrian mitgegeben hatte, damit ich sie durchlesen und ihm morgen erzählen konnte, was drinstand, rutschte vom Sitz. Hätte um ein Haar den winzigen Hund erschlagen, der fiepend zur Seite sprang. Die Zettel verteilten sich im Fußraum.

Der BMW scherte aus und überholte mich mit aufjaulendem Motor. Mein neuer, haariger Begleiter sprang mit fliegendem Fell auf den Sitz und kläffte. Zähneknirschend startete ich den Motor neu und war froh, dass er überhaupt wieder ansprang. Hastig kurbelte ich den Wagen auf den nächsten Supermarktparkplatz.

Mein Herz klopfte.

Pause. Es war nach fünf. Dass ich mit dem Chaos, in das ich mein Leben verwandelt hatte, hoffnungslos überfordert war, ließ sich sowieso nicht mehr vertuschen. Mal ganz abgesehen von den zusätzlichen Problemen, die ich mir gerade mit dem Hund aufgehalst hatte und die meine Mutter sofort vorhersehen und das garantiert nicht für sich behalten würde.

Ich ließ stöhnend meinen Kopf auf das abgegriffene Lenkrad sinken.

Es war offensichtlich: Adrian Adamkowitsch, der drei Jahre lang mein WG-Mitbewohner und bester Kumpel gewesen war, bevor wir im Bett gelandet waren und alles versaut hatten – Adrian Adamkowitsch war nicht nur ähnlich groß, ähnlich sportlich und ähnlich selbstsicher, er hatte auch das gleiche Rotzlöffel-Lächeln ...

Ich schloss die Augen und atmete aus.

... wie Philipp.

Warum war mir das nie aufgefallen?

Außerdem war Adrian zwar äußerlich auf ähnliche Art attraktiv wie Philipp, aber im Gegensatz zu meinem Ehemann behandelte er mich nicht wie ein Kind mit Lernschwäche. Nessie spuckte mir die logische Schlussfolgerung vor die Füße: Konnte es sein, dass ich Philipp damals geheiratet hatte, weil ich Adrian nicht hatte bekommen können?

Ich ließ die Stirn noch mal auf das Plastiklenkrad fallen. Der Hund legte den Kopf schief. Das Ungeheuer von Loch Ness planschte brüllend durch meine Gedanken.

»Ist hier noch frei?«

Adrian sieht zu mir hoch. In seinen Augenwinkeln erscheinen winzige Fältchen, die ich auf Anhieb mag. Frech ziehe ich den Stuhl, auf dem er seine langen Beine abgelegt hat, unter seinen Waden weg.

War ich damals wirklich selbstsicher genug gewesen, mich einfach neben ihn zu setzen? Wie dem auch sei, selbst heute tat mir der Gedanke an unsere erste Begegnung in der Polizeihochschule noch weh. Die Chemie hatte sofort gestimmt – was ich selten genug erlebte.

Ganz selbstverständlich hatte Adrian die Lücke gefüllt, die Anne nach ihrem Aufbruch in den Wilden Westen hinterlassen hatte. Dabei hätten wir kaum unterschiedlicher sein können: Nach zwei Jahren Wehrdienst war Adrian nicht nur im Besitz sämtlicher Führerscheine, auch Kampf- und Schießtraining hatte er bereits hinter sich.

Ich hingegen hatte es dank meiner seltsamen Familie fertiggebracht, mitten im Ruhrgebiet wie ein Landei aufzuwachsen. Burschikos, mit Kurzhaarschnitt und eher imstande, auf einen Baum zu klettern, als einen Lippenstift zu benutzen. Drei Jahre lang waren wir beste Kumpel gewesen. Stundenlang hatten wir auf dem Balkon unserer WG nebeneinandergesessen, mit den Füßen auf dem Geländer und einem Bier in der Hand. Adrian hatte mir geholfen, die Nahkampfausbildung zu überstehen und dafür hatte er sich bei mir ausgeheult, als die Beziehung mit seiner Jugendliebe in die Brüche ging, weil er sich durch die halbe Polizeihochschule vögelte.

Adrian konnte ich das Desaster, in dem unsere Freundschaft geendet war, nicht vorwerfen. *Ich* war diejenige gewesen, der Freundschaft nicht mehr gereicht hatte.

Zu meinem Ärger schien er damals absolut nicht zu bemerken, dass auch ich zu der Hälfte der Menschheit gehörte, die einen BH trug.

Anne war es schließlich gewesen, die per Skype-Ferndiagnose feststellte, dass meine sexuelle Unsichtbarkeit meine eigene Schuld war und ich Adrian die ganze Zeit rein freundschaftliches Interesse signalisierte.

Ich hatte erst nicht kapiert, was sie meinte.

Vielleicht lag es daran, dass meine Mutter den ganzen Tag im Blaumann herumlief, meine Oma sich wie die Knusperhaushexe persönlich kleidete und mein Vater in seiner Freizeit am liebsten ausrangierte, mit Farbe beklekste Klamotten trug. Bei uns zu Hause waren Äußerlichkeiten nie Thema gewesen. Und kommuniziert wurde auf eine Art, die größtenteils ohne Worte auskam. Die plumpen Mittel, mit denen sich andere Menschen mitteilten, hatte ich schlicht und einfach nicht beigebracht bekommen.

Deshalb hatte ich es in der dritten Klasse höchstens seltsam gefunden, als meine Mitschülerinnen anfingen, ihre Nägel zu lackieren. Ich hatte nicht geschnallt, wozu das gut sein sollte.

Mit Anfang zwanzig klärte mich Anne schließlich darüber auf, dass Mädchen auf diese Art ihre Paarungswilligkeit signalisierten.

Tatsächlich hatte ich in dem Moment immer noch nicht geglaubt, dass das ihr Ernst sein könnte.

Was denkst du, wieso du es sonst als Jungfrau durch Schule und Studium geschafft hast?, hatte sich meine Freundin belustigt erkundigt.

Weil sich das Studium an der Polizeihochschule und damit auch meine WG-Zeit mit Adrian rasch ihrem Ende näherten, hatte ich es schließlich einfach ausprobiert.

Ich tickte meine Stirn noch einmal gegen das Lenkrad.

Es war nicht Philipps Schuld gewesen, dass ich zur Tussi mutiert war. Das hatte ich selbst hinbekommen. Als Philipp mich kennenlernte, hatte ich meine Haare bereits wachsen lassen, Make-up benutzt und High Heels getragen.

Und damit hatte ich ungewollt offenbar noch was ganz anderes als reine Paarungsbereitschaft signalisiert: Nämlich, dass ich gewillt war, mich so zu verändern, wie der Typ mich haben wollte. Einschließlich Intimwaxing und Namensänderung im Hochzeitsfall.

Genau auf die gleiche Art hatte ich vorher auch schon Adrian aufgerissen. Mit der Vortäuschung falscher Tatsachen, sozusagen.

Schiefgelaufen war Adrians und meine Beziehung, weil es mir nicht gelungen war, seinen Wissensvorsprung in sexueller Hinsicht aufzuholen.

Nach der Ausbildung war ich bei der Hundertschaft der Bereitschaftspolizei gelandet und Adrian im Streifendienst. Dass er seine Vorgesetzte beim Vögeln mit Handschellen an die Gitter der Arrestzelle gefesselt hatte, hatte er gar nicht erst zu leugnen versucht.

Sorry, Eddie, aber ich bin nicht mehr zwölf. Der knappe Kommentar, mit dem er nicht nur unsere kurze Beziehung, sondern auch unsere Freundschaft beendete, hatte mich getroffen wie eine Backpfeife. Blümchensex mit mir hatte ihm nicht gereicht, aber zu allem, was er sich vorstellte, war ich nicht bereit gewesen. Und natürlich war ich nicht darüber hinweggekommen. Kein bisschen!

Ich presste die Stirn gegen das alte Lenkrad.

Der Hund fiepte.

Weit über ein Jahr nach der Trennung hatte ich mich noch immer elend gefühlt. Adrian hatte mich betrogen, Anne blieb in Amerika und ich hockte in einer Hundertschaft, in der mich meine Kollegen die Heulsuse nannten. Und sie hatten recht: Ich hasste den Job, die Uniform, das ermüdende Rangordnungsgerangel und das ständige Kampftraining.

Ich war ein Weichei.

Du bist empfindsam, pflegte meine Oma zu sagen. *Das ist keine Behinderung, sondern eine Gabe.*

Ein bisschen weniger Empfindsamkeit und dafür ein bisschen mehr Lebensfähigkeit würde mein Leben allerdings ungemein vereinfachen.

Besonders unglücklich war ich nicht gewesen, als mein rechter Knöchel nach dem ›Unfall‹ beim Schlagstocklehrgang und der folgenden Operation steif blieb. Der Arbeitsunfall wurde anerkannt, ich blieb krankgeschrieben, ließ mir von Oma Kräuterwickel machen und lief zwei Mal pro Woche zur Physiotherapie. Wo ich einfach so tat, als würde ich nicht bemerken, dass mein niedlicher Therapeut wie Adrians jüngerer, rothaariger Bruder aussah.

Ich vergrub die Finger in meinen kurzen Haaren und zerrte daran.

Damit war klar, was mir an Philipp gefallen hatte.

Und er hatte in mir offenbar die willige Vorzeigetussi gesehen, die er gesucht hatte. Und mich dementsprechend behandelt. Er hatte gesagt, dass er auf lange Haare, sexy Schuhe und eine glatt gewaxte Bikinizone stand. Und ich – das war das eigentlich Schlimme an der Sache – ich hatte mitgespielt.

ZOMBIE

Ich trümmerte den Sandsack mit einer schnellen Schlagfolge immer weiter zur Seite. Meine Oberarme brannten, meine Brustmuskeln flatterten, meine Lunge schrie nach Luft.

Ich spürte, dass ich körperlich endlich an meine Grenzen kam – und ließ die Dämonen frei.

Der Sandsack bekam das Gesicht meines alten Schulfeinds Christian Brosching. *Mit einem provozierenden Grinsen steckt sich der Scheißkerl seinen Mittelfinger in den Mund. Seine idiotischen Kumpel lachen sich tot. Meine auf den Rücken gedrehten Arme fühlen sich an, als hätten die Arschlöcher mir die Schultern ausgerenkt. Mir wird übel vor Schmerzen.*

Meine Wut explodierte grellrot und meine Grenzen verschoben sich prompt. Sobald ich die Erinnerungen an die gute, alte Schulzeit heraufbeschwor, spürte ich meine Muskeln und den Schmerz in meiner Lunge nicht mehr. Die Welt verengte sich auf den Sandsack, auf das Geräusch meiner Atmung und meinen wummernden Herzschlag.

Als ich wieder zu mir kam, lag ich schwer atmend auf dem Rücken. Der Sandsack war längst in seine Ausgangsposition zurückgependelt. Ich war nicht in der Lage, meine Arme anzuheben, sie fühlten sich an, als wären sie an den Boden geschweißt.

Ich blieb liegen.

Für heute hatte ich meine Wut besiegt. Aber morgen würde sie sich wieder melden. Lange in Ruhe ließ sie mich nie.

EDDIE

»Da ist Jo, Mami!«, rief Lotti aufgeregt. »Kann ich spielen?«

Es dämmerte und ein kalter Wind pfiff zwischen den vierstöckigen Fassaden hindurch und rupfte die Blätter von den alten Bäumen der betagten Wohnanlage. Doch wegen unseres neuen pelzigen Mitbewohners war Lotti aufgekratzt, obwohl ich ihr erklärt hatte, dass er nur vorübergehend bei uns einzog, bis wir einen besseren Platz für ihn gefunden hatten.

Jetzt leuchteten Lottis grüne Augen, als sie die kreischende Kinderhorde auf dem kleinen Spielplatz zwischen den Häusern entdeckte.

Seufzend setzte ich den Hund, in dessen näherer Verwandtschaft ich einen Zwergpudel vermutete, auf dem Rasen ab. Er schoss freudig kläffend zwischen den Kindern hin und her.

»Solange es noch nicht ganz dunkel ist, können wir draußen bleiben«, willigte ich ein, weil ich heute kein enttäuschtes Gesicht vertrug. Und weil es genau genommen an ein Wunder grenzte, dass Lotti in unserer derzeitigen Situation spielen gehen wollte und nicht weinend fragte, wann wir endlich zu Papa zurückkehrten.

Tatsächlich verkraftete meine fünfjährige Tochter das Auseinanderbrechen ihres Lebens unerwartet gut. Vor allem, wenn man bedachte, dass sie normalerweise schon ein gruseliger Zeichentrickfilm aus der Bahn warf.

Die Überlegung ließ mich innehalten. Eine Sekunde länger als nötig betrachtete ich Lottis elfenhaftes Gesicht mit den weit auseinanderstehenden grünen Augen, der von Sommersprossen übersäten Stupsnase und den fein geschwungenen rosa Lippen, deren breites Lächeln mühelos den Sonnenschein ersetzen konnte. Ihre roten Locken quollen unter der Eisköniginnenmütze hervor.

War es möglich, dass Lotti absichtlich fröhlich war, weil sie spürte, wie es mir ging und sie mir keine zusätzlichen Sorgen machen wollte? Dass meine Tochter mich mit den wissenden Augen meiner Oma ansah, beruhigte mich nicht unbedingt.

Ich knöpfte ihren Kragen zu und sie flitzte davon.

Müde folgte ich ihr zum trotz des bescheidenen Wetters gut besuchten Spielbereich.

Ich bemerkte wieder die Tarnhosenträgerin mit dem pink-farbenen Zopf, die am Kletterturm angelehnt rauchte. Einer ihrer blonden Zwillinge war aus der Sandkiste entkommen und krabbelte mir auf dem Rasen entgegen.

Außerdem sah ich ein vielleicht türkisches Mädchen zusammen mit Lottis dunkelhäutiger Freundin Jo auf dem Kletterturm an der Rutsche. Die kleine Türkin war etwas jünger, höchstens vier, dafür hatte ich nach drei Jahren als ›Vorlese-Mutti‹ im Kindergarten einen Blick.

Zwei Jungen spielten Fußball und ein älteres Mädchen mit dunkler Haut zeigte einer Kopftuchträgerin sein Handy. Die Muslima trug einen figurbetonten Rock, die schlaksige Dunkelhäutige ein für ihr Alter gewagtes Outfit, bestehend aus Hotpants über einer Wollstrumpfhose und einem Parka mit Fellbesatz an der Kapuze. Ihre schulterlange Afromähne stand beinahe waagerecht von ihrem Kopf ab, so buschig waren die Haare. Sie und ihre Freundin waren höchstens zwölf.

Jo hatte Lotti ebenfalls entdeckt. Sie ließ ihre türkische Freundin gnadenlos stehen, rutschte meiner Tochter strahlend entgegen und die beiden knieten sich neben dem begeistert schwanzwedelnden Hund ins nasse Gras.

Mir wurde warm, denn dass Lotti so schnell Anschluss fand, passierte nicht oft. Mein dröhnender Kopfschmerz ließ nach. Vielleicht blieben wir doch noch etwas länger draußen. Nachdem dieser Tag mich wie eine S-Bahn überrollt hatte, tat mir die frische Luft gut. Hier im Wohngebiet wurde der Straßenlärm vom Kinderlachen übertönt.

Als ich bei meiner Mutter eingetroffen war, hatte die mit Hammer und Meißel Betonreste aus einer gigantischen Wurzel geklopft. Lotti war ebenso in ihre Arbeit vertieft gewesen: Mithilfe eines Taschenmessers hatte sie aus einem Stock einen überraschend scharfkantigen Speer angefertigt.

Längerfristig taugte meine Mutter nicht als Babysitterin, das war aber keine neue Erkenntnis.

Nach einer Ganztagsbetreuung hatte ich mich noch nicht einmal erkundigt. Ich bezweifelte, dass ich die Gebühren von meinem halben Lohn würde bezahlen können. Außerdem sträubte sich alles in mir dagegen, Lotti auch noch einen Kindergartenwechsel zuzumuten.

Nachdem meine Mutter ihren Vortrag über die Schwierigkeiten, die mir der Hund machen würde, beendet hatte, hatte ich nicht mehr gebeichtet, dass ich morgen früh noch einmal ihren Wagen benötigte.

Hoffte ich wirklich auf ein Wunder? In Gestalt eines rot gelockten Prinzen mit Lausbubenlächeln, der mir aus alter Verbundenheit den SUV überließ, den ich bis vor drei Tagen gefahren war?

Schwachsinn! Meine Mutter würde ausflippen, wenn ich sie morgen ohne Vorwarnung aus dem Bett klingelte. Ich musste sie gleich noch mal anrufen.

Mein Kopf fing prompt wieder an zu pochen.

Weil ich mich nicht zu der Tarnhosenträgerin gesellen wollte und die beiden Möchtegernteenager den Sandkastenrand besetzten, trat ich neben das Autowrack, das auf der hauseigenen Stellfläche an der verkehrsberuhigten Einbahnstraße vor sich hin rostete. Daneben stand immer noch der Motorroller.

Mein Blick fiel auf das mit Paketband an der rissigen Sitzbank befestigte Pappschild. Ich blinzelte, als hätte mich ein Fingerschnippen aus einer Hypnose geweckt.

200 €.

Das Wunder stand direkt vor meiner Nase?!

Den Motorradführerschein hatte ich während der Polizeiausbildung gemacht. Danach war ich nie wieder auf ein motorisiertes Zweirad gestiegen, aber das hier war ein ziemlich kleines Modell. Fünfzig Kubik. Das würde ich schon hinkriegen.

Hübsch war natürlich anders, das japanische Fabrikat war schwarz mit giftgrünen Streifen auf der Verkleidung. Egal. Hauptsache, es fuhr.

Denn zweihundert Euro konnte ich investieren – im Gegensatz zu dem, was mich ein schrottreifes Auto kosten würde.

Allerdings stand auf der Pappe weder ein Name noch eine Telefonnummer. Wahrscheinlich wohnte der Besitzer in einem der drei Wohnblöcke, genau wie ich – und wie ... Ich rechnete grob nach ... wie ungefähr sechzig andere Mieter, samt hilfsbedürftigen Eltern, Lebenspartnern, ein paar erwachsenen Kindern, die das Hotel Mama nicht verlassen wollten, nicht angemeldeten Untermietern oder den zweiundsechzig Mitgliedern des illegal eingereisten Familienclans.

Kurz entschlossen wandte ich mich zum Spielplatz um. Das entflohene Krabbelkind war beinahe bei mir an der Parkfläche angekommen. Ich schnappte es mir und setzte es zurück in den Sandkasten, bevor ich mich zu der Tarnhosenträgerin am Kletterturm gesellte.

»Hi. Ich bin Eddie, ich bin gestern eingezogen«, versuchte ich, ihre Aufmerksamkeit vom Handy auf mich zu lenken.

Tatsächlich hob sie die schmuddelig blauen Augen vom Display und ließ sie kurz über mein Gesicht, meinen Winterparka und meine kaputte Jeans wandern.

»Mütze«, brummte sie dann.

Wie bitte? Hatte sie sich jetzt vorgestellt?

»Deine Kleine?«, erkundigte sie sich mit einem Kopfnicken in Lottis Richtung, während sie ein Päckchen Zigaretten aus der Tasche ihrer Jacke kramte und mir hinhielt.

Als ich abwinkte, fummelte sie sich selbst eine Kippe heraus. »Jo freut sich. Die Jungs wollen immer nur Fußball spielen.« Lotti und Jo rannten kreischend um den Sandkasten.

»Du weißt nicht zufällig, wem der Roller da drüben gehört?« Weil meine Nachbarin keinen besonderen Wert auf eine förmliche Anrede zu legen schien, duzte ich zurück.

»Doch, klar.«

»Und wem?«

»Garantiert gehört der Oleg. Der vertickt ständig irgendwelche Schrottkisten am Amt vorbei.« Sie deutete auf die Balkonreihe gegenüber. Neben einem rostigen Wäscheständer stand ein blasses Mädchen mit einer zwei Hand hohen, metallischblauen Irokesenfrisur und rauchte. Ich war mir nicht sicher, ob meine Spielplatzbekanntschaft auf diesen Balkon gezeigt hatte.

»Willste das Ding etwa haben?«

»Wenn es fährt ...«

»Ey! Jamie, Finn!«, brüllte die Frau, die vermutlich nicht wirklich Mütze hieß, die Jungen mit dem Fußball an. »Klingelt mal bei Oleg. Hier will einer den Roller haben.«

Die Jungs flitzten los.

An mich gewandt fügte Mütze hinzu: »Gib dem aber bloß nicht zweihundert Kröten für das Ding, hörste?«

Kurz darauf trat ein untersetzter, blasser Mann in dunklem Trainingsanzug und Adiletten aus dem Haus. Sein Resthaar und seine Bartstoppeln waren schwarz, seine eng stehenden Augen unruhig. Das weiße T-Shirt unter seiner Joggingjacke hatte dunkle Schmierspuren, als hätte er eben noch ein Schrottauto repariert und seine ölverschmierten Finger an seinem beachtlichen Bauch abgewischt.

»Danke«, sagte ich zu meiner Rutschenkollegin. Die winkte mit der qualmenden Zigarette in der Hand ab.

»Du willst Roller?«, erkundigte sich Oleg, als ich auf ihn zutrat. Das unmerklich gerollte R ließ mich eine osteuropäische Herkunft vermuten, sein Akzent war allerdings so wenig ausgeprägt, dass der verknappte Satzbau auch auf Sprachfaulheit zurückzuführen sein konnte.

»Kommt drauf an. Gibt es eine Betriebserlaubnis? Und läuft er überhaupt?«

Oleg fummelte einen Schlüssel aus der Tasche. Der Motor sprang sofort an.

»Ist zweihundert Euro ein Festpreis?«

»Tank ist fast voll.«

»Hundertzwanzig!«, mischte sich die Tarnhosenträgerin vom Kletterturm aus ein.

»Ey! Halt Fresse!«

»Mund«, rutschte es mir automatisch heraus, weil ich seit Jahren sogar das ›Klo‹ gegen die kinderfreundliche ›Pipibox‹ austauschte. Ich war in einem Haus aufgewachsen, in dem bis heute nie auch nur ein einziger Kraftausdruck gefallen war.

Oleg schien sich nicht sicher zu sein, ob er mich richtig verstanden hatte.

Die Kleinkindbetreuerin hinter mir quälten in Bezug auf die Wortwahl keine Skrupel. »Fick dich! Das Ding ist mindestens zehn Jahre alt.«

Ich ahnte, dass meine empfindsame Seite sich in meiner neuen Nachbarschaft dringend ein dickeres Fell zulegen musste.

»Hundertfünfzig und du kriegst noch 'n Reifen dazu«, brummte Oleg missmutig.

»Was soll ich mit drei Reifen?«, wunderte ich mich.

»Box für Helm?« Oleg klopfte auf die hinter der Sitzbank montierte Kiste.

»Die ist sowieso schon dran.« Meine Spielplatzbekanntschaft Mütze war näher gekommen.

»Einen Helm brauche ich auch«, fiel mir ein. »Nein, zwei.«

»Hundertachtzig für Roller und zwei Helme.« Oleg hielt
mir seine ölverschmierte Pranke hin.

Ja!

»Wenn nicht fährt, kommst du zu mir«, fügte Oleg hinzu.
»Ich bring wieder zum Laufen für Kiste Bier.«

ZOMBIE

Die Wut war weg, das Entspannungsgefühl prickelte nach
dem Duschen durch meinen Körper. Jetzt brauchte ich einfach nur in Bewegung zu bleiben und der Tag war überstan-
den. Freddies olle Boxbude war schon immer meine Rettung
gewesen.

Ich bin ein schüchterner, magerer Teenager mit zu langen
Armen und Beinen, als ich das erste Mal durch die mit einem
Gitter geschützte Stahltür trete und unsicher stehen bleibe.

Ich stehe in einer düsteren Welt aus Gummimatten und klir-
rendem Eisen, in der riesengroße Typen mit grimmiger Miene
auf Sandsäcke einschlagen. Ich bin hier, weil ich kein Opfer
mehr sein will. Ich will Christian und seinen Handlangern die
Fresse polieren und endlich ohne Angst in die Schule gehen.
Aber ich gehe davon aus, hier ebenso wenig willkommen zu
sein wie überall sonst. Vorsichtshalber weiche ich zurück, als
der Typ mit dem Körperbau einer Schrankwand auf mich
zukommt. Doch er lässt mir grinsend einen Arm, der so viel
wie ein Eichenstamm wiegt, auf die Schultern fallen und ich
versuche, unter dem Gewicht nicht in die Knie zu gehen.

Das hier war der einzige Ort, an dem ich mich sicher fühlte. Ich war süchtig nach dem Geruch von Schweiß, gammeligem Leder, Rost und dem Waschmittelgestank der chemischen Reinigungsfirma nebenan.

EDDIE

Liebe auf den ersten Blick verband mich mit meinem neuen Fahrzeug definitiv nicht. Drei Versuche benötigte ich, um den Roller auf den leicht angerosteten Ständer zu wuchten. Obwohl das Ding hauptsächlich aus Plastik zu bestehen schien, war es schwerer, als gedacht. Oder mir fehlte einfach die Übung im Umgang damit. Schließlich stand er stabil neben dem kniehohen Hartplastikschild mit der Aufschrift *Jobcenter*. Dutzende davon machten die Parkflächen kenntlich, ein paar waren umgefallen. Die hohe, helle Fassade der Behörde schimmerte ein Stück entfernt in der Dunkelheit.

Um sicherzugehen, dass der Roller wirklich funktionierte, hatte ich Lotti noch mal bei Oma abgesetzt, gleich nachdem ich Oleg bezahlt hatte. Die Testfahrt mit einem Besuch an dem Ort zu verbinden, an dem Ronja Bleier gestern Abend gestorben war, war eine spontane Idee gewesen.

Meine Haare klebten verschwitzt an meinem Kopf, als ich den Helm abnahm.

Sogar die Uhrzeit passte beinahe, stellte ich mit einem Blick auf mein Handy fest. Es war kurz nach acht. Ende Oktober war es um diese Zeit bereits vollständig dunkel.

Einen Moment lang lauschte ich auf den Verkehr und das leise Rauschen des Windes in den letzten Blättern der Bäume im Park. Ich war in die schmale Abzweigung zu den

Parkplätzen eingebogen, die viel befahrene Universitätsstraße war keine fünfzig Meter entfernt. Allerdings wurde sie von Gebäuden verborgen, das Jobcenter befand sich in zweiter Reihe.

Der Weg war beleuchtet, das nasse Pflaster glänzte im matten Licht der Laternen. Hatte hier wirklich eine Leiche die ganze Nacht liegen können, ohne entdeckt zu werden?

Fußgänger waren jetzt gerade keine zu sehen. Und bei dem Weltuntergangswetter gestern war sicher kaum jemand unterwegs gewesen.

Neben mir begann das Dickicht des Parks. Einen Augenblick starrte ich in die Dunkelheit. Dann gab ich mir einen Ruck und ging in Richtung Jobcenter.

Es knackte im Gebüsch! Ich fuhr zusammen.

Klang, als wäre jemand auf einen Ast getreten?!

Irgendwo hinter den Bäumen sah ich Lichter, doch im Schatten der Büsche herrschte Finsternis. Sekundenlang lauschte ich angestrengt. Doch ich hörte nur mein eigenes Herz klopfen. Um mich herum blieb alles still.

Ein Eichhörnchen vielleicht? Oder eine Maus?

Denn dass hier wirklich ein Irrer auf ein Opfer lauerte, glaubte ich doch nicht wirklich.

Trotzdem beschleunigte ich meine Schritte.

Wieder knackte es hinter mir.

Verdammt! Ich war nicht allein!?

Ich erreichte das Gebäude. Jetzt wuchs die weiße Fassade mit den dunklen Fenstern wie eine Mauer neben mir in die Höhe und versperrte mir den Fluchtweg. Nach Feierabend war nur die Notbeleuchtung eingeschaltet. Wenn jetzt jemand aus den Büschen trat, würde ich das Jobcenter erst umrunden müssen, um auf Leute treffen zu können. Hilfeschreie würden kaum bis zur Hauptstraße zu hören sein, und wenn doch, würden sie dort vom Verkehrslärm verschluckt werden.

Wenn mein Verfolger schneller war als ich, saß ich hier in der Falle. Die pummelige Ronja Bleier hatte keine Chance gehabt.

Neben mir führte eine kurze Treppe hinunter zum tiefer gelegenen Haupteingang der Behörde. Ein grell blendender Lichtkegel zuckte hoch in mein Gesicht. Ich hob abwehrend die Hände.

»Sorry.« Der Lichtschein sackte zu Boden und ich erkannte die große, schlanke Gestalt, die aus dem Schatten der Fassade vor den beleuchteten Eingang getreten war. Magere Beine ragten aus dem Saum ihrer dicken Jacke, ihre Füße steckten in klobigen Moonboots und sie kaute Kaugummi: die junge Nachtwächterin, die Adrian und ich heute Nachmittag befragt hatten.

Im gleichen Moment hörte ich erneut eine Bewegung im Gebüsch hinter mir. Ein lautes Rascheln.

»Geben Sie mir Ihre Lampe!« Ich sprang die Treppe hinunter auf die Wachfrau zu.

Die zupfte lahm einen Kopfhörer aus ihrem Ohr. »Häh?«

Na klasse, jeder Taubstumme ist wachsamer als du!

»Beelitz, Kriminalpolizei!«, sagte ich genervt. »Ich brauche Ihre Taschenlampe.«

Als ich meinen Namen nannte, erinnerte sie sich anscheinend an mich, und hielt mir träge die Lampe entgegen. Ich sprang die Stufen wieder hinauf und ließ den Lichtkegel ins Gebüsch flitzen.

Doch das Gewirr aus Blättern und Ästen lag vor mir wie eine Wand. Dahinter rührte sich nichts. Ein einzelnes gelbes Blatt segelte vor mir zu Boden.

»Alles klar?« Die Wachfrau war kaugummikauend neben

mich getreten. Seufzend gab ich ihr die Lampe zurück. Sie fummelte die Kopfhörer zurück in die Ohren und schlurfte in Richtung meines Rollers davon.

Erst jetzt merkte ich, dass ich nach Luft rang wie nach einem Hundertmetersprint.

Hatten mir meine Nerven einen Streich gespielt? Hatte ich bloß eine Katze oder einen streunenden Hund gehört? Oder war jemand im Park gewesen?

Ich warf einen Blick auf die Lücke zwischen den Rhododendren auf der Grünfläche neben dem Eingang, wo die Tote gefunden worden war. Sie hatte im Schatten zwischen den brusthohen Büschen gelegen.

Aber die Wachleute hatten sowieso einen anderen Weg genommen. Ich trat die kurze Treppe hinunter zum Haupteingang, wo die Wachfrau eben aufgetaucht war. Vor mir stieg die Grünfläche zum Parkplatz an, oben versperrten weitere Büsche die Sicht auf den Leichenfundort.

ZOMBIE

Paradox. Erst durch Freddies Training hatte ich vom verschüchterten Teenager, der in der Schule gemobbt und zu Hause verprügelt wurde, zu dem mutieren können, was ich heute war. Und jetzt brauchte ich den Sport, um nicht die Kontrolle darüber zu verlieren ...

EDDIE

Eineinhalb Stunden lang sortierte ich an diesem Abend auf dem Fußboden meiner leeren Wohnung die Akte der toten Ronja Bleier. Bei Kerzenlicht, weil ich weder Strom noch Lampen besaß. Vielleicht konnte ich morgen Roski beschwatzen, den Strom schon vor dem ersten November einzuschalten.

Hinter mir auf der Matratze schnarchte Lotti, eingerollt in Omas nach Lavendel duftende Daunendecke. Der kleine Hund lag, den Kopf zwischen den Pfoten, auf dem Laminat und sah mir mit glänzenden Knopfaugen zu.

Ich musste daran denken, vor dem Einschlafen noch mal mit ihm Gassi zu gehen. Dabei war mein Bedarf an nächtlichen Spaziergängen nach meinem Ausflug zum Jobcenter für heute eigentlich gedeckt.

Ich verdrängte den Gedanken und konzentrierte mich wieder auf die Akte. Weil die meisten Formulare nummeriert gewesen waren, gelang es mir, die Papiere in eine einigermaßen richtige Reihenfolge zu bringen. So richtig schlau wurde ich allerdings nicht aus dem, was ich las. Warum Bleier seit über einem Jahr arbeitslos war, konnte ich den umfangreichen Unterlagen nicht wirklich entnehmen. Keiner der typischen Gründe, aus denen Menschen Dauerkunden des Jobcenters wurden, schien auf die Tote zuzutreffen. Sie hatte weder fünf Kinder noch einen Bandscheibenvorfall. Sie gehörte auch nicht zu den Geringqualifizierten, die weder eine abgeschlossene Ausbildung noch PC- und Englischkenntnisse noch einen Führerschein und ein hohes Maß an Kreativität mitbrachten. Sie wäre womöglich sogar flexibel genug gewesen, um zusätzlich zur Schichtarbeit eine Stunde Anfahrtsweg zu wuppen.

Die Arbeitsvermittlerin namens Ösing hatte die Kopie eines älteren Bewerbungsschreibens abgeheftet.

Auf dem Foto ähnelte die mollige Rothaarige einer altmodischen Sammlerpuppe: Sie hatte einen kurzen Mund mit hochgezogenen Winkeln, ein rundes Gesicht, blasse Haut und kreisrunde, rote Flecken auf den Pausbacken. Ihre schwere Haarmatte lag glänzend gebürstet auf ihrer rechten Schulter und der altmodische Kragen ihrer weißen Bluse war über den Ausschnitt des dunklen Pullis gekrempelt. Kein auffallend hübsches, aber ein ordentliches Bild.

Dem Lebenslauf entnahm ich, dass Bleier wirklich im Besitz eines Abiturs war und eine Lehre zur Bankkauffrau abgeschlossen hatte. Und einen Führerschein hatte sie auch besessen. Anscheinend war es ihr gelungen, sich vom penetranten Pessimismus ihrer arbeitsscheuen Mutter nicht anstecken lassen.

Nach der Ausbildung hatte Bleier mehrere Jahre für verschiedene Geldinstitute in Bochum, Wattenscheid und Dortmund in der Kundenbetreuung gearbeitet. Allerdings war sie nie länger als ein Jahr angestellt gewesen, was wohl mit den befristeten Verträgen zu erklären war, von denen ihre Mutter gesprochen hatte.

Vor etwas mehr als drei Jahren war Bleier zum ersten Mal länger arbeitslos gewesen, hatte Arbeitslosengeld von der Agentur für Arbeit erhalten, aber in den kommenden zwölf Monaten keinen neuen Job mehr gefunden.

Nur, weil ihr Äußeres den Ansprüchen der Arbeitgeber nicht genügte? War die Branche so mies?

Als das Arbeitslosengeld I ausgelaufen war, war aus der Bankkauffrau eine Hartz-IV-Empfängerin geworden. Sie bekam es mit dem smarten Arbeitsvermittler Otto zu tun und dem war es gelungen, Bleier als Krankheitsvertretung in einer Bankfiliale in Hiltrop unterzubringen. Nach einem halben Jahr hatte die junge Frau jedoch auch diese Stelle wieder verloren. Warum, verriet mir die Akte nicht.

Otto hatte sie noch ein paar Wochen lang betreut, eine Auflistung der verschiedenen Stellen, die er ihr vorgeschlagen hatte, lag den Unterlagen bei, dahinter Vermerke wie *Bewerbung abgegeben, keine Antwort erhalten, Vorstellungsgespräch, unbegründete Absage, Absage mit Begründung.* Sogar die nichtssagendsten Ablehnungen waren dokumentiert worden. Zum Beispiel *Wir haben uns für eine andere Bewerberin entschieden.*

Dann hatte die Zuständigkeit gewechselt und Regula Ösing hatte Ronja Bleiers Betreuung übernommen.

Frau Bleier lehnt alternative Stellenvorschläge ab und *Frau Bleier lehnt dreimonatige Maßnahme zur Förderung der PC-Kenntnisse ab,* hatte Ösing bereits nach dem ersten Beratungsgespräch notiert und im behördenuntypischen Eiltempo Rücksprache mit einer gewissen Frau Marian aus dem Bereich Bewilligung gehalten. Daraufhin waren Bleiers Hartz-IV-Bezüge um dreißig Prozent gekürzt worden.

Vor zwei Wochen hatte Bleier *zum wiederholten Male einen alternativen Stellenvorschlag abgelehnt.* Auch die vorgeschlagene Stellenausschreibung lag bei: *Regalbefüllerin bei Lidl.*

Der Job, den ihr ihre Mutter immer angedroht hatte.

Frau Bleier wird im Gespräch ausfallend und erhält Hausverbot, hatte Ösing unter dem Protokoll vermerkt und den Computer den Zusatz rot unterstreichen lassen.

Dass die Tasse geflogen war, konnte ich mittlerweile beinahe verstehen.

Seufzend legte ich die Mappe zur Seite. Darunter entdeckte ich das zerknickte Foto, das meine Mutter mir gegeben hatte.

Es zeigte meine Oma als junge Frau, mit meiner Mutter auf dem Arm. Ein bisschen erinnerten die beiden an Lotti und mich, nur dass meine Oma sogar im geflickten Rock mit Sanduhrfigur und ihrem *Pretty-Woman*-Lächeln ein Hingucker gewesen war. Bis heute lungerten täglich alleinstehende, ältere Herren vor ihrem Schrebergarten herum. Garantiert nicht nur wegen der Pferdesalbe für arthrotische Knie.

Mein Blick wanderte durch das vom flackernden Teelicht schlecht beleuchtete Zimmer. Hätte mich Ronja Bleiers Mörder vorhin am Jobcenter umgebracht, müssten meine Kollegen anhand meiner übersichtlichen Habseligkeiten Rückschlüsse darauf ziehen, wer ich war.

Der kleine, weiße Hund hatte sich inzwischen bei Lotti am Fußende der auf dem Boden liegenden Matratze zusammengerollt. Neben meinem extravaganten Esstisch und dem mit Einmachgläsern gefüllten Regal. Ich lehnte das Foto an einen Honigtopf und überlegte, ob meine Wohnung weniger leer wirkte als die von Ronja Bleier.

Die Antwort lieferten mir die aus der Decke ragenden Kabel, an die normalerweise eine Lampe gehörte, die fehlenden Gardinen und der Dreck, den Lotti verteilt hatte, weil sie vergessen hatte, ihre Winterstiefel auszuziehen, und den ich nicht zusammenfegen konnte, weil ich keinen Besen besaß.

Der Gedanke, wie viel besser es Lotti in diesem Moment in ihrem Kinderzimmer bei Philipp gehen würde, verknotete etwas in meiner Brust.

Ich verzichtete darauf, den Hund noch mal aufzuwecken und rauszulassen, rollte mich neben Lotti zusammen und heulte.

ZOMBIE

Im Bad rauschte schon die Dusche.

Die Katze nervte mit ihrem gierigen Schnurren.

Ich klickte den Porno weg. Mir die Zeit dauernd mit Vergewaltigungsvideos zu vertreiben, schien mir nicht ganz gesund.

Stattdessen verteilte ich die Müslischüsseln mit den aufgedruckten Sesamstraßenbewohnern auf dem Küchentisch und stellte die Packungen dazu. Cornflakes. Müsli. Honey Pops. Und diese ungesunde Schokoscheiße, auf die die Kids nur abfuhren, weil ein blöde grinsender Affe auf der Packung zu sehen war. Genauso gut könnte ich sie mit einer Tafel Schokolade füttern. Aber wenn ich das Zeug entsorgte, ging das Geplärre wieder los.

Mit der Packung Frühstücksflakes in der Hand hielt ich inne. Absurd, dass ich einem Hundertzwanzig-Kilo-Kerl wie Freddie seine Grenzen zeigte, aber vor der Auseinandersetzung mit einem aufsässigen Teenager zurückschreckte.

Kopfschüttelnd stellte ich den grinsenden Affen zurück in den Schrank.

EDDIE

Der Kollege in Uniform, der am Empfang des Polizeipräsidiums Dienst schob, war ans Fenster getreten und beobachtete interessiert, wie ich versuchte, meinen Roller auf den Ständer zu wuchten. Heute benötigte ich vier Versuche. Danach klebte Philipps weißes Oberhemd schweißnass an meinem Rücken. Ich hoffte, dass der Stoff dadurch nicht durchsichtig wurde.

Zumindest war ich angekommen. So gut wie pünktlich. Und ich hatte nicht den Wagen meiner Mutter schnorren müssen. So bestand eine winzige Chance, dass sie sich bei den nächsten Überstunden noch mal als Babysitterin einspannen ließ – obwohl ... Die Panik, dass ich sie als Dauerlösung für mein Betreuungsproblem betrachtete, hatte ihr gestern Abend deutlich ins Gesicht geschrieben gestanden. Zu fragen, ob sie auf den Hund aufpassen würde, könnte eine Überreaktion provozieren. Also hatte ich ihn nach einem kurzen Gassigang zu Hause gelassen, obwohl ich heute Morgen schon einen Bach vor der Wohnungstür hatte wegwischen müssen.

Ich überlegte, ob ich Adrian von meinem Gefühl, dass sich nachts jemand im Park am Jobcenter herumtrieb, erzählen sollte. Bei Tageslicht und nach einer Tasse Kaffee kam mir das jedoch beinahe paranoid vor.

Mein Handy vibrierte.

Ich schloss meinen Helm in der dafür vorgesehenen Box auf dem Gepäckträger ein, während ich das Telefon aus der Hosentasche wühlte.

SMS von Philipp.

Wir müssen reden.

Darüber konnte man geteilter Meinung sein.

Ich klickte die Nachricht weg und steckte das Handy wieder ein.

Eine halbe Stunde später hatte Adrian mich in der Frühbesprechung kurz vorgestellt. Der Leiter des KK 11, der Erste Kriminalhauptkommissar Gerald Böck, hatte mich ebenso knapp begrüßt.

Ich hatte lediglich ein »Hallo« herausbekommen. Nun blieb das Gefühl, dass mich weder der Kommissariatschef noch irgendjemand anderes aus der Abteilung bei unserem nächsten Zusammentreffen auf dem Flur wiedererkennen würde. Wie damals in der Schule, als die Lehrer erst, wenn die Noten für die Zeugnisse verkündet wurden, gemerkt hatten, dass ich auch seit einem halben Jahr in der Klasse saß.

Danach hatte sich unsere personell überschaubare Mordkommission über die ersten Erkenntnisse ausgetauscht.

Neben Adrian, Kati und mir waren Bussi und eine weitere Kollegin vom Erkennungsdienst dabei, die die Spuren vor Ort gesichert hatten. Die Staatsanwältin ließ sich entschuldigen. Der Verbindungsnachweis für Ronja Bleiers Handy war heute Morgen immer noch nicht da gewesen, anscheinend gab es Verständigungsprobleme mit den Ansprechpartnern der Billigtelefonhotline. Kati würde sich darum kümmern. Dafür hatte die KTU das Parkplatzschild mithilfe der Blutrückstände eindeutig als Tatwaffe identifiziert. Allerdings waren bisher weder am Schild noch am Leichenfundort noch an der Kleidung der Toten Spuren entdeckt worden, die auf den Täter hindeuteten. Obwohl Ronja Bleiers Wohnung auf den ersten Blick nicht in direktem Zusammenhang mit der Tat zu stehen schien, hatte Bussi sie bis auf Weiteres versiegelt und Haarbürsten, Zahnbürsten und benutzte Gläser sichergestellt.

Jetzt parkte Adrian Giulietta an der Universitätsstraße – die Parkplätze am Jobcenter waren komplett belegt. Gerade quoll eine bunte Menschenmenge aus der U-Bahn-Station. Es sah beinahe aus, als hätten alle, die hier ausgestiegen waren, das gleiche Ziel wie wir.

Mein Blick blieb an einem dünnen Mädchen hängen, das mit einem Supermarktstoffbeutel in der Hand stehen geblieben war. Sie trug dicke Stiefel zu kaputten Jeans und ihr Schädel war bis auf einige lange, blaue Strähnen in der Mitte komplett kahl rasiert. Wenn sie sich die Mühe gemacht hätte, die Zotteln zu stylen, wäre vermutlich ein etwa zwei Hand hoher Irokesenschnitt daraus geworden.

Sie spürte meinen Blick und stutzte ebenfalls. Als ich Oleg gestern den Roller abgekauft hatte, hatte sie auf dem Balkon geraucht. Wir waren Nachbarinnen.

»Hallo«, grüßte ich.

»Hi«, antwortete sie verdutzt.

»Musste auch zum Jobcenter?«, versuchte ich, ein Gespräch in Gang zu bringen.

»Ins BIZ. Das ist in der Agentur für Arbeit, hab die Haltestelle verpennt.« Sie zuckte die Achseln. »Die haben mich schon wieder zum Bewerbungskurs verdonnert.«

Ach so, heute fand ja der Workshop von Otto und Kroneberg statt.

»Aber scheiß drauf, ich rauch erst noch eine«, entschied sie. Sie setzte sich wieder in Bewegung und trottete mit mir gemeinsam in Richtung Jobcenter, während sie ein Päckchen Zigaretten aus der Jackentasche fummelte.

»Und du?« Sie hielt mir die Packung hin.

Ich winkte ab.

»Musste zum Amt?«

Ich nickte, ohne aufzuklären, dass ich dort nicht die Stütze beantragen wollte. Und ohne auf Adrians blödes Grinsen zu achten.

»Wenn ich bei dem Scheißkurs nich aufkreuze, kürzt mir die Fotze wieder die Kohle«, erklärte mir meine Nachbarin rauchend. »Vielleicht schwänze ich aber trotzdem. Die Olle hat sowieso immer was zu kotzen, komplett bezahlt hat die noch nie. Zu wem musst du?«

»Zu Frau Ösing.«

»Geil.« Sie klang, als wäre sie heiser oder schon seit zwanzig Jahren Kettenraucherin – was nicht sein konnte, denn sie war allerhöchstens zwanzig. »Die soll noch schlimmer sein. Da musste aufschreiben, für was du Geld ausgegeben hast. Und um Erlaubnis fragen, wenn du mal ein Wochenende wegfahren willst.«

Automatisch richteten sich meine Sinne auf den Park, als wir die Behörde erreichten. Im Tageslicht konnte ich mühelos durch die dürren Äste und Stämmchen der Bäume hindurchsehen.

Wir erreichten die Grünfläche, in der Ronja Bleiers Leiche gelegen hatte. Ich folgte dem Großteil der Menschen die Stufen zum Jobcenter-Eingang hinunter. Hinter der Glastür beobachtete ein älterer Wachmann mit breitem Stand und auf dem Rücken verschränkten Händen die hereinströmende Kundschaft.

Meine junge Nachbarin war weitergegangen und schlurfte in Richtung Agentur für Arbeit davon.

»Man sieht sich«, rief ich ihr nach. »Wie heißt du eigentlich?«

Tatsächlich drehte sie sich noch mal um. »Flo.« Sie schnippte die Kippe ins Gebüsch. »Und du?«

»Eddie.«

ZOMBIE

Meine vom Lactat der letzten, außer Kontrolle geratenen Trainingseinheit übersäuerten Schultern schmerzten. Mein Kopf brummte noch immer, ich hatte wieder zu wenig geschlafen. Generell wurde Schlaf überbewertet. Seit ich Freddie die Fresse poliert hatte, kam ich beinahe ohne aus.

Wurde Zeit, dass ich im Büro auftauchte.

EDDIE

Regula Ösing war in ihrem Eckbüro nicht wirklich allein. Als ich hinter Adrian eintrat, konnte ich nach links durch sämtliche Räume auf dieser Flurseite blicken. Es gab Verbindungstüren und um kurz vor halb neun standen alle Durchgänge offen. Anscheinend hatte die Arbeitsvermittlung noch nicht begonnen.

Ob ich wollte oder nicht, ihre Kollegin Kroneberg und Ösings eigene, in der Akte von Ronja Bleier notierte Bemerkungen hatten dafür gesorgt, dass ich voreingenommen in die Befragung ging. Allerdings würde ich sowieso wieder nur das Protokoll führen, während Adrian die Fragen stellte.

Ösing war ein Opfer des geltenden Schönheitsideals: Sie war einundsechzig Jahre alt und dünn am Rande der Magersucht. Unter ihrer schlaffen, solariumgebräunten Haut konnte ich die beiden Knochen erkennen, aus denen ihr Unterarm bestand. Modeschmuck klimperte im Ausschnitt ihrer Rüschenbluse und ihrer blondierten Mähne hatte sie mithilfe von Festiger zu so viel Volumen wie möglich verholfen. Ösings Körperhaltung hatte sich dem Bürojob angepasst und ihre Nasenlippenfalten drückten ihre Mundwinkel an ihrem Kinn vorbei nach unten. Die Arbeitsvermittlerin sah aus, als hätte sie nicht viel zu lachen.

Sie reichte Adrian und mir eine kühle Hand.

»Frau Dr. Steffen hat mir bereits erzählt, warum Sie mich

sprechen wollen. Entsetzliche Sache. Es tut mir leid, dass ich gestern nicht zu erreichen war, aber wenn ich ins Sauerland fahre, verzichte ich bewusst auf Handy und Medienkonsum.« Ihre Stimme klang verschnupft.

Adrian schloss die Verbindungstür zum nächsten Büro, damit nicht sämtliche Kollegen mithören konnten. Ösing ging zum angekippten Fenster und tat das Gleiche, als hätte auch sie ein Interesse daran, dass unser Gespräch nicht belauscht wurde.

Dann nahm sie hinter ihrem Schreibtisch Platz. Adrian und ich mussten darum herumgehen, die beiden Stühle für Besucher standen in Fensternähe. Zwei Stockwerke tiefer konnte ich den Parkplatz und die herbstlichen Bäume des Parks sehen.

Die breite Arbeitsfläche des Schreibtisches sorgte für ziemlich viel Abstand zwischen der Jobvermittlerin und uns – oder auch zu den Arbeitssuchenden, die hier normalerweise saßen.

Ich zückte meinen Kugelschreiber.

»Sie haben also eben erst vom Tod Ihrer – ähm …« Adrian brach ab, bevor er die erste Frage ganz ausgesprochen hatte. »Sagt man Klientin?«

»Kundin«, half Ösing.

»Haben Sie gerade erst vom Tod Ihrer Kundin erfahren?«, vollendete mein Kollege seine Frage.

»Nun ja, ich wurde schon stutzig, als ich heute Morgen in der Zeitung den Namen Ronja B. las. So verbreitet ist der Vorname ja nicht.«

»Sie sind also gestern Morgen zu Ihrer Mutter gefahren und abends zurückgekehrt?«

Ösings Mundwinkel zuckten noch ein Stück weiter abwärts. Sie begriff sofort, dass Adrian nach ihrem Alibi fragte.

Bestimmt hatte sie damit gerechnet, denn dass sie kein Fan der Toten gewesen war, war ja allgemein bekannt.

Ein Streit zwischen einem Mitarbeiter des Jobcenters und seinem Kunden würde allerdings eher andersherum eskalieren, oder? Dass sich ein Kunde schikaniert fühlte und Amok lief, konnte ich mir vorstellen. Aber die Mitarbeiter standen doch über den Dingen. Oder nicht?

»Ich bin am Montagabend zu meiner Mutter gefahren.« Ösing schob das Becken zur Seite und verschränkte die Arme. Die Pose erinnerte an einen bockigen Teenager.

»Haben Sie an dem Tag länger gearbeitet? Wie Ihre Kollegen Otto und Kroneberg wegen des Bewerbungsworkshops?«, erkundigte sich Adrian.

Ösings mit Lidschatten, Kajal, Wimperntusche und Eyeliner bearbeitete Augen wurden schmal. Sie hatte ihre Augen größer und weit auseinanderstehend geschminkt, bemerkte ich. Und die Wangen mithilfe von Schattierungen schmaler. Es gelang mir nicht, sie mir ungeschminkt vorzustellen. Sie konnte ohne Make-up komplett anders aussehen.

»Nach zweiunddreißig Dienstjahren neige ich nicht mehr zum Überengagement. Nach Dienstschluss Förderprojekte auf die Beine zu stellen, überlasse ich den jungen Kollegen.«

Ich meinte, einen giftigen Unterton in Ösings Stimme herauszuhören und wieder fiel mir ein, dass umgekehrt auch Chantal Kroneberg nicht besonders gut auf ihre ältere Kollegin zu sprechen gewesen war.

»Und wann genau haben Sie Feierabend gemacht?«, präzisierte Adrian seine Frage.

»Stehe ich etwa unter Verdacht?«

»Reine Routinefrage, Frau Ösing. Die uns aber sicher auch das Zeiterfassungssystem beantworten wird.«

Ihre Kiefermuskeln verspannten.

»Kann sein, dass ich vergessen habe, mich auszustempeln«, knurrte sie. »Aber mein letztes Gespräch endete um sechzehn Uhr dreißig. Danach habe ich noch das Protokoll getippt. Gegen siebzehn Uhr dreißig war ich wohl raus.«

»Wie lange waren Sie unterwegs und wann sind Sie bei Ihrer Mutter angekommen?«

Ösing schnaubte genervt. »Normalerweise dauert die Fahrt etwa eine Stunde. Vorgestern eher etwas länger, weil es um Unna Stau gab. Ich bin aber nicht gleich nach der Arbeit losgefahren, sondern habe erst noch die Wäsche gemacht. Gegen neun war ich in Arnsberg, schätze ich.«

Adrian warf mir einen vielsagenden Blick zu. Ich verstand ohne Worte und bekam eine Gänsehaut. Wie früher.

Ich notierte, dass Ösings Alibi wackelte. Ob es die Verkehrsbehinderung wirklich gegeben hatte, ließ sich überprüfen. Und wir würden herausfinden, ob die Arbeitsvermittlerin nicht vielleicht doch erst um halb zehn bei ihrer Mutter eingetroffen war. Denn dann hätte sie theoretisch noch Zeit genug gehabt, um acht in Bochum Ronja Bleier zu töten.

»Wie kam es zu dem Hausverbot für Frau Bleier?«, wechselte Adrian das Thema.

Ösings Mund zuckte, doch es kamen dabei keine Wörter zustande.

»Die hatte sie nicht alle«, knirschte sie schließlich.

»Sie glauben, Frau Bleier hatte psychische Probleme?«, formulierte Adrian überspitzt.

»Mit Sicherheit«, ätzte Ösing. »Aber vor allem hatte Frau Bleier was gegen *mich*. Von Anfang an wollte sie zu dem Kollegen zurück, der vorher zuständig war.«

»Herr Otto«, mischte ich mich ein.

Ösing sah mich an, als wäre ihr meine Anwesenheit erst in diesem Moment aufgefallen. Missbilligend musterte sie erst meine nicht weggeschminkten Sommersprossen, dann die Löcher an den Knien meiner Jeans.

»Nichts gegen Tobias, aber ich habe ihm schon immer gesagt, dass er sich zu sehr persönlich engagiert.«

In meinem Hinterkopf klingelte etwas.

»Sein Helfersyndrom hat er trotz der Reha nicht im Griff«, diagnostizierte Ösing. »Ich spiele hier nicht die Aushilfspsychologin für die Kunden, bei mir müssen die Leute ihren Hintern hochkriegen. Vor allem solche wie Frau Bleier: Deren ganze Familie lässt sich über Generationen vom Sozialsystem finanzieren, die Hartz-IV-Karriere gehört bei denen praktisch zur Lebensplanung. Natürlich hat Frau Bleier nicht gepasst, dass ich sie damit nicht habe durchkommen lassen. Den meisten anderen gefällt das übrigens auch nicht. Aber normalerweise merken die, wer hier das Sagen hat, wenn sie die ersten Sanktionen aufgebrummt kriegen.«

Wer hier das Sagen hatte …

Ich kaute auf meiner Unterlippe.

Beim Jobcenter handelte es sich um eine Behörde, die vermutlich ähnlich wie der Dienstapparat funktionierte, mit dem ich selbst nicht sonderlich gut klarkam. Die magere, kleine Frau mit dem gebeugten Rückgrat und dem strengen Zug um den Mund hingegen hatte offenbar verstanden, wie man sich durchboxte.

»Frau Bleier hat jede Mitarbeit verweigert«, rechtfertigte sich Ösing ärgerlich. Sie hatte meine skeptische Miene bemerkt. »Sie ist nicht bei Bewerbungsgesprächen aufgetaucht und hat Alternativangebote in anderen Tätigkeitsfeldern abgelehnt.«

»Aus diesem Grund gab es Streit?«

»Sie ist ein paar Mal ausfallend geworden, als ich ihr Jobs als Auslieferungsfahrerin, Gebäudereinigerin oder Lagerarbeiterin vorgeschlagen habe. Die waren unter ihrem Niveau, sie wollte wieder in eine Bank. Als ob sie in der Lage gewesen wäre, Ansprüche zu stellen«, schnaufte Ösing. »Ausgeflippt ist sie bei unserem letzten Gespräch, als ich ihr eine Krankheitsvertretung als Regalauffüllerin im Supermarkt vorgeschlagen habe.«

»Bei Lidl«, nickte ich.

»Keine Ahnung«, murrte Ösing. »Ist ja auch wurscht.«

Ich biss mir auf die Unterlippe. Für Ronja Bleier war dieses unwichtige, kleine Detail wahrscheinlich entscheidend gewesen.

»Jedenfalls ist sie ausgerastet und hat meine Kaffeetasse nach mir geworfen. Glücklicherweise hat sie mich nicht getroffen und der Kaffee war auch nicht mehr ganz heiß. Ich bin gleich raus.«

Ösing deutete auf die Flurtür, die von ihrem Platz hinter dem Schreibtisch aus sehr viel schneller zu erreichen war als von den Stühlen für Gäste, auf denen Adrian und ich saßen.

Ich stutzte. Die Raumaufteilung in Ösings Büro war Absicht? Auf einmal bekamen auch die Verbindungstüren zu den anderen Büros eine neue Bedeutung.

»Ich brauchte nicht mal einen Notruf abzusetzen, das Geschrei war in der ganzen Etage zu hören.« Die Arbeitsvermittlerin deutete mit einer Kopfbewegung zum angrenzenden Büro. »Meine Kollegen und der Wachdienst waren schnell zur Stelle und Frau Bleier wurde hinausgeleitet.«

Der Notruf …

Und der Wachdienst …

Regula Ösing arbeitete in einem Job, in dem sie offenbar mit Konflikten mit der ›Kundschaft‹ rechnete.

Nachdenklich betrachtete ich noch einmal den nah an der Tür stehenden Schreibtisch und die schlaff herunterhängenden Schultern der Arbeitsvermittlerin und überlegte, ob ihre strenge Einstellung den Kunden gegenüber vielleicht bloß eine Überlebensstrategie war.

»Frau Bleier hat jedenfalls Hausverbot bekommen und durfte das Jobcenter nur auf meine Einladung hin wieder betreten«, beendete die Arbeitsvermittlerin ihren Bericht.

»Für jemanden, dem die Vermittlungsgespräche sowieso lästig sind, klingt ein Hausverbot nicht unbedingt nach einer Strafe«, bemerkte Adrian.

»Ich hätte auch gedacht, dass Frau Bleier froh wäre, eine Weile Ruhe vor mir zu haben«, gab Ösing zu. »Aber sie hat noch zwei Mal versucht, am Wachdienst vorbeizukommen.«

Ich horchte auf. »Wieso? Was wollte sie hier?«

Die Arbeitsvermittlerin zuckte die knochigen Schultern. »Keine Ahnung. Sie wurde ja nicht hereingelassen.«

ZOMBIE

Der gammelige, rote Ordner mit dem draufgeklebten, blöde grinsenden Osterhasen lag wieder auf meinem Schreibtisch, als ich ins Büro kam. Auf der Tastatur meines Rechners, damit ich ihn nicht übersehen konnte.

Sofort spürte ich das feine Brodeln in meiner Brust – als ob sich in einem Nudeltopf voller Wasser kurz vorm Siedepunkt die ersten feinen Bläschen vom Boden lösten.

Ich zog den Bürostuhl mit der ergonomischen Rückenlehne weiter als nötig zurück, bevor ich mich hinsetzte und die Akte anstarrte.

Vor der Tür des Jobcenters blieb Adrian ein paar Schritte von den Arbeitssuchenden entfernt stehen, die sich die Wartezeit auf ihren Termin mit einer Zigarette verkürzten. Mein Kollege steckte sich zu meiner Verwunderung ebenfalls eine an.

Früher hatte er nur beim Kumpelabend mit mir geraucht. Ansonsten war er überzeugt gewesen, dass Frauen nicht auf gelbe Finger und Stinkeatem abfuhren.

Was mir verriet, dass ich mich dank meines meiner neuen Kurzhaarfrisur und der zehn Kilo Übergewicht meines Hinterns mal wieder kilometerweit außerhalb seines weit gesteckten Beuteschemas befand.

Ich schüttelte den Gedanken aus meinem Kopf. Es konnte ja wohl kaum mein Ernst sein, dass ich mir drei Tage nach dem Ende meiner Ehe Gedanken darüber machte, ob Adrian gewillt war, mich ein zweites Mal sitzen zu lassen.

»Ist nur eine Ausnahme.« Adrian winkte mit der Kippe. Unheimlich, dass er meine Gedanken erraten konnte. »Meine Ex hat letzte Woche ihre Zahnbürste abgeholt.«

Seine winterhimmelblauen Augen fixierten mich, während er mir eine Erklärung lieferte, nach der ich nicht gefragt hatte. Mein Herz hüpfte erschrocken.

»Ronja Bleier wollte sich trotz des Hausverbots Zutritt zum Jobcenter verschaffen«, überging ich die Bemerkung. »Wieso? Was hat sie hier gewollt? Und war sie am Abend ihres Todes wirklich zufällig hier?«

Provozierend lange blieb Adrians Blick an mir hängen, während er schweigend an seiner Zigarette zog.

Mir wurde heiß. Meine Wangen begannen zu glühen und ich war nicht geschminkt. Rasch wandte ich mich der hellen Fassade mit den spiegelnden, dunklen Fensteröffnungen zu.

Was hatte Ronja Bleier hier gewollt?, zwang ich meine Gedanken zurück zum Fall. Hatte Bleier Ösing aufgelauert, um sich an der Arbeitsvermittlerin zu rächen? Hatte sie wieder versucht, ins Gebäude zu gelangen? Hatte Ösing das Jobcenter später verlassen, als sie angab, sodass es zum Zusammenstoß gekommen war? Mein Bauchgefühl, dass Regula Ösing Angst vor ihren Kunden haben könnte, kam mir in den Sinn. Eine Überreaktion war nicht undenkbar.

Aber hätte Ösing wirklich Bleiers Bluse aufgerissen, um ein Sexualdelikt vorzutäuschen? Oder die Handtasche mitgenommen?

Adrian hörte auf, mich anzustarren, und gab stattdessen Kati Gruber telefonisch den Namen, die Adresse und die Telefonnummer von Ösings Mutter im Sauerland durch, damit sie das Alibi überprüfen konnte.

Ich erinnerte an den Stau bei Unna.

ZOMBIE

Die Wut kam zurück. Darüber nachzudenken, was sie auslöste, brauchte ich nicht. Das war ja wohl offensichtlich.

Mit einem Ruck stand ich auf, packte die rote Akte und schleuderte sie gegen die Wand. Krachend polterte sie zu Boden. Wider Erwarten hielt die Metallklammer die abgehefteten Zettel zusammen, aber der Papprücken des Ordners knickte ein.

Der smarte Herr Otto schwitzte.

Meine Nachbarin Flo hatte ihre klobigen Stiefel auf einem leeren Stuhl platziert und daddelte auf ihrem Handy herum. In der letzten Reihe unterhielten sich drei stark geschminkte Mädchen nicht unbedingt leise.

Die Leute in der ersten Reihe immerhin folgten der PowerPoint-Präsentation, mit deren Hilfe der Arbeitsvermittler erläuterte, warum ein VfL-Fanschal auf einem Bewerbungsfoto nichts zu suchen hatte.

Ein Fotograf brachte unterdessen eine weiße Hintergrundwand in Position, vor der im weiteren Verlauf vermutlich die Bewerbungsbilder entstehen sollten. Eigentlich war der Workshop keine schlechte Idee.

Mein Blick wanderte noch einmal zurück zu Flos schlapp und strähnig herunterfusselndem, grellblauem Irokesenhaarschnitt und ich überlegte, ob es für das Bewerbungsfoto von Vorteil wäre, wenn sie die Frisur mithilfe einer Dose Haarspray in die Höhe stylen würde.

Ein klitzekleines bisschen konnte ich die miese Laune ihrer mir nicht bekannten Jobvermittlerin nachvollziehen. Flos Frisur reichte aus, um sie vor sämtlichen Bewerbungsgesprächen und der daraus womöglich resultierenden Arbeit zu bewahren.

Otto beendete seine Ausführungen zum Bewerbungsbild. Seine Kollegin Kroneberg übernahm. Sie fing an zu erklären, dass vor allem qualifiziertes Personal gesucht wurde, eine abgeschlossene Ausbildung Voraussetzung für einen gut bezahlten Job war und junge Menschen vor Langzeitarbeitslosigkeit bewahren konnte. Flos Smartphone trötete, als hätte sie den Jackpot ihres Handyspiels geknackt.

Otto entdeckte Adrian und mich hinter den Zuhörern. Der Jobvermittler mit der Brille und der Strubbelfrisur füllte sich Mineralwasser in ein Glas, bevor er auf uns zukam.

Adrian deutete auf die Glastür, die in den Nebenraum führte, in dem wir gestern schon gesessen hatten.

»Gnadenloses Publikum«, lächelte Otto und schlüpfte aus dem Jackett. Sein weißes Hemd hatte sich unter seinen Achseln dunkel gefärbt und klebte an seinen Oberarmen. Dass er für einen Büromenschen ganz gut im Training war, war mir schon bei unserer ersten Begegnung aufgefallen.

»Gerade bei jungen Leuten mit niedrigem oder fehlendem Schulabschluss ist es entscheidend, sie zu einer Ausbildung zu motivieren. Bei einem schwierigen familiären Hintergrund ist das nicht immer einfach.«

Weil ich Ronja Bleiers Mutter kennengelernt hatte, ahnte ich, wovon er sprach. Allerdings schien Otto Verständnis aufzubringen. Als ›zu sehr persönlich engagiert‹ hätte ich ihn deshalb nicht gleich bezeichnet.

»Was kann ich für Sie tun?«, wechselte Otto das Thema.

»Wo genau haben Sie vorgestern Abend den geliehenen Schlüssel für den Eingang des Jobcenters aufbewahrt?«, stellte Adrian die Frage, wegen der wir noch mal hergekommen waren, während ich den Protokollblock zückte.

Otto schob die Ärmel seines Hemdes ein Stück hoch und – ich erstarrte. Sein kräftiger Unterarm lenkte meine Aufmerksamkeit so sehr ab, dass ich seine Antwort kaum mitbekam.

»Ich hatte ihn auf meinem Schreibtisch liegen lassen«, erklärte der Mann mit einem Lächeln, das seine Schusseligkeit entschuldigen sollte. »Zum Glück brauchten wir nichts mehr aus unseren Büros.«

Adrian sah mich an.

Doch ich hatte den Faden verloren, weil mein Blick an Ottos Unterarm festhing. Genauer gesagt, an dem Stück von der Tätowierung, die am Handgelenk unter seinem hochgekrempelten Ärmel hervorlugte: die Spitze einer Klinge.

»Sie hatten den Schlüssel nicht bei sich?«, hielt Adrian das Gespräch in Gang.

Otto schüttelte den Kopf. »Er lag in meinem Büro drüben im Jobcenter. Frau Kroneberg hatte sich den Schlüssel der Agentur für Arbeit ausgeliehen. Wir haben dieses Gebäude gegen neun abgeschlossen. Beide Schlüssel haben wir am nächsten Morgen zurückgegeben.«

»Das bedeutet, dass jemand mit dem von Ihnen geliehenen Schlüssel das Jobcenter unbemerkt hätte verlassen oder hineingelangen können«, schlussfolgerte Adrian, während mein Blick von dem tätowierten Unterarm auf das glatt rasierte Gesicht mit dem kantigen Unterkiefer wanderte …

»Nur, wenn derjenige ihn am nächsten Morgen vor neun Uhr auf meinen Schreibtisch zurückgelegt hätte«, räumte Otto ein.

»Wie gut kannten Sie Ronja Bleier wirklich?«, erkundigte ich mich.

Otto fuhr zusammen, als hätte ich ihn unter dem Tisch gegen das Schienbein getreten.

Adrian runzelte irritiert die Stirn.

»Ich habe Ihnen doch erzählt, dass ich für Frau Bleier zuständig war, bevor meine Kollegin …« Otto brach ab, als sich unsere Blicke kreuzten. Schweißtropfen perlten auf seiner Stirn.

Plötzlich prickelte Adrenalin durch meinen Körper. »Wieso sind Sie auf dem Hintergrundbild von Ronja Bleiers Notebook zu sehen, Herr Otto?«, fragte ich, obwohl der smarte Jobvermittler mit dem pummeligen Grufti so viel gemeinsam hatte wie Prince William mit Mork vom Ork. Vorausgesetzt, beide hätten sich durch Zufall einen aufgespießten Schädel tätowieren lassen.

Ottos dunkle Brauen verrutschten nach unten.

»Ronjas Mutter hat uns erzählt, dass Sie zusammengewohnt haben«, ergänzte ich.

Adrian musterte den Jobvermittler skeptisch. Offensichtlich war auch ihm jede Ähnlichkeit zwischen dem sportlichen Büromenschen und dem schmuddeligen Heavy-Metal-Freak entgangen.

Aber Bleiers Mutter hatte den Exfreund ihrer Tochter Tobi genannt. Und Ösing hatte gerade erwähnt, dass Ottos Vorname Tobias lautete.

Außerdem hatte Ottos Reaktion ihn bereits verraten. Ich war mir sicher, dass der Totenschädel zum Vorschein kommen würde, wenn er den Ärmel weiter hochschob.

»Seien Sie still!« Otto sprang ruckartig auf.

Adrian war im gleichen Moment auf den Füßen, bereit, ihm den Weg zur Tür zu versperren.

Otto hielt inne.

»Ich wollte nur …« Er deutete auf die Glastür, die er beim Betreten des Raumes einen Spalt weit offen gelassen hatte.

Ich erhob mich und drückte die Tür zu. Otto sank auf seinen Stuhl zurück.

»*Sie* hatten eine Beziehung mit Ronja Bleier?«, platzte Adrian unterdessen heraus.

»Wollen Sie gleich eine Durchsage machen, oder was?« Otto sah aus, als würde er Adrian gern würgen, um ihn am Weitersprechen zu hindern.

Er engagiert sich persönlich zu sehr, erinnerte ich mich an Ösings Worte. Die ›ruppige‹ Arbeitsvermittlerin hatte sehr viel mehr begriffen, als ich ihr zugetraut hätte.

»Und Sie verschweigen uns das?«, wurde Adrian absichtlich noch lauter.

Der Jobvermittler lief dunkelrot an. Hinter seiner Brille flitzte sein Blick zu mir.

Adrian bemerkte es, er klatschte beide Hände vor Otto auf den Tisch. »Beantworten Sie meine Frage noch oder soll ich Ihren Workshop beenden, damit wir uns im Präsidium in Ruhe unterhalten können?«

Otto zuckte zurück. Dann senkte er den Blick auf die Hände. »Chantal darf das nicht erfahren.«

Ich nahm wieder am Tisch Platz, dabei rückte ich meinen Stuhl unmerklich dichter an Otto heran. Adrian blieb weiterhin stehen, die Hände auf die abwischbare Tischplatte gestützt.

Die Verteilung »Guter Bulle – böser Bulle« funktionierte bei uns automatisch und endlich erinnerte ich mich an ein paar Rollenspiele aus dem Studium.

»Ronja Bleier ist vorgestern Abend zwischen zwanzig und zweiundzwanzig Uhr ermordet worden. Sie haben die Agentur für Arbeit um einundzwanzig Uhr verlassen. Sind Sie sich sicher, dass Sie nicht auch ein Zusammentreffen mit Ihrer Exfreundin zu erwähnen vergessen haben?« Das Jagdfieber war als heiserer Unterton in Adrians Stimme hörbar.

Otto schüttelte hektisch den Kopf. »Ich habe Ronja nicht getroffen! Aber das hätten Sie mir doch sowieso nicht geglaubt! Nach allem, was sie abgezogen hat, hätte ich doch ein erstklassiges Motiv, sie umzubringen.«

Damit gehörte dem Arbeitsvermittler unsere ungeteilte Aufmerksamkeit.

»Sie hatten Streit mit Ronja Bleier?«, ermunterte ich ihn zum Weitersprechen.

Prompt blieb Ottos wütender Blick an meinem Gesicht

hängen. Sogar ein oberhemdentragender Schreibtischtäter schien zu wittern, dass ich ein leichtes Opfer darstellte.

»Das Miststück hat mir das Leben zur Hölle gemacht«, zischte er.

»Wie meinen Sie das?«

»Stalking«, schnappte Otto kämpferisch. »Ronja konnte das Ende unserer Beziehung nicht akzeptieren. Dabei waren wir nur ein paar Monate zusammen. Ich habe schnell gemerkt, dass irgendwas mit ihr nicht stimmte.«

»Nämlich?«, wollte Adrian das genauer wissen.

»Sie hat unglaublich geklammert. Sie hat mich nach jedem Termin angerufen, weil sie geglaubt hat, ich könnte mit einer Kundin geflirtet haben.«

Nun ja, das war ihr selbst ja offensichtlich auch passiert.

»Sie hat mein Handy kontrolliert und mir bei Facebook hinterhergeschnüffelt. Wenn ich zwanzig Minuten später nach Hause kam, unterstellte sie mir, ich hätte mich mit einer anderen Frau getroffen. Und wenn ich mal eine Nacht mit meinem Kumpel am Computer verzocken wollte, hat sie mir eine Szene gemacht.«

»Es wurde Ihnen zu eng«, schlussfolgerte Adrian.

»Aber nach der Trennung wurde es noch schlimmer.« Ottos Verzweiflung klang echt. »Sie hat mein Auto zerkratzt und die Reifen zerstochen. Wenn ich mir eine Pizza bestellt habe, lag ein Zettel drauf, auf dem *Ich hab reingespuckt* stand. Dann ist sie wieder in meinem Büro aufgetaucht, um sich vermitteln zu lassen. Und nach Feierabend hat sie auf dem Parkplatz gewartet. Sie wusste ja genau, wo sie mich finden konnte.«

Wow. Das klang tatsächlich nach einem Motiv.

»Sie hat sogar gedroht, mir Fussel im Paket zuzuschicken. Sie war total gestört.«

Otto registrierte meinen fragenden Blick. »Fussel ist der

Hund. Wir haben ihn gemeinsam angeschafft. Ich war vernarrt in den Kleinen, deshalb hat sie ihn mitgenommen, als sie auszog.«

Ich dachte an den Flusenfänger in meiner Wohnung und an die Mutter der Toten, die nach dem Winzling getreten hatte. Dass Bleier die Tierliebe nicht in die Wiege gelegt worden war, glaubte ich sofort.

»Wollen Sie jetzt, wo Ihre Exfreundin tot ist, den Hund zurücknehmen?«, erkundigte ich mich.

Otto verzog das Gesicht, als hätte er Schmerzen. »Chantal hat eine Tierhaarallergie.«

Ach so. Mein Blick wanderte durch die Glastür zu seiner jungen Kollegin, die heute einen grünen Strickpulli im bekannten Öko-Look trug. Ihre PowerPoint-Präsentation wechselte die Farben wie eine Lichtorgel in der Disco, doch selbst wenn sie einen auf einem Stock kreisenden Teller auf der Nase balanciert hätte, hätte das nichts daran geändert, dass meine Nachbarin Flo den Kopf nach hinten auf die Stuhllehne gelegt hatte und schnarchte.

»Ob Frau Kroneberg wirklich bezeugen kann, dass Sie zusammen waren, während Ihre Exfreundin umgebracht wurde, werden wir gleich überprüfen«, bemerkte Adrian.

»Haben Sie mich nicht verstanden?«, wurde Otto wieder wütend. »Chantal darf auf keinen Fall von meiner Beziehung zu Ronja erfahren.«

Adrian rückte sich einen Stuhl heran, nahm neben mir Platz und sah Otto mit starren Huskyaugen abwartend an.

Der Arbeitsvermittler schluckte. »Chantal – ähm, sie ist engagiert und nimmt ihre Arbeit sehr ernst«, druckste er herum. »Wir gehen noch nicht lange miteinander aus, aber ich kann mir nicht vorstellen, dass sie eine private Beziehung mit einer Kundin gutheißen würde.«

»Würde das Bekanntwerden Ihrer Beziehung mit Frau Bleier auch arbeitsrechtliche Konsequenzen bedeuten?«, wollte Adrian wissen.

Otto nahm die Brille ab und rieb sich die knochige Nasenwurzel. »Ich habe mich erst privat mit Frau Bleier getroffen, nachdem ich sie erfolgreich in eine Anstellung vermittelt hatte. Ich finde, das geht in Ordnung«, wich er aus.

»Ihre Chefin wird also ebenfalls nicht begeistert sein«, schlussfolgerte Adrian.

»Ich hatte eine schlechte Zeit, als ich Ronja kennengelernt habe«, rechtfertigte Otto sich prompt. »Ich war ausgebrannt, hatte das Gefühl, nichts bewirken zu können, und Ronja befand sich mit ihrer Familie irgendwie in der gleichen Situation. Ich bin da reingeschlittert und der Trennungsstress hat mir den Rest gegeben. Vor einem Jahr war ich dann wegen eines Burn-outs in einer psychosomatischen Reha.«

Klang wie eine Entschuldigung.

»Ich musste erst wieder lernen, auf mich selbst zu achten. Jetzt trainiere ich und esse gesund und mit Chantal zusammen macht auch der Job wieder Spaß. Ich will nicht, dass alles wieder kaputtgeht.«

»Wusste Ronja Bleier, dass Sie Montag länger gearbeitet haben als sonst?«, fragte Adrian nach kurzem Überlegen. »Kann sich Ihre Exfreundin auf dem Parkplatz aufgehalten haben, um Sie zu beobachten?«

Ottos Schultern sanken nach vorn. Er nickte.

Adrian und ich richteten uns gleichzeitig auf.

»Sie hat mir an dem Abend mehrere Kurznachrichten geschrieben. Sie hat behauptet, sie würde warten, bis ich rauskäme, wenn nötig, die ganze Nacht. Ich war auf eine Riesenszene vorbereitet, als wir das Gebäude verließen. Aber alles blieb ruhig, das müssen Sie mir glauben!«

»Ronja Bleier hat Ihnen vor ihrem Tod SMS geschrieben?«, vergewisserte sich Adrian.

Otto wurschtelte sein Smartphone aus der Hosentasche, tippte ein paar Mal auf den Bildschirm und hielt Adrian und mir das Gerät dann entgegen. Fünf nicht gerade höflich formulierte SMS hatte er an dem Abend von Ronja Bleier erhalten, die letzte um acht Minuten vor acht. Die Tote hatte an dem Abend definitiv ein Telefon dabeigehabt.

Adrian und ich wandten zugleich die Köpfe. Einen Moment lang war er mir so nah, dass ich den schwachen Duft seines Aftershaves bemerkte. Er benutzte immer noch *Cool Water*.

»Wo ist das Handy?«, fragten wir gleichzeitig.

Ottos Freundin Chantal Kroneberg konnte bestätigen, dass sich die beiden gegen einundzwanzig Uhr gemeinsam auf den Heimweg gemacht hatten und niemandem auf dem Parkplatz begegnet waren. Allerdings erinnerte sie sich auch daran, dass ihr Kollege während ihrer Vorbereitungen die Räume des BIZ verlassen hatte, um den Beamer aus einem Lagerraum zu holen. Otto war etwa zehn Minuten weg gewesen.

Besagter Beamer allerdings, das hatten wir ja am Vortag mitbekommen, war am folgenden Morgen nicht mehr auffindbar gewesen …

ZOMBIE

Manchmal glaubte ich, spüren zu können, dass eine Katastrophe auf mich zukam. Als ungutes Gefühl. Als einen grollenden Brummton, der so tief war, dass ich ihn nur als ein

Kribbeln im Magen wahrnahm. Ein Geräusch, das mich vor dem Tsunami, der auf mich zurollte, hätte warnen können.

Doch ich schaffte es nie, die Vorzeichen richtig zu deuten. Wenn ich begriff, worum es ging, war es jedes Mal zu spät.

Zum Beispiel hatte ich geahnt, dass etwas schieflief, als meine Mutter uns den neuen Kerl vorstellte und erklärte, wir würden von nun an bei ihm in Bochum leben. Was genau mich störte, wurde mir aber erst Monate später klar, als der Sack jeden Tag ein Dankeschön dafür erwartete, dass er meine Mutter trotz ihrer beiden Bastarde geheiratet hatte.

Als Christians Clique mich aufforderte, mit in den Fahrradkeller zu kommen und ich checkte, dass ich in der Scheiße saß, war es ebenfalls längst zu spät gewesen.

Ebenso, als die Leute um mich herum angefangen hatten, »Schlag ihn tot!« zu brüllen.

Und in dem Augenblick, in dem der Polizist mein Handschuhfach geöffnet und den Plastikbeutel herausgezogen hatte.

Tatsache war, dass ich zwar ahnte, dass etwas schieflief, aber immer zu spät begriff, aus welcher Richtung Gefahr drohte. Mich rechtzeitig in Sicherheit zu bringen, war mir kein einziges Mal gelungen.

EDDIE

»Lotti ist doch schon abgeholt worden, Frau Kramaczik. Ihr Mann war bereits vor über einer Stunde da.«

»Was?« Einen Moment lang dauerte es, bis mein Gehirn die Worte von Lottis Erzieherin verarbeitet hatte.

Dann traf mich die Erkenntnis wie eine Faust in den Magen: Philipp hatte Lotti abgeholt! Zum allerersten Mal in den drei Jahren, die Lotti die Kita besuchte. Und garantiert nicht, weil er mich beim Wiedereinstieg in den Beruf unterstützen und heute Nachmittag als Babysitter einspringen wollte.

Seine SMS vom Morgen fiel mir ein.

Wir müssen reden.

Ich wühlte mein Handy aus der Hosentasche.

Vier Nachrichten waren im Laufe des Vormittags eingegangen, während Adrian und ich mit Ösing, Otto und Kroneberg gesprochen hatten. Alle von Philipp.

Philipp, 10:05 Uhr: Hör auf, mich zu ignorieren!

Philipp, 10:15 Uhr: Glaubst du im Ernst, du kannst einfach so verschwinden? Du tauchst SOFORT hier auf!

Philipp, 11:35 Uhr: Ich weiß, dass du meine Nachrichten liest!

Philipp, 11:54 Uhr: Karlotta bleibt bei mir! Allein bist du nicht in der Lage, für sie zu sorgen. Entweder kommst du endlich zurück oder du bist sie los. Ein für alle Mal!

Mir wurde schlagartig übel. Die Eichhörnchen, Wühlmäuse und Maulwürfe aus Pappe an den Wänden begannen, um mich herum zu tanzen.

Philipp hatte Tatsachen geschaffen. Er hatte Lotti.

Konnte es sein, dass ich sie verlor, wenn ich nicht zu ihm zurückkehrte? Aber mit einem Mistkerl, der unser Kind benutzte, um mich zu erpressen, wollte ich nie wieder etwas zu tun haben! Ich hatte bisher nicht darüber nachgedacht, dass die Trennung von Philipp auch die Trennung von Lotti bedeuten konnte.

»Alles in Ordnung? Geht es Ihnen nicht gut?«

Jemand hakte sich bei mir unter und zog mich auf die niedrige Sitzbank vor der Minigarderobe mit den bunten Symbolen neben den Haken und den Gummistiefeln unter der Bank.

»Setz dich einen Moment, Eddie. Keine Sorge, es geht bestimmt gleich wieder. Könnten Sie ihr bitte ein Glas Wasser holen, Nadine?«

Maggie de Jongs verständnisvolles Lächeln tauchte vor mir auf. »Eisenmangel, hm?« Sie zwinkerte mir verschwörerisch zu.

Sie führte mein kreidebleiches Gesicht auf die Schwangerschaft zurück, die Philipp erfunden hatte.

Stöhnend ließ ich das Gesicht in die Hände sinken. Eiskalte Angst umklammerte mein Herz, presste das Blut heraus und verhinderte, dass es sich mit dem nächsten Schlag wieder füllte.

Ein Glas Wasser schwebte unter meiner Nase. Ich verschüttete das meiste.

»Geht es?«, erkundigte sich Maggie lächelnd.

Ich nickte mühsam, kam irgendwie auf die Beine und taumelte aus der Kita.

Fünf Minuten später bremste ich meinen Roller vor Philipps Trainingszentrum. Ich hängte meinen Helm an den Lenker und holte tief Luft.

Irgendwie hatte ich gehofft, mit dem Rausschmiss mitten in der Nacht wäre alles geklärt. Philipp hatte ja oft genug betont, dass ich weder als Ehefrau noch als Mutter noch als Hilfskraft im Trainingszentrum taugte. Und dass meinem Hintern und meiner Nase nicht einmal ein Schönheitschirurg helfen konnte. Alles an mir hatte ihn genervt und ich war davon ausgegangen, dass ich ihm mit der Trennung im Grunde einen Gefallen tat.

Anscheinend irrte ich mich.

Und er hatte Lotti. Ich kam um ein weiteres Zusammentreffen nicht herum. Ich straffte die Schultern und drückte die Glastür auf.

Entspannungsmusik rieselte auf mich herunter, der aus einem spektakulär gestapelten Steinhaufen gefertigte Zimmerbrunnen plätscherte, und mir kroch ein Schauer über den Rücken.

Feindesland. Irre, wie fehl am Platz ich mich in der Umgebung fühlte, die vor einer Woche noch mein Zuhause gewesen war.

»Ach! Du weißt also doch noch, wo du wohnst.« Philipp ließ eine schwitzende Frau in pinkfarbenen Trainingsleggings stehen und steuerte auf mich zu, während sich sein Kopf rot färbte.

»Ich wohne nicht mehr hier«, stellte ich klar und wunderte mich kurz darüber, wie richtig sich das anfühlte.

Philipps Wut verzerrte sein Gesicht. »Du hast immer alles von mir gekriegt, was du wolltest. Nicht mal gegen ein Kind hatte ich was.«

Ich hätte irgendwas entgegnen müssen, aber darauf fiel mir keine Antwort ein.

»Lotti bleibt hier«, entschied er. »Entweder hörst du auf mit dem Theater und kommst zurück oder ich sorge dafür, dass du meine Tochter nur noch jedes zweite Wochenende siehst. Das ist mein Ernst.«

Mein Gehirn weigerte sich, zu verarbeiten, dass er das wirklich gesagt hatte.

»Willst du etwa halbtags arbeiten?«, stammelte ich verwirrt.

»Meine Mutter ist in Rente«, sagte er. »Und dass sie besser geeignet ist, ein Kind großzuziehen als du, liegt ja wohl auf der Hand. Bei mir hat Lotti alles, was sie braucht. Ihre gewohnte Umgebung, ihr Kinderzimmer, ihre Großeltern nebenan. Da reißt man sie nicht einfach raus.«

Mir schossen Tränen in die Augen. Weil ich genau das Gleiche gestern Abend in meiner leeren Wohnung auch gedacht hatte.

Philipps Augen funkelten triumphierend. »Meine Mutter ist mit Lotti drüben. Ich habe ihr gesagt, dass du einen Kosmetiktermin hast, der länger dauert. Das ist deine letzte Chance. Wenn ich heute Abend rüberkomme, bist du wieder da. Haben wir uns verstanden?«

Eine halbe Stunde später lag ich auf der Matratze in meiner leeren Wohnung, starrte die aus der Decke ragenden Drähte an, an denen noch immer keine Lampe befestigt war, und heulte.

Meine Ehe war eine Attrappe gewesen. Für Philipp war ich nur Deko in seinem durchgestylten Leben gewesen. Mein Mann hatte sich seine persönliche Traumwelt gebastelt, jedes Detail – von der Fußbodenfarbe über die übereinandergestapelten Feng-Shui-Kiesel bis zu meiner Frisur – hatte seinen Vorstellungen entsprochen.

Es war seine Firma, sein Haus und seine Eltern, die ihn finanziell sponserten. Ich hatte in einer Welt gelebt, die absolut nichts mit mir zu tun gehabt hatte, und hatte vergessen, was ich eigentlich wollte.

Was dazu führte, dass mein Leben jetzt genauso leer war wie meine Zweizimmerwohnung. In der nicht mal mehr Lotti bei mir sein würde, sondern nur der Hund einer Toten, der mich mit stumm auf die Pfoten gelegtem Köpfchen beobachtete. Ich spürte die Tränen meine Wangen hinunterrinnen.

Mein Handy piepte direkt neben meinem Ohr.

Ich ließ meinen Kopf zur Seite rollen. Die Kurznachricht leuchtete noch im Display auf.

Adrian, 13:56 Uhr: Sektion im Essener Institut für Rechtsmedizin 15:30 Uhr. Kriegst Du es organisiert, vorbeizukommen?

Ich würde nicht hinfahren. Ich würde nicht mal die Nachricht beantworten. Ich würde morgen auch nicht zur Arbeit gehen. Ich würde meinen Job verlieren und bei Hartz IV landen, genau wie Philipp es vorausgesagt hatte.

Es klingelte an der Tür.

Ich hatte Strom?

Als wäre das noch wichtig.

Ich blieb liegen.

Ich hatte es verbockt. Philipp war nur den Deal mit mir eingegangen, den er selbst unter einer Ehe verstand, nämlich Frau und Kind finanziell abzusichern, als Gegenleistung für die Entscheidungsgewalt in der Familie. Wahrscheinlich war ihm nicht einmal klar, was mich daran störte. Seine eigenen Eltern hatten diese traditionelle Art der Rollenverteilung schließlich recht erfolgreich praktiziert.

Ich hingegen hatte ihm das Püppchen, das er gesucht hatte, nur vorgespielt. Und die bequeme Möglichkeit ergriffen, mithilfe der Ehe meiner verhassten Arbeit zu entkommen. Die Realität war ziemlich offensichtlich, wenn ich mich endlich traute, genau hinzusehen.

Jemand bollerte gegen die Tür.

»Ey, ich hab doch gesehen, dass du reingekommen bist. Mach ma auf.«

Ich erkannte die Stimme meiner Nachbarin mit der Vorliebe für bunte Bundeswehrkleidung. Was wollte die jetzt von mir?

»Du musst mir hier mal eben helfen«, erklärte Mütze prompt durch die geschlossene Wohnungstür. »Komm schon. Mit dem Roller hab ich dich auch nicht hängen lassen.«

Ich starrte die Tür an.

Vor drei Tagen hatte ich mich in meinem eigenen Haus nicht getraut, mit verquollenen Augen und rot geheulter Nase das Badezimmer zu verlassen.

»Die behalten das Kindergeld, wenn ich den Scheiß hier nicht bis zum Ersten abgebe. Und mein Konto ist schon am Limit, wegen der Klassenfahrt letzten Monat.«

Ich rollte mich von der Matratze, landete auf allen vieren und rappelte mich auf. Fussel klopfte seinen Schwanz auf das Laminat.

»Scheiße, du siehst ja aus wie ausgekotzt«, kommentierte meine Nachbarin, kaum dass ich ihr die Tür geöffnet hatte. Sie schleppte ihre Zwillinge an mir vorbei ins Wohnzimmer. Erst als sie vor meiner am Boden liegenden Matratze und meinem extravaganten Esstisch in dem ansonsten leeren Raum stand, hielt sie inne.

»Krass«, staunte sie. »Scheidung, wa?«

Ich machte große Augen.

»Macht der Sack etwa Stress?« Mützes selbstverständliche Solidarität ließ mir wieder Tränen über die Wangen laufen.

Meine Nachbarin setzte ihre beiden Krabbelkinder auf meiner Matratze ab, wo sie fröhlich quietschend zu wippen begannen.

Dann trat sie an meinen Esstisch und fuhr fasziniert mit den nikotingelben Fingern über die unterschiedlich gefärbten Jahresringe der wuchtigen Tischplatte.

»Wow.«

Ich kannte die Wirkung der Arbeiten meiner Mutter und nutzte den Moment, um mir durchs Gesicht zu wischen.

Mütze legte ein paar zerknitterte Zettel auf den Tisch, bevor sie sich zu mir umdrehte. »Und? Will der Scheißkerl nicht zahlen? Dann gehste gleich zum Amt. Für Lotti geben die dir Unterhaltsvorschuss, den holen sie sich dann von ihm wieder. Und mach deinen eigenen Kindergeldantrag auch heute noch fertig.«

Mir fiel auf, dass ich zu ihren vielen Kindern noch keinen passenden Vater gesehen hatte. Dann fiel mir ein, dass mein aktuelles Problem ein ganz anderes war, und ehe ich mich versah, liefen mir wieder Tränen über die Wangen.

»Er will Lotti behalten«, platzte ich heraus.

»Häh? Aber Lotti wohnt doch hier bei dir, oder nicht?« Mütze hielt mir ein Päckchen Zigaretten hin. »Kippe?«

Ich schüttelte schluchzend den Kopf.

»Aber ich brauch eine zum Denken. Ich rauch aus dem Fenster, ja?« Ohne meine Antwort abzuwarten, öffnete sie eins der beiden großen Fenster und steckte ihre Zigarette an.

»Also noch mal von vorn: Der Arsch will das Kind. Aber doch nur, um dir eins reinzuwürgen. Oder ist er echt einer, der die Frau die Brötchen verdienen lässt und selbst die Windeln wechselt?«

Ich schüttelte den Kopf. »Nee.«

»Da wäre er auch eine von der Natur nicht vorgesehene Mutation«, schnaufte Mütze verächtlich.

»Er hat Lotti heute von der Kita abgeholt«, berichtete ich stockend. »Als ich eben hinkam, war sie weg.«

»Die sind doch alle gleich«, behauptete Mütze. »Also hast du die letzten – wie alt ist Lotti, sechs?«

»Fünf.«

»Die letzten fünf Jahre hast also du Windeln gewechselt und Babybrei erwärmt und bist nachts wach geblieben und hast Fieber gemessen, während dein Gatte sich vom anstrengenden Arbeitstag erholt hat?«

Mütze kannte sich offensichtlich aus.

»Dann hör auf rumzuflennen und hol dir dein Kind zurück! Sofort! Wenn du jetzt nicht kämpfst, hast du wirklich verloren. Bisher warst du für die Kinderbetreuung zuständig, du bist Lottis Bezugsperson. Geh zur Polizei und zeig ihn an wegen Kindesentziehung, wenn er es nicht kapiert. Und nimm dir einen Anwalt.«

Die Worte der Frau, die aus meinem Fenster rauchte, ließen einen winzigen Funken Hoffnung in mir aufglimmen.

Bis mein Blick die Kinder streifte, die juchzend auf der am Boden liegenden Matratze krabbelten.

»Bei ihm hat sie aber alles«, murmelte ich. »Da schläft sie heute Abend wieder in ihrem Feenschlosshochbett. Nicht auf dem Fußboden.«

Mütze runzelte die Stirn.

»Meinste echt, es stört sie, auf der Matratze zu schlafen?«

Ich überlegte kurz. Nicht wirklich.

»Sie findet es ganz gut, glaube ich«, räumte ich ein.

Mütze machte eine Bewegung mit der Zigarette, die »Siehste« meinte.

»Lotti braucht *dich*«, erklärte sie mir dann streng. »Du warst ihr Leben lang da, was glaubst du, wie sie sich fühlt, wenn du sie plötzlich im Stich lässt?«

Ich zuckte zusammen.

»Und ein Bett wirst du ihr ja sicherlich noch besorgen, sobald dein Exarsch Unterhalt zahlt, oder?«, fuhr Mütze fort. »Du fährst jetzt hin und sagst ihm, dass sie bei dir wohnt, bis ihr euch bei der Scheidung auf was anderes einigt. Nach dem Trennungsjahr hat er sich abgeregt, dann kannst du froh sein, wenn er sie jedes zweite Wochenende nimmt, jede Wette.«

Mütze schnippte ihre Kippe aus dem Fenster, drehte mich an den Schultern zur Tür und schob mich aus der Wohnung.

»Tritt ihn in den Arsch und hol Lotti zurück«, befahl sie. »Und danach machste mir meinen Kindergeldantrag fertig.«

ZOMBIE

Andererseits konnte es nicht gelingen, sich rechtzeitig vor einer Katastrophe in Sicherheit zu bringen, wenn man das dumpfe Grollen in der Magengegend zwar deutlich spürte, sich aber nicht traute, den Kopf zu heben und sich nach der Ursache umzusehen ...

Oder wenn man schnell das Radio lauter drehte, um das Geräusch zu übertönen. Denn das war es, was ich machte.

Schon wieder.

EDDIE

Arschtritte waren nicht gerade mein Spezialgebiet.

Ich war in einem Elternhaus aufgewachsen, in dem nicht mal das Wort benutzt wurde. Auf Philipps Angriffe hatte ich noch nie eine angemessene Antwort gefunden, eigentlich wollte ich mich auch gar nicht auf dieses Niveau herablassen.

Aber Mütze hatte recht.

Bis heute hatte Philipp keinen kompletten Tag allein mit Lotti verbracht. Er war weder beim Elternabend noch beim Schwimmkurs gewesen, er hatte keine Wadenwickel gemacht, wenn sie Fieber hatte, oder ihr abends eine Gutenachtgeschichte vorgelesen. Im Gegenteil, wenn er seinen Fitnesstempel um zwanzig Uhr geschlossen hatte, war er genervt gewesen, wenn Lotti noch nicht schlief und ihn beim Nachrichtengucken störte. Und wenn sie nachts zu uns ins Bett gekrabbelt war und ihn geweckt hatte, hatte er mir vorgehalten, sie nicht erziehen zu können.

Wahrscheinlich war es genau, wie er vorhin gesagt hatte: Ich hatte immer alles bekommen, was ich wollte, sogar das Kind. Seine Vatergefühle entdeckte er jetzt nur, weil er mir die Trennung nicht »durchgehen lassen« wollte. Es wurmte ihn einfach, dass am Ende ich über das Aus unserer Ehe entschieden hatte.

Wie immer ging es bloß um die Hackordnung? Sogar in meiner Ehe?

Egal. Dass Philipp Lotti als Druckmittel benutzte, würde ich ihm jedenfalls nie verzeihen. Und ich würde es auch keine Sekunde länger zulassen.

Ich trat an die Haustür und drückte die Klingel.

»Edith! Das ist aber eine gewagte Veränderung. Welcher Friseur hat dir denn dazu geraten?«

Meine Schwiegermutter prallte vor mir zurück, als wäre mir nach einem Lepraschub die Nase abgefallen. Viola Kramaczik ging einmal pro Woche zum Friseur und ließ sich den Ansatz färben.

»Wo ist Lotti?«

»Ich dachte, du hättest einen Kosmetiktermin.« Meine Schwiegermutter überging meine Frage, als hätte sie sie nicht gehört. »Seid ihr nicht fertig geworden?«

»Ich hatte keinen Kosmetiktermin, ich bin ausgezogen«, erklärte ich ihr. »Sagst du Philipp bitte, dass ich Lotti abgeholt habe?«

Philipps Mutter blinzelte verstört. »Du bist *was?*«

»Mami?« Lotti hatte mich gehört und kam die Treppe heruntergefegt, um mir in den Arm zu springen. »Papa hat gesagt, wir wohnen jetzt wieder hier.«

Ich würde ihn umbringen. Einen Sekundenbruchteil lang brodelte etwas in mir hoch, dass ich so erst ein einziges Mal gespürt hatte. Kurz nach Lottis Geburt, als eine Krankenschwesternschülerin mein Baby zum Waschen mitnehmen wollte.

»Das geht leider nicht, Schatz«, erklärte ich ruhig. »Wir fahren jetzt nach Hause.«

Viola wurde hektisch. So schnell sie konnte, schaukelte sie in Richtung Trainingszentrum davon.

»Kann ich die Elfenwelt mitnehmen?«, wollte Lotti wissen. »Die will ich Jo zeigen.«

»Natürlich.«

»Ich habe schon alles in den Koffer gepackt«, erklärte Lotti zu meiner Verblüffung und fegte die Treppe wieder hinauf in Richtung Kinderzimmer.

Im gleichen Moment klappte die Stahltür, die unser Wohnhaus mit dem Trainingszentrum verband.

Philipps Kaumuskulatur trat sichtbar aus seinen schmalen Wangen hervor, sein Jungengesicht mit den hellen Wimpern, den Sommersprossen und den nicht ganz kurz geschnittenen Surferlocken wirkte durch die zu einem Strich zusammengepressten Lippen älter als sonst. Hässlicher. Und er war nicht rasiert.

Ich hatte meinen Text auf der Rollerfahrt hierher auswendig gelernt und wiederholte genau Mützes Worte.

Polizei, Bezugsperson, Anwalt, Scheidungsrichter.

Philipp starrte mich an, als hätte ich von der Invasion einer extraterrestrischen Lebensform gesprochen. Allerdings fehlten ihm zum allerersten Mal die Worte.

Als Lotti mit ihrem kleinen, eisblauen Koffer die Treppe heruntergehoppelt kam und ich ihr den Motorradhelm hinhielt, fand er seine Sprache aber doch noch wieder.

»Dieser Roller ist ein Witz! Es wird Winter und du besitzt nicht mal ein Auto! Das geht nicht! Das geht einfach nicht!«

Eine Sache fiel mir ein, die ich noch nicht erwähnt hatte.

»Ich beantrage das Kindergeld selbst, du solltest es also abmelden, wenn du nicht zurückzahlen willst. Und wenn du den Mindestunterhalt für Lotti nicht am Monatsanfang überweist, werde ich auch Unterhaltsvorschuss in Anspruch nehmen. Den holt sich das Amt dann von dir wieder.«

Philipp rang nach Luft, als hätte ich ihn mit einem giftigen Pfeil getroffen und sein Atemzentrum gelähmt. Solange er noch handlungsunfähig war, schob ich Lotti schnell aus der Haustür.

ZOMBIE

»Welches von den Mistblagen hat den Adventskalender geklaut?«

Meine kleine Schwester versteckt ihre mit Schokolade verschmierten Händchen hastig hinter dem Rücken und sieht mich mit hilflosen Kulleraugen an.

Seufzend ziehe ich den Pappkarton aus der Lücke zwischen der Matratze ihres Kinderbettchens und der Wand. Eigentlich ist es beinahe lustig, dass der Alte mir, ohne nachzufragen, abkaufen wird, dass ich mir die vierundzwanzig halb geschmolzenen Kalorienbomben reingezogen habe.

Irgendwie fehlte mir gerade die Kraft für Liegestütze oder Mordfantasien oder das Wachrütteln irgendwelcher Dämonen. Ich schaffte es nicht, wütend zu werden und ließ die Erinnerungen einen Moment lang einfach zu.

EDDIE

»Hey! Ich wusste doch, dass du Eier hast, Süße!« Mütze winkte mit einer Pulle Sekt, als ich meinen Roller neben Olegs Schrottauto abstellte. Lotti flitzte zu Jo auf den Spielplatz.

»Hast du ihm die Krallen gezeigt?«

Grinsend hob ich eine zur Kralle geformte Hand. Ich hatte es tatsächlich geschafft!

»Guter Anfang«, fand Mütze und drehte den Plastikkorken aus der Pulle. »Mach ihm ordentlich Stress! Der muss froh sein, wenn er nichts von dir hört. So was wie heute darf der sich gar nicht trauen. Du hast eine Wohnung, du hast einen Job, du kriegst alles supigut auf die Reihe.«

Autsch.

Meine Stimmung verdüsterte sich erneut.

Ich zog mein Handy hervor und warf einen Blick auf die Zeitanzeige.

15:29 Uhr. Zwei Anrufe in Abwesenheit. Adrian.

»Das mit dem Job hat sich vermutlich gerade erledigt«, seufzte ich.

»Was?« Mütze runzelte die Stirn. »Wieso?«

»Ich sollte eigentlich genau jetzt Überstunden in der Rechtsmedizin schieben.«

»Wo?« Mütze starrte mich an, als hätte ich behauptet, auf

dem Schlachthof Schweine zu zerteilen. Gut, der Unterschied war nicht für jeden auf Anhieb ersichtlich.

»Ich bin Polizistin«, gestand ich und der Gesichtsausdruck meiner Nachbarin wechselte von angeekelt zu neugierig.

»Eine echte? Mit Knarre und allem?«

»Bin noch nicht dazu gekommen, meine Dienstwaffe abzuholen. Und ich kriege es sowieso nicht geregelt«, winkte ich ab. »Ich soll ständig nachmittags einspringen und habe keinen Babysitter.«

»Wow«, sagte Mütze. »Du bist 'ne echte Bullette? Is ja 'n Hammer. Und da kommt Kohle technisch was bei rum.« Sie rieb vielsagend die Finger aneinander. »Ich brauch mir den Stress, mit vier Kindern halbtags im Altenheim zu buckeln, nicht machen. Da würde ich nie so viel verdienen, dass ich ums Aufstocken drum herumkäme. Aber so einen Job wie deinen, den willst du nicht wirklich in den Sand setzen, um dich von den Tussis vom Amt herumschubsen zu lassen und deinen Ex anzubetteln, oder? Schwing dich auf deinen Roller und sieh zu, dass du loskommst. Wegen einer halben Stunde Verspätung wird dein Chef sich schon nicht gleich einpissen.«

»Aber …« Mein Blick wanderte zu Lotti, die mit Jo zusammen auf dem Sandkastenrand ihre Hartgummi-Elfenwelt aufbaute.

»Die spielen«, winkte Mütze ab. »Wenn Jo abgeholt wird und du noch nicht wieder da bist, nehme ich Lotti mit rein. Dann kann sie noch mit meinen Kinderkanal gucken.« Sie wedelte mich zu meinem Roller hinüber. »Und heute Abend machst du mir noch das Kindergeld.«

ZOMBIE

Ich musste aufhören mit den schwachsinnigen Katastrophengedanken. Das ungute Gefühl hatte mir Freddie eingepflanzt, wie einen Parasiten, der sich durch meinen Kopf nagte.

EDDIE

Adrians klirrend klarer Blick traf mich in den Magen, als ich die Tür hinter mir schloss. Genau wie der Geruch.

»Man kann auf eine SMS übrigens antworten«, bemerkte er spitz.

Normalerweise hätte sich sofort mein Gewissen gemeldet. Gleich am zweiten Arbeitstag meinen Vorgesetzten zu verärgern, hätte in meinem früheren Leben zu den größeren Katastrophen gezählt, wenn es überhaupt vorgekommen wäre.

Heute zählte es zu den kleineren. Adrians Sarkasmus prallte weich wie ein Sofakissen an mir ab.

»Man kann sein Handy nach Dienstschluss auch ausschalten und sich der Kindererziehung widmen«, entgegnete ich knapp. Angestrengt versuchte ich, die Luft anzuhalten. Dabei hielt sich der Geruch noch in Grenzen, die Leiche war schnell gefunden und dann gut gekühlt worden.

Die beiden Männer in den weißen Kitteln hoben die Köpfe. Der ältere Mollige mit der dicken Brille nickte mir kurz zu. Der Jüngere war nicht viel größer als ich. Er zupfte seinen Mundschutz herunter, sein langer, brauner, mit einem Haargummi zu einem knubbeligen Knoten zusammengezurrter Bart kam zum Vorschein. Er sah mich etwas gründlicher an.

»Meine neue Kollegin Edith Beelitz«, informierte ihn Adrian.

Der Bärtige zog seinen weißen Schutzhandschuh aus und hielt mir eine lange, knochige Hand hin. Der buschige Bart unter seiner großen Nase verhinderte, dass ich allzu viel von seiner Mimik erkennen konnte.

»Marvin.«

In der sterilen, kühlen Umgebung überraschte mich sein warmer Händedruck.

»Eddie.« Aus Angst vor dem Geruch atmete ich durch den Mund ein und bereute es im gleichen Moment, weil ich mir einbildete, das Gemisch aus Desinfektionsmittel, Minze und Tod in meiner Kehle zu spüren.

Während meiner Ausbildung hatte ich an drei Sektionen teilgenommen und war jedes Mal zusammengeklappt.

Nicht, weil ich mich ekelte. Eigentlich machten mir der Geruch, das Blut oder das Geräusch der Knochensäge nicht so viel aus. Das Problem war, dass es mir in dem kahlen Raum, direkt neben dem sterilen Metalltisch, auf dem das nackte Opfer lag, einfach nicht gelang, die nötige wissenschaftliche Distanz zu wahren.

Nach meiner ersten Sektion hatte Adrian mir beim Feierabendbier erzählt, dass er in einer Leiche keinen toten Menschen sah, sondern nur eine Informationsquelle, die ihm Hinweise zu dem Fall liefern konnte. Wenn man einige Male an einer Sektion teilgenommen hatte, gewöhnte man sich seiner Meinung nach daran.

Dass auch bei mir in irgendeiner Art und Weise ein Gewöhnungseffekt eingetreten wäre, hatte ich nicht feststellen können. Auch heute produzierte der Geruch der Minzpaste bereits die Bilder, die ich nicht in meinen Kopf lassen wollte. Dabei hatte ich die Verstorbene noch nicht einmal angesehen.

Ich verschränkte die Arme und kniff mir unauffällig, aber fest in den Bizeps, um meine Gedanken in eine andere Richtung zu zwingen. Ich musste es irgendwie hinkriegen, die Situation sachlich zu betrachten. Wie Adrian, der den Rechtsmedizinern mit wissenschaftlicher Neugier über die Schulter sah. Wenn ich es fertigbrachte, bei der Sektion umzukippen, würde ich nächste Woche wieder das Mobbingopfer sein, das verprügelt wurde, während die Kollegen sich totlachten.

Entschlossen lenkte ich meine Aufmerksamkeit auf Ronja Bleiers geöffneten Brustkorb.

Die füllige Frau lag nackt auf der Metallplatte, die wie ein Operationstisch aussah.

Die Leichenflecken hatten ihr Gesicht auf der unversehrten, rechten Seite, auf der es gelegen hatte, schwarzblau gefärbt. Auf der linken Seite hatte das scharfkantige Parkplatzschild wie eine Axt ihre Lippe gespalten und ihren Oberkiefer zertrümmert. Bleiers gesamter Kopf wirkte aufgedunsen, deformiert und verfärbt, umso mehr, weil die Rechtsmediziner ihre schwere, rote Mähne bereits vollständig abrasiert hatten. Auf der linken Schädelseite zählte ich drei weitere tiefe, blutige Einkerbungen.

Der ältere Mediziner hatte bereits Brust und Bauchhöhle geöffnet und die Rippen mit einer Metallklammer gespreizt. Dadurch hingen Bleiers große Brüste rechts und links wie verrutscht herunter.

Die Bilder ploppten auf wie Seifenblasen.

Schnell sah ich in eine andere Richtung. Ich durfte nicht schwächeln! Die Männer würden meine Schwäche wittern, wie Haie Blut. Und auch ihre Reaktion darauf wäre vergleichbar.

»Nach der äußeren Inspektion der Leiche vermuten wir,

dass die Schädelverletzungen zum Tod geführt haben«, brachte Marvin mich auf den Stand der Dinge. »Der Täter hat insgesamt vier Mal zugeschlagen. Der Schlag, der das Gesicht getroffen hat, wäre allein vielleicht nicht sofort tödlich gewesen. Genau können wir das durch die Untersuchung der Lunge klären. Die drei anderen Schläge haben massive Impressionsfrakturen der Schädeldecke hervorgerufen. Jede für sich kann sehr wahrscheinlich zu sofortiger Bewusstlosigkeit und zum Tod geführt haben.«

Wie lange hatte es gedauert, ihr den Schädel zu zertrümmern? Im einen Moment war Ronja Bleier noch eine junge Frau gewesen, die sich aus der Armut gekämpft und eine gute Ausbildung gemacht hatte. Die einen angemessenen Job wollte. Die das Aus ihrer Liebe nicht hatte akzeptieren können.

Innerhalb von Sekunden war ihr Leben zu Ende gewesen.

»Hier können Sie sehen, dass Blut und Knochenstücke in die Lunge aspiriert wurden.« Der ältere der beiden Mediziner deutete auf das blutige Organ, das in einer Metallschale lag. Die Lunge vermutlich. Adrian und Marvin beugten sich interessiert darüber.

»Nach dem Schlag ins Gesicht war sie also möglicherweise bewusstlos, hat aber noch geatmet. Dabei ist das durch die Kieferfraktur aus dem Rachendach austretende Blut in die Lunge gelangt. Ich vermute, die Öffnung der Kopfhöhle wird gleich zeigen, dass jeder einzelne der anderen drei Schläge tödliche Hirnschädigungen zur Folge hatte.«

»Der Täter war entweder sehr wütend oder er wollte sichergehen«, interpretierte Adrian die ersten Ergebnisse.

Sichergehen, dass Ronja Bleier wirklich starb.

Ich erinnerte mich an ihr Bewerbungsfoto. An ihr rundes Gesicht, die zu großen, blauen Augen, den Puppenmund mit den hochgezogenen Winkeln, die Wangen mit den beinahe kreisrunden, roten Flecken.

An den Mann, in den sie kurz, aber heftig verliebt gewesen sein musste. Und an den winzigen, haarigen Hund, der der erste Schritt auf dem Weg zu einer eigenen Familie hätte sein sollen.

Und dann sah ich, wie sich der nackte, aufgeschnittene Körper auf dem Metalltisch im Bauchbereich dunkel verfärbte. Wie er sich erst aufblähte, um dann zusammenzusinken und schließlich zu zerfallen, bis das Skelett unter den Fleischfetzen zum Vorschein kam.

Ich wandte den Blick ab – zu Marvin, weil der gerade anfing, weiterzusprechen.

»Hinweise auf sexuelle Gewalt sind nicht erkennbar«, referierte der hagere Mediziner. »Wir sind allerdings auf eine alte Narbe im Brustbereich gestoßen.«

Marvin hatte den OP-Tisch umrundet und war neben mich getreten. Er zeigte auf die schwere, unnatürlich weit zur Seite gerutschte Brust. Auf Ronja Bleiers weißer Haut tanzten dunkle Punkte.

Ich konzentrierte mich auf die Stelle, auf die Marvin deutete, und entdeckte die etwa Centstück große, kreisrunde Narbe.

»Zigarette, wenn du mich fragst.« Adrian hatte sich auf meine andere Seite gestellt.

Mir brach kalter Schweiß aus. Zwischen den beiden Männern und der Leiche bekam ich keine Luft mehr. Ich trat einen Schritt zurück.

Die schwarzen Punkte tanzten jetzt über die Fliesen an den Wänden. Desinfektionsmittel und Leichengeruch drohten, meine Kehle zu verkleben. Marvin und Adrian hatten ohne Zweifel bereits gewittert, dass mir die Sektion zusetzte.

Als sie sich nach mir umwandten, zersetzte die Fäulnis ihre Gesichter, die Haut hing in Lappen von ihren Totenschädeln, die Augäpfel rollten in den Höhlen herum.

»Eddie?«

Der ältere Rechtsmediziner wurde ebenfalls aufmerksam, doch auch er verwandelte sich in einen lebenden Toten, der ein weiteres Organ in seinen in Gummihandschuhen steckenden Skeletthänden hielt.

Verdammt!

Als ich meine Hände zum Gesicht hob, konnte ich durch meine eigenen Mittelhandknochen hindurchsehen, weil sich das Fleisch von ihnen löste wie in einem Horrorfilm.

Ich drehte mich um, wollte mich an der Wand abstützen, die weißen Fliesen verschwammen vor meinen Augen, im Sekundentakt tauchten die Bilder der Toten vor mir auf: Meine Oma, meine Mutter, mein Vater.

Lotti.

Error.

»Mann, das musst du aber echt in den Griff kriegen«, meinte Adrian. »Na ja, du bist eben 'ne Weile raus gewesen. Das erste Mal ist dann vielleicht wieder schlimm. Am besten gehst du ab jetzt immer zu den Sektionen, bis das wieder besser wird.«

Tolle Idee.

Das war noch nie besser, du Hirn. Es gelang mir einfach nicht, das Mordopfer zu ignorieren und mich auf die Fakten zu konzentrieren.

Im Gegenteil, die Lage hatte sich seit meiner letzten Sektion verschlimmert. Heute hatte der bloße Geruch der Minzpaste ausgereicht, um mich daran zu erinnern, dass niemand von uns unsterblich war. Nicht mal Adrian oder die Götter in Weiß.

Den Schockzustand, der mein Gehirn sogar hier draußen im Nieselregen noch lahmlegte, verdankte ich jedoch wohl vor allem der gerade eben neu gewonnenen Erkenntnis, dass sogar mein quietschlebendiges Kind von einer Sekunde auf die andere aus meinem Leben verschwinden und zu Staub zerfallen konnte.

»Feierabendbier?«, lenkte mich Adrian ab.

Das funktionierte erstaunlicherweise. »Wie bitte?«

Die Abende auf dem WG-Balkon tauchten aus meinen Erinnerungen auf. *Unsere Füße auf dem Geländer. Sein Kopf an meiner Schulter. Sein warmer Körper an meinem Rücken.*

Adrians Grinsen kam mir so vertraut vor, dass mir warm wurde und ich die gruseligen Bilder vergaß.

»Können wir nicht einfach so tun, als ob wir nie miteinander im Bett waren, und wieder Kumpel sein?«, schlug Adrian mit treuherzigem Dackelblick vor.

Mein Herz hüpfte kurz. Allerdings schaltete sich im nächsten Moment glücklicherweise mein Verstand wieder ein.

Die Sachlage hatte sich seit den Füße-auf-dem-Balkongeländer-Abenden nicht unwesentlich verändert. So wie Adrian sich das vorstellte, lief das nicht mehr. Ich würde nie wieder nachts mit ihm eine Kiste Bier leer machen und ihm tröstend auf den Rücken klopfen, während er seiner neuesten Verflossenen nachtrauerte. Nachts hatte ich inzwischen etwas anderes zu tun.

»Wenn wir es hinkriegen, gute Kollegen zu sein, wäre das schon mehr, als ich erwarte«, bremste ich.

Etwas blitzte in Adrians unnatürlich hellen Augen auf. Ich war mir nicht sicher, ob es Belustigung oder Ärger war.

Na ja, vermutlich würde er mich das bald wissen lassen.

ZOMBIE

Jeder wusste, dass der Mistkerl grapschte. Bei dem hatte schon immer der Schwanz das Denken übernommen.

Mit der Scheißosterhasenakte versuchte der Wichser mir zu drohen, das war alles.

Er wollte mich ablenken. Damit ich ihn in Ruhe ließ, obwohl ich wusste, was er gemacht hatte.

EDDIE

»Mami! Wusstest du, dass man einen Pups anzünden kann?«

Lotti hockte mit einer Tüte Chips in der Hand auf einer vollgekrümelten Wohnlandschaft. Vor einem übertrieben großen, übertrieben lauten Fernseher, auf dem ein Gesangstalent mit Zahnspange vor einer Castingshow-Jury einen Popsong jodelte. Neben Lotti lümmelten Jamie und Finn, die beiden größeren von Mützes vier Jungen. Die Zwillinge Elvis und Lewis krabbelten auf dem dicken, fleckigen Wohnzimmerteppich um ein Spielzeug herum, auf dessen Metallschienen Holzkugeln hin und her geschoben werden konnten. Es roch verbrannt. Ein eisiger Herbstwind fegte durch die offen stehende Balkontür herein und ließ die Kindergeldanträge auf den Fußboden flattern.

»Willst du die mit rübernehmen?« Mütze zerrte zwei Gartenstühle aus ausgeblichenem dunkelgrünem Plastik herein. »Auf dem Balkon sitze ich im Winter sowieso nicht. Außerdem habe ich wahrscheinlich eine Küche für dich.«

Die Situation überforderte mich. Ich ließ mich auf den schmutzigen Plastikstuhl sinken, den Mütze mir hinschob.

»Ist jedenfalls besser, als auf dem Boden zu sitzen, oder?«
Sie drückte mir einen Wegwerfbecher mit Yedi-Ritter-Aufdruck in die Hand.

Sekt, verriet mir der Schnuppertest.

»Die müssen wir noch leer machen.« Mütze deutete auf die geöffnete Pulle auf ihrem mit einer Plastikdecke verhüllten Esstisch. Neben der Flasche standen noch die mit Ketchup verschmierten Pappteller einer Pommesschlacht. »Oder hat dein Chef etwa ein Drama aus der Verspätung gemacht?«

»Nee.« Dass ich mal wieder bei einer Sektion kollabiert war und mir deshalb ab morgen als Weichei vom Dienst dämliche Sprüche anhören musste, wollte ich im Moment nicht diskutieren.

Mütze ließ sich auf den zweiten Gartenstuhl fallen und tickte ihren Sternenkrieg-Becher gegen meinen.

Ich trank artig und beinahe sofort sorgte der Sekt dafür, dass sich meine Schultern entspannten und sich ein warmes Gefühl in meiner Brust ausbreitete.

»Eine Küche sprengt im Augenblick echt mein Budget, Mütze«, erklärte ich dann.

Sie winkte ab. »Mann, das Ding kriegst du für einen Fuffi. Das steht bei Steffi schon seit hundert Jahren im Keller, weil bei der eine bessere drin war, als sie eingezogen ist. Ist so ein kleines Single-Teil, aber mit Herd, Kühlschrank und Spüle dabei. Ich guck morgen erst mal, ob sie die da unten noch stehen hat.«

Ich nahm noch einen Schluck.

Meine – oder besser gesagt: Philipps Küche mit frei stehender Kochinsel, selbstschließenden Schubladen und Fußbodenheizung hatte über zehntausend Euro gekostet. Für fünfzig Euro bekam man nicht einmal einen Kühlschrank.

Mütze schob mir einen Zettel auf den Schoß. »Jetzt musste mir aber noch bei dem Scheißantrag helfen. Der Onkel von der Bewilligung sagt, ich muss den ausfüllen. Hab ich aber schon zwei Mal verschludert. Ich krieg das Kindergeld nicht, wenn ich das morgen nicht abgebe.«

Ich senkte den Blick auf das Formular. Es handelte sich um eine *Überprüfung des Kindergeldanspruchs*. Doppelseitig.

»Ist ja nicht so viel.« Also im Vergleich zu dem, was die Personalabteilung der Polizei alles hatte ausgefüllt haben wollen.

Ihren Namen hatte Mütze immerhin schon eingetragen. Wie ich bereits vermutet hatte, hieß meine Nachbarin nicht wirklich Mütze, sondern Kappe. Silvana Kappe.

Ich musste schmunzeln.

»Woher soll ich denn die ganzen Kindergeldnummern wissen?«, murrte Mütze. »Und eine steuerliche – Steuernummer, da?«

Ich hob den Blick. »Es ist doch noch nicht lange her, dass du den letzten Antrag ausfüllen musstest. Wo hast du denn deine Unterlagen?«

Mütze biss sich auf die Unterlippe. Ihre Froschaugen mit den hellen Wimpern blinzelten, als hätte ich nach ihren Tampons gefragt. Obwohl – ihrem Gesichtsausdruck nach zu urteilen, wäre ihr die Frage nach den Tampons vermutlich lieber gewesen.

Sie erhob sich schließlich doch und schlurfte zu der Kirschholzwohnwand, in der der Fernseher stand, hinüber. Sie öffnete eine Tür und zog einen Pappkarton heraus.

O je. Mir dämmerte, wo das Problem lag.

Die Kiste war randvoll mit Zetteln, aufgerissenen Briefumschlägen und nicht aufgerissenen Briefumschlägen. Bei dem ersten Zettel, den ich probehalber aus einem offenen Umschlag zog, handelte es sich um eine Mahnung.

»Mann, Mütze«, schimpfte ich, »das ist doch nicht dein Ernst jetzt!«

Mütze zog die Schultern hoch, als erwartete sie eine Kopfnuss von mir.

»Mach mal den Tisch frei«, sagte ich mit einem Kopfnicken zum mit Ketchup verschmierten Esstisch, der aussah wie nach einem Blutbad.

ZOMBIE

Meine Wut auf Freddie brodelte, doch heute kam ich nicht dazu, etwas dagegen zu unternehmen. Immerhin ersparten mir die Nudelboxen vom Chinamann das Kochen. Hätte mir vor zehn Jahren jemand gesagt, dass ich mal die Putze und die Köchin machen würde, hätte ich mich abgerollt vor Lachen.

EDDIE

»Kirsten Ulrich?«

Die pummelige, junge Frau hinter dem mittleren der drei Schalter der kleinen Bankfiliale im Stadtteil Hiltrop sah verwirrt auf, als Adrian seinen Dienstausweis auf den Tresen schob.

Sie hatte glattes, dunkles Haar, trug eine Brille und ein dunkles Kostüm mit Rock, Blazer und Bluse. »Kriminalpolizei?«

Ich hatte heute Morgen ebenfalls eine Ausweiskarte im Kreditkartenformat erhalten, zusammen mit einer Zugangsberechtigung in Form eines elektronischen Schlüsselchips und einer Dienstwaffe, die ich erst mal in dem dafür vorgesehen Waffenfach im Aufbewahrungsraum im Präsidium hatte liegen lassen.

Adrian hatte bereits einen Termin an der Schießanlage gemacht. Heute Nachmittag um siebzehn Uhr. Schon wieder Überstunden. Damit stand ich den dritten Nachmittag in Folge vor dem Babysittingproblem. Meine Mutter bekam schon Schweißausbrüche, weil sie befürchtete, dass mir gelang, was mein Vater in dreißig Jahren Beziehung nicht geschafft hatte: Sie zum Kochen und Kinderhüten zu zwingen.

»Klar, ist es ungünstig, dass zeitgleich mit deiner Einarbeitung eine Mordkommission ausgerufen wurde. Aber das wird im KK 11 nicht das letzte Mal der Fall sein«, hatte Adrian mich aufgeklärt. »Ich komme dir entgegen, wo ich kann, aber Arbeitszeiten von acht bis zwölf einzuhalten, wird während einer Todesfallermittlung schwierig. Wenn du ein paar Überstunden nicht geregelt kriegst, solltest du vielleicht über eine Versetzung nachdenken.«

Das hatte gesessen.

»Das Schießtraining ist ein Muss.« Adrian hatte sich nicht beirren lassen. »Die Zeiten haben sich geändert, während du dein Baby gestillt hast. Du kannst jederzeit vor einem Terroristen oder Amokläufer stehen, da musst du reagieren, ohne lange überlegen zu können.«

Zähneknirschend hatte ich dem Termin heute Abend zugestimmt. Zur Not musste ich Lotti eben zum Schießstand mitnehmen und sie mit Gehörschutz in die Ecke setzen.

»Stimmt irgendwas nicht?« Die Bankkauffrau holte mich zurück in die Filiale des Geldinstitutes. Automatisch hatte sie die Stimme gesenkt und sah sich hektisch um. Offenbar dachte sie an einen Überfall.

»Es geht um dieses Foto, auf das wir auf dem Facebookaccount von Ronja Bleier gestoßen sind.« Adrian hielt ihr sein Handy hin, dessen Display ein Bild von der molligen Bankangestellten Kopf an Kopf mit der rothaarigen Toten zeigte. Ein Selfie, auf dem sie mit regenbogenfarbenen Longdrinks in die Kamera prosteten.

»Wir waren damals Kolleginnen. Nach Feierabend waren wir ein paar Mal was zusammen trinken«, erklärte Ulrich irritiert. »Wieso?«

Adrian sah sich nach rechts und links zu den beiden zurzeit nicht beschäftigten Kolleginnen hinter den anderen Schaltern um, die das Gespräch interessiert verfolgten. Beide waren um die fünfzig, die rechte nicht schlank, die linke schielte. Das Vorurteil von Ronja Bleiers Mutter, dass das Aussehen ihrer Tochter das K.-o.-Kriterium bei der Arbeitssuche gewesen war, konnte zumindest hier nicht zutreffen.

»Können wir uns irgendwo ungestört unterhalten?«, fragte Adrian.

Gleich darauf saßen wir in einem kleinen Büro, das durch eine Glaswand vom Eingangsbereich der Bankfiliale abgetrennt war. Die beiden älteren Mitarbeiterinnen beobachteten uns neugierig.

»Ronja Bleier hat vor etwas mehr als einem Jahr hier gearbeitet«, begann Adrian das Gespräch. Mir hatte er wieder den Protokollblock zugeschoben.

Kirsten Ulrich nickte, während sie sich setzte. Ihre Verwirrung über den Polizeibesuch stand ihr immer noch ins Gesicht geschrieben.

»Wir haben mehrere Fotos von Ihnen aus dieser Zeit auf Frau Bleiers Rechner gefunden. Sind Sie mit Ronja Bleier befreundet?«

»Wieso untersucht die Polizei Ronjas Rechner?« Ulrich runzelte argwöhnisch die Stirn.

Adrian zögerte kurz. »Ronja Bleier wurde vorgestern tot aufgefunden«, beantwortete er die Frage dann wahrheitsgemäß.

Ulrichs Hände wanderten zu ihrem Mund. »Tot?«

»Tut mir leid.«

»O Gott ... aber warum die Kriminalpolizei? Sie ist doch nicht ...?«

»Wir gehen von einem Verbrechen aus«, bestätigte Adrian.

Die junge Frau schüttelte fassungslos den Kopf.

»Wir hoffen, Sie können uns mehr über Freunde, Lebensgefährten oder Frau Bleiers Beziehung zu ihrer Familie erzählen.«

Die Bankangestellte nahm ihre Brille ab und begann, sie zu putzen. Oberhalb des Kragens ihres Blazers bekam ihr Hals rote Flecken. »Da bin ich nicht die richtige Ansprechpartnerin«, erklärte sie nach kurzem Überlegen förmlich. »Mein Kontakt zu ihr ist eingeschlafen, nachdem sie hier gekündigt hat.«

»Frau Bleier hat selbst gekündigt? Kennen Sie den Grund dafür?«

»Ja.« Ulrich schob sich die Brille wieder auf ihre Stupsnase. »Ihr Freund hatte Schluss gemacht. Der war beim Arbeitsamt und Ronja wusste genau, dass sie bei ihm auftauchen und sich vermitteln lassen konnte, sobald sie arbeitslos wurde.«

Womit wir wieder bei Tobias Otto gelandet wären.

»Klingt, als wäre Ronja Bleier ziemlich sauer wegen der Trennung gewesen«, hakte Adrian nach.

»Sie ist total ausgerastet«, bestätigte Ulrich. Sie nagte an ihrer Unterlippe.

»Ausgerastet?«

»Sie sagte, er würde noch bereuen, sich getrennt zu haben.

Sein Auto hat sie zerkratzt. Mittlerweile hatte sie sich aber bestimmt wieder beruhigt …«, beteuerte sie hastig.

»Sie haben sich gut mit Frau Bleier verstanden«, mischte ich mich ein. »Wieso ist der Kontakt eingeschlafen?«

Ulrichs Blick flitzte zu mir. Dann sah sie sich im Raum um, als würde sie nach einem Notausgang suchen.

»Na ja, so gut verstanden haben wir uns auch nicht«, murmelte sie schließlich. »Nach der Trennung bin ich ein paar Mal mit ihr ausgegangen, um sie auf andere Gedanken zu bringen.«

»Und dann?«

»Na ja, wie das eben so läuft«, fauchte die pummelige Bankerin genervt. »Irgendwann hat sie hier nicht mehr gearbeitet und wir gingen nicht mehr aus.«

Adrian zuckte die Schultern. Wie das eben so läuft, bedeutete die Geste. Irgendwann schläft man nicht mehr miteinander, ruft nicht mehr an, geht seiner Wege. Anscheinend ein selbstverständlicher Vorgang.

Wieso antwortete Ulrich dann nicht mit einem verbindlichen Kundenbetreuerinnenlächeln auf meine Frage?

»Keine Geburtstagsgrüße, keine Facebookfreundschaft, keine SMS mehr?«, bohrte ich probehalber etwas tiefer.

»Ich habe nicht zurückgerufen, okay?«, verlor die Bankangestellte die Fassung. Eine sorgfältig zur Seite gekämmte, dunkle Strähne rutschte ihr ins Gesicht. Sie wischte sie weg, wodurch ihre mit ausreichend Spray konservierte Frisur in Unordnung geriet.

»Ich habe mir eine neue Handynummer besorgt. Ich bin nicht stolz drauf, dass ich Ronja habe hängen lassen. Aber sie saß plötzlich jeden Tag in meiner Wohnung und hat skurrile Rachepläne gegen ihren Exfreund geschmiedet. Das war too much, okay?«

Sie hat unglaublich geklammert, gingen mir Tobias Ottos Worte durch den Kopf.

Adrian beugte sich vor. »Hat Ronja Bleier Ihnen gedroht, Frau Ulrich?«

Kirsten Ulrich starrte Adrian durch ihre dicken Brillengläser hindurch an. Die Brille vergrößerte ihre Augen und ich konnte sehen, wie sich die Flüssigkeit auf ihrem Unterlid sammelte, bevor sie in Tränen ausbrach.

»Sie hatte ja recht, das war scheiße von mir. Sonst bin ich auch nicht so.« Die Bankangestellte vergrub das Gesicht in den Händen. »Aber ich habe ihr Geheule nicht mehr ertragen. Eine Weile hat sie mir Zettel in den Briefkasten gesteckt, auf denen sie mich als Verräterin bezeichnet hat.«

Höchstwahrscheinlich war das nicht das Schlimmste, was Ronja Bleier eingefallen war. Ich war mir ziemlich sicher, dass sich im Wortschatz der Toten eindrucksvollere Beschimpfungen gefunden hatten.

Adrian pustete die Wangen auf.

Kirsten Ulrich gab an, am Montagabend von zwanzig bis zweiundzwanzig Uhr ferngesehen zu haben. Kein wind- und wetterfestes Alibi.

Mein Kollege notierte den Namen der Bankkauffrau mit Fragezeichen auf einer Seite seines Notizbuches, auf der schon drei weitere Namen standen.

Tobias Otto – doppelt unterstrichen.

Regula Ösing.

Und: *Chantal Kroneberg.*

Die Personen, für die wir uns bisher ein Mordmotiv und die Gelegenheit, es umzusetzen, zusammenreimen konnten.

»Hat Frau Bleier mit Ihnen mal über eine Verbrennung im Brustbereich gesprochen?«

»Nein.«

»Hat sie je eine andere Freundin erwähnt? Einen Spitznamen? Eine Verabredung?«

Die IT-Abteilung war auf neunundachtzig Facebookfreunde gestoßen. Doch wem davon Bleier überhaupt persönlich begegnet war, konnten wir nur raten.

»Melli«, schniefte Ulrich nach kurzem Überlegen. »Ich glaube, mit der hat sie auch mal zusammengearbeitet.«

ZOMBIE

Die Katze hockte neben meiner Müslischüssel und starrte mich mit unnatürlich großen, schwarzen Pupillen an.

Ich starrte zurück.

Das Vieh sah aus, als wäre es high. Ich konnte den Blick nicht ertragen. Aber die Katze zu killen war keine Option. Die Bratzen würden sie rächen und mir das Leben zur Hölle machen.

Außerdem verdankte ich das Katastrophengefühl nicht dem Vieh, sondern Freddie.

Angeblich wollte er heute wieder arbeiten, das Auge war anscheinend abgeschwollen.

EDDIE

Ich blieb stehen, als ich den Mann mit lang ausgestreckten Beinen im Wartebereich sitzen sah.

Adrian hatte die erste Tür links zu dem Raum geöffnet, in dem Kati es sich mit einem Rollcontainer unter den Füßen, einem Rückenstützkissen und dem Teekocher in greifbarer Nähe bequem gemacht hatte.

»Kannst du mal an den letzten Arbeitsstellen von Bleier nachfragen, ob sie dort mit einer Melli – möglicherweise Melanie – zusammengearbeitet hat?«, beauftragte Adrian unsere schwangere Kollegin. »Und ist der Verbindungsnachweis jetzt endlich da?«

Der Typ im Flur hatte uns bemerkt. Er faltete seine Beine zusammen und steckte sein Handy ein.

»Der Telefonanbieter hat die Unterlagen gefaxt«, hörte ich Kati antworten. »Aber das hat sich vielleicht gerade erübrigt.«

Adrian trat hinter mir aus dem Raum und spähte den Flur hinunter. Als er den dunkelhäutigen Typ von der Wach- und Schließgesellschaft entdeckte, legte er den Kopf schief und öffnete die Tür zum Treppenhaus.

»Wollen Sie zu uns, Herr …«

Der Wachmann erhob sich.

»Rheinhart«, hörte ich Kati aus dem Büro rufen.

»… Rheinhart?«

Ich staunte wieder, wie groß der Mann war. Für seinen Job vermutlich die Idealbesetzung: Als er im Flur stand, kam niemand mehr an ihm vorbei. Er trug einen schwarzen Kapuzenpulli unter einem aufgebauschten Daunenparka, hatte wache Augen, und entweder war sein Gesicht von Natur aus nicht ganz symmetrisch oder er zog so häufig die rechte Augenbraue spöttisch hoch, dass seine Stirnmuskeln sich diesem Gesichtsausdruck angepasst hatten.

Das nervte mich.

»Nee«, beantwortete der Wachmann Adrians Frage, ohne eine Miene zu verziehen. »Es regnet draußen und ich wollte mich mal eine halbe Stunde im Trockenen unterstellen. Und hier ist es nun mal interessanter als in 'nem Café am Ruhrpark.«

Adrian verschränkte prompt die Arme.

Ich unterdrückte ein Seufzen. Das übliche Gerangel unter Alphatierchen. Wie viel schneller würden wir auf den Punkt kommen, wenn Mann nicht immer erst die Rangordnung im Rudel ausdiskutieren müsste.

»Dann bleiben Sie ruhig sitzen«, konterte Adrian prompt und wollte die Tür wieder zudrücken.

»Ich glaube nicht, dass Sie auf das Geschenk, dass ich Ihnen mitgebracht habe, verzichten wollen, Herr Adamkowitsch«, köderte der andere.

Eine Sekunde lang meinte ich, Adrians Zähne knirschen zu hören. Dann gab er das Geplänkel auf, und winkte Rheinhart in den engen Flur.

Der schlenderte absichtlich gemächlich zu Adrians Büro und weil Adrian sich in dem engen Gang nicht an ihm vorbeiquetschen konnte, musste er hinnehmen, dass der Wachmann das Tempo vorgab.

Genervt klickte Adrian mit seinem Chip die Bürotür auf und kommandierte Rheinhart mit einer Kopfbewegung hinein.

Gleich darauf saß Adrian hinter seinem Schreibtisch, Rheinhart davor. Um nicht zwischen die Fronten zu geraten, wahrte ich Sicherheitsabstand. Ich schnappte den Protokollblock und schob den letzten Stuhl Richtung Fenster.

Rheinhart holte ein Smartphone in einer lädierten Hülle mit Hundeaufdruck aus der Jackentasche und legte es wortlos auf Adrians Schreibtisch.

Adrian stutzte. Dann beugte er sich vor und griff nach dem ramponierten Gerät.

»Was ist das?«

Die schwarze, rechte Braue des Wachmanns zuckte noch ein Stück weiter nach oben und Adrian korrigierte seine Frage: »Wo haben Sie das her?«

»Hab ich im Gebüsch am Wirtschaftshof der Agentur für Arbeit gefunden. Beim Pissen, wenn Sie es genau wissen wollen. War kein Akku drin und sah ziemlich nach Schrott aus. Ich hatte noch einen alten Akku liegen, also hab ich es sauber gemacht, ein bisschen gefummelt und geguckt, dass ich es wieder zum Laufen kriege. Um was über den Besitzer rauszufinden und es zurückgeben zu können, selbstverständlich.«

Rheinhart nahm Adrian das Telefon aus der Hand wie einem Kind den Lolli, von dem es die Folie nicht entfernt bekommt. »Als ich das hier sah, dachte ich, ich mache Ihnen bestimmt eine Freude mit dem Ding.«

Jetzt hörte ich doch auf zu schreiben, huschte hinter Adrian und sah ihm über die Schulter, während der Wachmann ihm das Handy hinhielt.

Das Display hatte einen Sprung. Doch trotz des langen Risses, der quer über die gesamte Vorderseite lief und dem schmutzigen, angeknacksten Gehäuse, leuchtete die Codeabfrage im Display.

Das Bild im Hintergrund zeigte Ronja Bleier. Mit ihrem Exfreund Tobias Otto.

Und mit Fussel, meinem Hund.

»2302.«

Der 23. Februar war Tobias Ottos Geburtstag. Den hatte Adrian in seinen Befragungsunterlagen notiert. Mein Kollege tippte die Zahlen in das Smartphone ein.

Ich klappte die Magnetwand auf und klemmte einen Zettel mit Kirsten Ulrichs Namen und ihrem nicht vorhandenen Alibi daran.

Um das Foto von Ronja Bleier herum hingen mittlerweile eine ganze Menge weiterer Zettel, unter anderem die Namen der Arbeitsvermittler Otto, Kroneberg und Ösing, die Uhrzeiten, zu denen die Wachleute die Gebäudeeingänge kontrolliert hatten, und Angaben zu Ronja Bleiers Familie.

»Mist. Ich hätte gewettet, dass der Code was mit Otto zu tun hat«, murrte Adrian. »Sieht aus, als müssten wir doch die IT-Fritzen ranlassen.«

Mein Blick fiel auf Ottos Durchwahl in der Agentur für Arbeit, die an der Pinnwand vermerkt war, gleich unter der rot unterstrichenen Lücke in seinem Alibi, in der er angeblich einen Beamer für seinen Workshop besorgt hatte.

»Lass mich auch mal probieren«, sagte ich.

Adrian rieb sich skeptisch das Kinn. »Wenn du hellsehen kannst, freue ich mich.«

»Für Glaskugelbeschwörungen ist meine Oma zuständig.« Ich griff nach dem Telefon und wählte Ottos Nummer.

»1003«, sagte ich gleich darauf. Das war der Tag, an dem Bleier und Otto das erste Mal miteinander ausgegangen waren.

Das Handy surrte zufrieden.

Adrians nachdenklicher Blick traf meinen etwas länger.

»Gehen wir heute nach dem Schießen noch was trinken?«, fragte er dann.

Wie bitte?

»Ich lasse sowieso nicht locker, du kannst auch gleich Ja sagen. Komm schon, Eddie. Auf ein Bier. Um der alten Zeiten willen.«

Ich sah auf Bleiers Smartphone, um seinem Blick auszuweichen. Wollte er unsere Freundschaft wirklich wiederbeleben? Konnte so was funktionieren?

Überdeutlich spürte ich Adrians Wärme dicht neben mir,

ich konnte seinen Atem hören, den vertrauten Duft seines Eau de Toilette riechen.

Ganz bestimmt wollte ich mich nicht wieder in das gleiche Dilemma manövrieren, in dem ich schon einmal festgesteckt hatte.

Eine Sekunde lang sehe ich mich selbst nackt auf einem Bett liegen, meine Hände mit Handschellen über meinem Kopf gefesselt, während Adrian meine Beine auseinanderschiebt ...

Stopp!

Diesen Gedankengang verdankte ich allein der Tatsache, dass mein Liebesleben seit Langem für Philipp befriedigender als für mich gewesen war.

Aber deswegen würde ich auf keinen Fall so dämlich sein, mit meinem Vorgesetzten zu schlafen, bei dem es sich gleichzeitig auch noch um meinen untreuen Exfreund handelte!

»Lass uns lieber den Fall aufklären«, entschied ich.

Seufzend lenkte Adrian seine Aufmerksamkeit wieder auf das Handy.

»Hier ist die letzte SMS, die Bleier Otto um neunzehn Uhr zweiundfünfzig geschrieben hat«, erklärte er, als er gleich darauf Bleiers Nachrichtenverläufe überflog. Die SMS, die sie Tobias Otto kurz vor ihrem Tod geschickt hatte, hatten wir auf seinem Handy schon einmal gesehen.

18:31 Uhr: Ich weiß, dass du noch drin bist. Ich warte.

18:56 Uhr: Date mit deiner dürren Schlampe?

19:39 Uhr: Ich kann euch sehen! Kommt raus und ich erzähle deiner Tussi, was für ein Wichser du bist! Nicht mal um deinen Hund kümmerst du dich! Was meinst du, wie sie das findet?

Antwort von Tobi, 19:44 Uhr: Lass Chantal in Ruhe, Ronja!

19:48 Uhr: Hah! Bereust du endlich, wie du mich behandelt hast?

Der kleinen Arbeitslosen die große Liebe vorgaukeln, damit sie sich von dem frustrierten Jobcenterfritzen ficken lässt?

19:52 Uhr: Meinst du, deine Öko-Tussi steht auf solche Arschlöcher? Soll ich sie mal fragen?

»Na, die war ja ein richtiges Sonnenscheinchen.« Kati war hereingekommen und neben mich getreten. Sie hatte Bleiers SMS mitgelesen, bevor sie mehrere Papiere auf den Schreibtisch warf.

»Wäre nachvollziehbar, wenn Otto nach der letzten SMS raus auf den Parkplatz wäre und die Terrortante zum Schweigen gebracht hätte«, fand Adrian.

»Um kurz vor acht hat Bleier noch eine SMS geschrieben«, erinnerte ich mich. »Etwa zur gleichen Zeit hat aber die Wachfrau ihren Rundgang begonnen. Einen eskalierenden Streit zwischen Bleier und Otto auf dem Parkplatz oder auch auf dem Weg zum Jobcenter hätte sie mitbekommen. Und nachdem sie weg war, waren dann nur noch Otto und Kroneberg in der Agentur für Arbeit ... und Regula Ösing möglicherweise im Jobcenter«, ergänzte ich nach kurzem Überlegen.

»Nee, Regula Ösing ist wirklich noch am Montagabend im Sauerland eingetroffen«, widersprach mir Kati. »Ihre sechsundachtzigjährige Mutter ist sich sicher, dass sie um neun Uhr da war, weil sie dann immer ihre Tabletten nimmt. Den Stau um Unna herum gab es an dem Abend auch, damit kann Ösing nach zwanzig Uhr nicht mehr in Bochum gewesen sein.«

Damit schied Ronja Bleiers verhasste Arbeitsvermittlerin als Tatverdächtige aus. Es fiel mir auch schwer, mir vorzustellen, wie die magere Frau mit den dünnen Ärmchen die stämmige Ronja Bleier erschlug.

Adrian kam offenbar zu der gleichen Schlussfolgerung, denn er stand auf und trat an die Pinnwand, um das Fragezeichen hinter Regula Ösings Alibi durchzustreichen.

Blieben noch Kroneberg, Ulrich und Otto übrig.

Otto mit einer rot unterstrichenen Lücke im Alibi.

Adrian griff wieder nach Ronja Bleiers Handy und lud die Nachrichtenübersicht auf den Bildschirm.

Otto war als *Tobi* mit einem Herzchen dahinter eingespeichert.

Außerdem hatte Bleier einige kurze, unfreundliche Nachrichten mit ihrer *Mama* gewechselt, die sie drängte, einen Kleinkredit für sie aufzunehmen.

Einen gewissen *Danny* hatte Bleier auf unmissverständliche Art aufgefordert, ihr hundert Euro zurückzuzahlen.

Häng tot überm Zaun, hatte die klar formulierte Antwort gelautet, danach hatte *Danny* Bleiers Nachrichten ignoriert. Ich klickte *Dannys* Profilfoto größer und erkannte einen der beiden jüngeren Männer, die wir in Agnes Winnemeiers Wohnung angetroffen hatten.

»Das ist wahrscheinlich ein Bruder von ihr«, sagte ich.

Kati begann in einer Akte zu blättern. »Ronja Bleier hat drei Brüder«, nickte sie. »Lars Bleier ist fünf Jahre älter und stammt ebenfalls aus der Ehe der Mutter mit ihrem ersten Mann, Martin Bleier. Silvio und Danielo Winnemeier sind Halbgeschwister aus der zweiten, ebenfalls gescheiterten Ehe der Mutter mit Eckhart Winnemeier. Die beiden sind eine ganze Ecke jünger – siebzehn und neunzehn.«

»Dann ist das hier der ältere Bruder«, schlussfolgerte ich mit einem Blick auf das Profilfoto von *Lars.* Es zeigte den bulligen Rothaarigen, den wir ebenfalls bei den Winnemeiers angetroffen hatten. Mit einer dicken Langhantel auf den Schultern.

*Du hast den Job absichtlich geschmissen, du Kleinhirn!
Glaubst du wirklich, du wirst als Drummer reich? Oder als
Profiboxer? Willst du mit vierzig immer noch Stütze kassieren
und bei Mama wohnen? Krieg den Arsch hoch und hör auf,
dich mit dem Chef anzulegen!*, hatte Ronja Bleiers letzte
Nachricht an ihren älteren Bruder gelautet.

Der Wichser soll bloß aufpassen, wie er mit mir spricht, hatte Lars Bleier nicht sonderlich einsichtig geantwortet. *Sonst
nehme ich mir den mal richtig vor!*

»Wenigstens, wie man einen lästigen Job loswird, hat die
Mutter den beiden beigebracht«, erklärte Adrian sarkastisch.
Regula Ösings Bemerkung, dass sich die Familie Bleier/
Winnemeier über Generationen vom Sozialsystem finanzie-
ren ließ, fiel mir ein.

*Die Hartz-IV-Karriere gehört bei denen praktisch zur Le-
bensplanung.*

Sicherlich hatte Agnes Winnemeier ihren Kindern die
Nachteile der Erwerbstätigkeit genauso plausibel erklärt wie
Adrian und mir.

Außer Tobias Otto, der Mutter und den Brüdern hatte
Floriane N. mit Ronja Bleier Kontakt gehabt. Adrian scrollte
den Nachrichtenverlauf hoch. Die Mitteilungen waren kurz,
oft nur eine Uhrzeit. Offenbar Verabredungen. Ein Profil-
bild gab es nicht.

Kati notierte die Telefonnummer.

»Lass uns mal ihre Fotos sehen. Vielleicht ist sie da irgendwo drauf«, schlug sie vor.

Adrian gehorchte und holte die Aufnahmen aufs Display.
Die letzten Bilder zeigten Otto im Kundengespräch, durchs
Fenster des Jobcenters aufgenommen. Otto mit Chantal
Kroneberg. Otto in seinem Auto. Otto vor seiner Haustür.

Ebenso hatte Ronja Bleier Aufnahmen von Ottos neuer

Freundin gemacht, offenbar noch bevor diese wirklich seine Freundin geworden war. Gruselig.

»Ich habe übrigens mit Melanie Brauer gesprochen«, informierte uns Kati, während Adrian weiter auf dem lädierten Smartphone herumwischte. »Sie hat vor über drei Jahren mit Ronja Bleier zusammengearbeitet. Einmal hat sie sich privat mit ihr getroffen, die nett gemeinte Geste aber sofort bereut. Bleier vereinnahmte sie, Brauer wollte den Kontakt einschlafen lassen, Bleier wurde sauer und es kam zum Streit. Ab dem Zeitpunkt war eine Zusammenarbeit praktisch nicht mehr möglich. Weil Brauer schon seit mehreren Jahren in der Bank angestellt war, während Bleier nur als Krankheitsvertretung beschäftigt war, wurde Bleiers Vertrag schließlich nicht verlängert. Dabei ist die erkrankte Mitarbeiterin schließlich berentet worden.«

Das bekannte Muster. Die bis aufs Nagelbett abgekauten Fingernägel der Toten gingen mir durch den Kopf.

»War sie vielleicht bei einem Psychiater in Behandlung?«, überlegte ich.

»Hab ich nach dem Gespräch mit Melanie Brauer geprüft.« Kati schüttelte den Kopf.

Adrian wischte ein Selfie zur Seite, auf dem Agnes Winnemeier mit pinkfarbener Ponysträhne zu sehen war, und ein Video, auf dem ein Schlumpf einen guten Morgen wünschte.

»Noch ein Frisurvorschlag der Mutter ...« Genervt klickte Adrian einen blauen Irokesen weg. Ein älteres Foto von Tobias Otto erschien, auf dem er wie ein depressiver Hells Angel aussah. Ein Look, der eher mangelnde Selbstfürsorge als einen coolen Rocker vermuten ließ. Vielleicht ein Symptom seines Burn-outs. Doch meine Gedanken waren an einem anderen Bild hängen geblieben.

»Noch mal zurück«, murmelte ich.

Adrian wischte Otto weg und der zwei Hand hohe, blaue Irokesenhaarschnitt tauchte wieder auf.

Ich nahm ihm das Handy aus der Hand.

»Denkst du auch an eine Typveränderung?«, witzelte Adrian.

»Das ist die junge Frau, der wir Mittwoch vor dem Job-center begegnet sind«, erklärte ich verblüfft.

Adrian drehte meine Hand samt Handy so, dass er das Bild auch sehen konnte. Sein Griff war angenehm warm und bestimmend. Ich ärgerte mich darüber, dass mir das auffiel.

»Als wir sie getroffen haben, hatte sie sich nur nicht ge-kämmt«, erklärte ich betont kühl. »Wenn ich mich nicht irre, ist das Floriane N.«

Adrian und Kati sahen mich erstaunt an.

Auf dem Handy der toten Ronja Bleier befand sich ein Foto meiner Nachbarin.

ZOMBIE

Freddie ging mir aus dem Weg.

Weil er wusste, dass ich ihm gern das Genick brechen würde.

Schon wieder Mordgedanken …

Gedankenspirale.

Gereizt trommelte ich mit den Fingern neben der PC-Tastatur auf den Schreibtisch. Die Worte, die der Seelen-klempner vor Jahren beim Antiaggressionstraining zu mir gesagt hatte, gingen mir durch den Kopf. *Mithilfe der Wut blenden Sie andere Emotionen aus.*

Wenn an dem Gelaber was dran war, hatte sich daran bis heute nichts geändert ...

EDDIE

»Hat Mütze dir etwa schon Bescheid gesagt?« Flo stand in Jogginghose und Plüschpuschen vor mir und stemmte skeptisch die Hände in die Hüften.

Ich hatte die richtige Klingel erwischt. *F. Neri* stand in krakeliger Kinderschrift auf dem Türschild. Klang italienisch. Im Treppenhaus des Wohnblocks roch es nach Essen, irgendwas zwischen Fisch und Gulasch. Ein Hund kläffte und erinnerte mich daran, dass mein blasenschwacher Untermieter auch rausmusste.

»Na, wegen der Bewerbung?«, wurde Flo ungeduldig, als ich nicht antwortete.

»Äh – klar?«, stotterte ich. Adrian war auf die Idee gekommen, dass ich Flo nach ihrer Beziehung zu der Ermordeten fragen könnte. Undercover, sozusagen, weil ich nebenan wohnte und Flo ja nicht darüber aufgeklärt hatte, dass ich das Jobcenter nicht als Kundin besucht hatte.

Spitzenidee. Jetzt hatte ich für die Zeugenbefragung genau eine halbe Stunde Zeit, bevor ich mich wieder auf meinen Roller schwingen und zum Kindergarten fahren musste. Und ich hatte keine Ahnung, wie ich das Gespräch auf den Punkt bringen sollte.

»Ey, geil«, fand Flo und ließ mich in die Wohnung. »Mütze sagt, du kümmerst dich jetzt um ihren Papierkram und du hättest das voll drauf, auch mit der Rechtschreibung und so.«

Ich dachte an das Chaos in Mützes unkonventionellem Ablagesystem, das mich noch einige Stunden Arbeit kosten würde. Daraus würden Tage werden, wenn ich in den tieferen Schichten auf weitere Mahnungen stieß, wovon ich fest ausging. Aber tatsächlich hatte ich ihre Kindergeldformulare und meine eigenen Anträge auf den Weg gebracht. Was mich Philipps Aussage, ich sei mit dem Schreiben von Rechnungen hoffnungslos überfordert, auf einmal infrage stellen ließ ...

»Ich dachte, du könntest mal auf die Scheißbewerbung gucken«, riss mich Flo aus meinen Gedanken. »Die Jobcenterfotze hat mich beim Sozialonkel von der Bewilligung angeschissen. Nur weil die meint, ich gebe mir keine Mühe, kürzt der Pisser mir die Stütze.«

Wow. Flos konsequente Wahl des schlimmstmöglichen, sinngemäß passenden Kraftausdrucks beeindruckte mich beinahe.

Meine junge Nachbarin lebte in einer übersichtlichen Einzimmerwohnung. In dem kleinen Flur war es warm und es roch muffig, nach einer Mischung aus nassen Klamotten, kaltem Rauch und Sportschuhen. Mir fiel auf, dass es keine Garderobe gab. Auf einem niedrigen Regal, dessen oberstes Brett heruntergefallen war, lagen umgekippte Springerstiefel. Daneben auf dem Fußboden billige Turnschuhe, deren Fersenbereiche heruntergeknickt waren, weil Flo darauf trat und sie wie Schlappen benutzte, statt sich die Mühe zu machen, sich zu bücken und hineinzuschlüpfen.

Meine Sohlen klebten am Laminat fest.

Ich folgte der Punkerin in den überheizten Wohnbereich, der im Wesentlichen aus einem vollbehängten Wäscheständer, einem Sofa und einem Fernseher bestand. Die Luftfeuchtigkeit reichte an die eines Regenwaldes heran. Innerhalb der nächsten Minuten musste sich ein Gewitter unter der Decke zusammenbrauen und als Wolkenbruch auf das Sofa niedergehen.

Obwohl sich nicht viel in dem Raum befand, war er verwüstet. Die Klamotten, die nicht auf dem Wäscheständer hingen, lagen auf dem Fußboden verstreut. Dazwischen standen Bierflaschen, ein überquellender Aschenbecher, ein Pizzakarton, in dem eine halbe Thunfischpizza schimmelte, und ein surrender Rechner, über dessen von der Steckdose bis zum Sofa gespanntes Kabel ich hinwegsteigen musste.

Noch mal: Wow!

»Wie alt bist du?«, erkundigte ich mich.

»Neunzehn.« Flo fegte ein verknotetes Jeansbündel von der Couch. Meine Verwunderung über ihre Lebenssituation konnte sie mir anscheinend ansehen, denn sie fügte hinzu: »Ey, sorry, meine Betreuungstante war diese Woche nicht hier. Deshalb ist nicht aufgeräumt.«

»Was ist eine Betreuungstante?« Ich setzte mich vorsichtig auf die Sofakante, neben eine zusammengerollte Socke. »Kommt die auch vom Jobcenter?«

»Vom Sozialamt. Soll aufräumen für mich. Hier.« Flo hielt mir den Rechner hin.

»Und wieso räumst du nicht selbst auf?«

»Na, ich war ein Jahr auf der Straße, dann im betreuten Wohnen. Jetzt hilft die mir, damit ich klarkomme.«

Ich senkte den Blick auf den Bildschirm des alten Laptops.

Sehr geerte Damen und Herren,
ich habe gesehen, das sie jemanden einstellen wollen und
hätte den Job gern. Ich komme gern zu einem persönlichen
Gesrpäch.
Mit freundlichen Grüßen,
Floraine Neri

Das Anschreiben, das Flo getippt hatte, enthielt weder eine Adresse noch einen Namen noch irgendeinen anderen Hinweis auf die Firma oder den Job, den sie ergattern wollte.

»Wieso wohnst du nicht bei deinen Eltern?«, erkundigte ich mich, während ich automatisch begann, die Rechtschreibung zu korrigieren.

Als Flo nicht antwortete, hörte ich auf zu tippen und sah sie an. Sie guckte, als wäre mir ein Schlangenkopf gewachsen und hätte nach ihr geschnappt.

»Nur, weil du ein Bulle bist, geht dich das noch lange nichts an!«, fauchte die Punkerin. »Ich frag dich doch auch nich, warum dein Kerl sich von dir scheiden lässt.«

Ich seufzte. Mütze war beim Geheimdienst noch weniger zu gebrauchen als ich selbst.

»Für was für einen Job willst du dich denn bewerben?«, wechselte ich das Thema.

Flo bückte sich, fummelte ein paar zerknickte Zettel unter dem Sofa hervor und klatschte sie neben die Socke aufs Polster: »Euroladen, Tankstelle, Putzen, glaube ich. Scheiß-450-Euro-Jobs, da kommt eh nichts bei rum. Das verrechnen die mit der Stütze.«

Ich warf einen Blick auf die Stellenausschreibungen, die ihre Arbeitsvermittlerin ihr ausgedruckt hatte. Es war tatsächlich eine Putzstelle dabei. Wer die vorgeschlagen hatte, kannte Flos Wohnung nicht.

»Und die Behindertenwerkstatt kann die sich in den Arsch stecken!«, regte Flo sich auf, kaum dass ich den letzten Zettel in die Hand genommen hatte.

Tatsächlich stand die Adresse einer Einrichtung für Menschen mit Handicap darauf.

»Sollst du dich da auch bewerben?«

»Nur weil ich die Scheißschule nicht gepackt habe, bin ich

noch lange nicht lernbehindert, ey!«, motzte das Mädchen. »Steffi sagt, das machen die, weil du dann aus der Statistik raus bist. Die wollten die da auch schon hinschicken, dabei ist die bloß fett.«

Stirnrunzelnd knüllte ich das Blatt mit der Adresse der Behindertenwerkstatt zusammen. In Ermangelung eines Papierkorbs schnippte ich den Zettel hinter das Sofa.

Die Bewerbungsfotos vom Workshop steckten in einer zerknitterten Klarsichthülle. Flo glotzte in die Kamera wie ein gelangweilter Frosch. Ihre blauen Haarsträhnen hingen schlapp von ihrem Kopf. Da hatte der Fotograf auch nichts retten können. Das Foto würde zuverlässig verhindern, dass auch nur ein Blick auf Flos Bewerbung geworfen wurde, da hätte es den Rechtschreibfehler im eigenen Namen gar nicht gebraucht.

Ich musterte sie nachdenklich. »Willst du nicht lieber eine Ausbildung machen?«

»Fang du auch noch an!«, schnauzte Flo so wütend, dass ich zusammenfuhr. »Davon labert die Jobcentertante auch immer. Dabei hab ich schon die Schule nicht gepackt«, regte meine Nachbarin sich weiter auf. »Außerdem rackere ich mich da nur drei Jahre ab, um hinterher doch abzuhartzen. Den Stress kann ich mir echt sparen.«

Klang fast, als würde sie Ronja Bleiers Mutter kennen. Was durchaus möglich war, fiel mir ein.

»Sag mal, kanntest du die Tote vom Jobcenter?«, kam ich auf den eigentlichen Grund meines Besuches zu sprechen. »Wegen der der Bewerbungskurs verschoben wurde, du weißt schon?«

»Wieso? Wer war das denn?« Flo hob neugierig den Kopf. »Ey«, schaltete sie dann, »du bist doch bei den Bullen. Du weißt, was da los war, oder?«

Oh.

Ich hörte auf zu tippen.

Flo wusste nicht, wer gestorben war. Klar, Zeitung las sie wohl nicht und die Jobcentermitarbeiter hatten das kaum durchgesagt, als sie die Kursteilnehmer weggeschickt hatten.

So ein Mist! Ich hatte nicht damit gerechnet, eine Todesnachricht überbringen zu müssen. Ich schluckte trocken und stellte den Computer zur Seite.

»Der Name der Frau war Ronja«, sagte ich.

Flo riss die Augen auf. »Ach, du Scheiße! Ronja?«

»Wart ihr befreundet?«

»Scheiße.« Der Blick der Punkerin driftete ab. Ihre Hand wanderte an ihren Mund und sie begann, an ihren Fingernägeln zu knabbern.

»Flo? Woher kanntet ihr euch?«

»Computerkurs. Die Jobfritzen haben uns beide verdonnert, dabei konnte Ronni das alles. Seitdem waren wir best friends.«

Beste Freundinnen?

»Weißt du, ob Ronja mit irgendwem Streit hatte?«

Flo war blass geworden. »Sie war sauer auf ihren Ex«, antwortete sie schnell.

Das war nicht, was ihr zuerst durch den Kopf gegangen war. Die plötzliche Spannung ihrer Schultern, der verkrampfte Zug um ihren Kindermund, ihre erschrocken durch den Raum flitzenden Rehaugen sagten mir, dass sie mir etwas verschwieg.

»Hattest *du* Streit mit Ronja?«, präzisierte ich direkt. »Oder hattest du keinen Bock mehr auf sie? Ging sie dir auf die Nerven?«

Denn das war ja bei so ziemlich allen zwischenmenschlichen Beziehungen von Ronja Bleier eher früher als später passiert.

»Red nicht so einen Scheiß!«, schrie Flo mich an. »Ronni war die Einzige, die mich verstanden hat, kapiert? Die hat sich um mich gekümmert. Die wusste wenigstens, wie das ist, wenn ...«

Flo brach ab.

Der Punkt, auf den sie auf keinen Fall zu sprechen kommen wollte, war in greifbarer Nähe.

Das Mädchen presste die Kiefer aufeinander.

»Wenn ...?«, hakte ich nach.

»Das geht dich einen Dreck an! Gib her, ich mach meinen Kram allein!« Sie riss den Rechner an sich und funkelte mich aggressiv an.

Das hieß wohl, dass unser Gespräch beendet war. Resigniert stand ich auf. Eine Zeugenbefragung, die mit einem Rausschmiss endete, konnte man wohl als gescheitert bezeichnen.

»Du solltest echt nicht das gleiche Schreiben an alle Arbeitgeber schicken«, riet ich meiner Nachbarin im Rausgehen.

»Meinste, ich tippe für jeden noch einen eigenen Arschlecker-Brief?«, brüllte Flo hinter mir her. »Dann muss ich da am Ende wirklich noch antanzen.«

ZOMBIE

Janine tauchte am Wochenende wieder nicht auf.

Wütend klickte ich die SMS weg.

Sie machte lieber die Werbefotze für irgendeine beschissene Erotikmesse in Ostwestfalen-Lippe und kassierte zweitausend Euro, um sich von drei Dutzend Bauerntölpeln auf die Titten glotzen zu lassen. Statt zweihundert Kilometer weit zu fahren und wie besprochen endlich mal wieder die Bratzen zu bespaßen.

Das lief ja alles hervorragend.

Möglicherweise besuchte ich am Wochenende die Sex-messe und erdrosselte die Asi-Schlampe mit ihrem dämlichen Lederstring. Gleich nachdem ich mir Freddie vorge-knöpft hatte ...

EDDIE

»Ach, *die* ist tot? Ehrlich?« Mütze sah eher gespannt als er-schrocken aus. »Fernseher aus, Finn!«, brüllte sie im nächs-ten Moment ohne Vorwarnung so laut in Richtung Wohn-zimmer, dass ihr Nachbar in der Wohnung nebenan wohl ebenfalls reflexartig den Knopf der Fernbedienung drückte.

»Die habe ich ein paar Mal gesehen. Hat dauernd drüben bei Flo abgehangen«, nahm Mütze unser Gespräch über-gangslos wieder auf. »Die hatte immer so einen kleinen Kö-ter ...?!«

Mütze verstummte mitten im Satz. Ihr Blick wanderte zu Fussel, der schwanzwedelnd von einem Kind zum anderen flitzte.

»Deshalb hast du die Töle jetzt an der Backe?«

Ich zuckte die Achseln.

»So ein Scheiß!«, fluchte Mütze und rührte mit grimmi-gem Gesicht in dem eimergroßen Spaghettitopf, den sie auf den Herd gewuchtet hatte, während ihre Meute noch die Schuhe im Flur verteilte.

Lotti und ich waren gerade mit dem Fellknäuel Gassi ge-gangen – auf dem Rasen vor dem Haus –, als Mütze mit einem ganzen Haufen Kinder von der Schule gekommen war. Die beiden Kleinen hatte sie in der Karre geschoben, ihre beiden größeren Jungs waren hinter ihr hergetrottet. Gefolgt von Jo und dem noch größeren, ebenfalls dunkelhäutigen Mädchen im Minirock. Es waren also insgesamt sechs Kinder.

Gemeinsam hatten wir die Zwillingskarre ins Treppenhaus gewuchtet. Dann hatte ich einen der Zwillinge zu Mützes Wohnung im ersten Stock hochgetragen und mich gefragt, wie Mütze wohl einkaufte.

Jetzt starrte ich den Nudeltopf an und bekam eine Ahnung davon, was meine Nachbarin den ganzen Tag über leistete.

»Dann muss ich wohl mal wieder zu ihr rüber«, überlegte Mütze unterdessen laut.

»Zu Flo? Wieso?«

»Na, wegen der Wäsche und so«, erklärte Mütze. »Letztes Mal konnte ich mir anhören, ich wäre nicht ihre Mutter und soll mich verpissen. Aber weißte, die Betreuerin kommt einmal die Woche und sagt Flo, dass sie abwaschen soll, und sie macht es doch nicht. Rumzanken tut die Tussi sich nicht mit ihr, den Stress tut die sich nicht an.«

Aber Mütze tat das?

»Was ist mit Flos Eltern?«

Mütze machte eine wegwerfende Handbewegung. »Vergiss es. Die Mutter hat sich nicht gekümmert, Flo ist beim Vater aufgewachsen, drüben im zweiten Stock.«

Mütze deutete mit dem Kochlöffel aus dem Küchenfenster, vor dem die graue Fassade des ersten der drei baugleichen Wohnhäuser aufragte. »In der Pubertät gab es natürlich Stress. Vor etwa drei Jahren ist Flo abgehauen, hatte Probleme mit Drogen und Alkohol. Giovanni ist weggezogen.

Irgendwann war dafür dann Flo wieder da. Anscheinend hat sie die Kurve gekriegt. Im Moment läuft es eigentlich ganz gut. Aber zum Vater hat sie keinen Kontakt mehr.«

Ich dachte an die schimmelnde Pizza und überlegte, wie es wohl früher gelaufen war.

»Finn, Jamie, Lotti, Jaz, Jo! Tisch decken!«

Staunend beobachtete ich, wie drei der fünf Angesprochenen – gefolgt von Fussel – in die Küche geflitzt kamen, einen Unterschrank öffneten und klirrend Geschirr weiterreichten.

Meine eigene Tochter lugte nur zaghaft um die Ecke. Und die handysüchtige Halbstarke mit dem Afro ignorierte die Aufforderung einfach.

»Hier! Du kannst die Becher mitnehmen.« Jo übernahm kurzerhand das Kommando, als Lotti zögerte. Die beiden krausen, schwarzen Rattenschwänze der Kleinen standen wie zwei Plüschpuschel von ihrem Kopf ab. Sie drückte meiner Tochter energisch einen Stapel Plastikbecher in die Hand und Lotti strahlte.

Ich biss mir auf die Unterlippe, um nicht zu grinsen.

»Machst du das eigentlich ehrenamtlich oder kriegst du Geld dafür?«, erkundigte ich mich, als die Kinder wieder hinausgelärmt waren.

»Für wat?«, fragte Mütze verwirrt.

»Babysitting, Möbel besorgen, Wäsche für Flo. Was du außer der Betreuung von hundert Kindern so nebenbei erledigst.«

Mützes Mundwinkel zuckte nach oben, während sie vier Tetrapacks passierte Tomaten in einen kleineren Topf füllte.

»Seh ich aus, als wäre ich bei der Caritas?«, meckerte sie trotzdem und sah an sich herunter, als suchte sie ihr Shirt nach einer goldenen Anstecknadel ab. »Pass auf, ich erklär dir mal, wie das läuft: Steffi gibt mir deine Küche umsonst, weil ich ihr jemanden besorgt hab, der ihre neue Waschmaschine in den Keller schleppt und anschließt. Für dich mache ich den Babysitter, wenn du dafür die Sekretärin spielst und dich um meine Post kümmerst. Die Einzigen ...«, sie senkte die Stimme und rieb vielsagend Daumen und Zeigefinger aneinander, »die Einzigen, für die ich richtig Schotter kassiere, sind Jaz und Jo.«

Ich überlegte kurz. Jaz war vermutlich der Name des dunkelhäutigen Möchtegernteenies mit der Handysucht, der faul auf dem Sofa lümmelte.

»Aber das geht gleich schwarz in die Tasche. Das darf das Amt nicht mitkriegen, klar? Sonst muss ich da wirklich wegen jeder Klassenfahrt auf die Knie fallen und hundert Formulare ausfüllen.«

Na klar. Dann mach mal ausgerechnet eine Polizistin zur Mitwisserin, du Blitzbirne.

Seufzend schüttelte ich den Kopf – es dauerte tatsächlich einige Sekunden, bis ich begriff, was sie zuvor gesagt hatte: Hatte sich mein Babysitterproblem eben von selbst gelöst?

»Nur das mit Flo, das mach ich, weil ich so ein netter Mensch bin«, fuhr Mütze, ohne aufzusehen, fort. »Irgendwer muss der Kleinen ja auf die Beine helfen.«

Sie versenkte den Inhalt von drei Würstchengläsern in der Tomatensauce. Ich konnte kaum glauben, dass eine Frau, die pinkfarbene Tarnhosen trug, gerade etwas so beeindruckend Kluges gesagt hatte.

»Deine Ronja hatte übrigens auch Stress mit ihren Alten«, wechselte Mütze das Thema. »Flo hat mir mal gesagt, die wäre die Einzige, die versteht, wie es ist, Scheißeltern zu haben.«

Ach so?

»Als wären wir anderen alle von der heiligen Maria großgezogen worden.« Mütze kippte kopfschüttelnd das dampfend heiße Nudelwasser in die Spüle.

Was wusste ich eigentlich über Ronja Bleiers Eltern? Zu
ihrer Mutter hatte sie Kontakt gehabt, auch wenn das Verhältnis nicht gerade herzlich gewesen war. Vom leiblichen
Vater von Ronja und ihrem großen Bruder Lars war Agnes
Winnemeier geschieden, erinnerte ich mich. Und einen
Stiefvater – den zweiten Mann der Mutter und Vater der
beiden jüngeren Brüder – musste es wohl auch noch geben.

»Finn! Jamie! Lotti! Jaz! Jo! Essen!«, brüllte Mütze.

ZOMBIE

Ich hatte schon wieder ein Vergewaltigungsvideo unter der
Nase. Weil ich Freddie nicht in die Finger gekriegt hatte und
Janine zu ihrem Glück nicht in greifbarer Nähe war.

Und weil der verfluchte Seelenklempner in meinem Hirn
herumspukte.

*Es gibt Gefühle jenseits von Wut. Trauer. Hilflosigkeit.
Angst. Aber Sie schlagen lieber wahllos zu, statt sich mit unan-
genehmen Emotionen auseinanderzusetzen.*

Ich ballte die Fäuste. Traute ich mich tatsächlich nicht, die
Osterhasenakte aufzuschlagen? Oder an die Tote vorm Jobcenter zu denken?

Stopp! Schwachsinn! Schluss damit!

Ich klickte das Video weg.

Ich brauchte mir die Scheißakte nicht anzusehen, weil es
nichts zu sehen gab!

Vielleicht sollte ich einfach losgehen, irgendeine Tussi

aufreißen. An meinen letzten Sex konnte ich mich kaum noch erinnern. Musste mit … Michelle gewesen sein, meiner letzten Luxusnutte.

Aber das dumpfe Brummen in meiner Magengegend warnte mich davor, meine aufgestaute Wut ausgerechnet an einer Frau abzureagieren.

EDDIE

Scheißeltern.

Ich drückte die Klingel an der Wohnungstür von Ronja Bleiers Mutter. Adrian wippte hinter mir auf den Zehenspitzen und sah auf die Uhr.

In einer halben Stunde hatten wir den Termin an der Schießanlage und mein Teamchef war nicht der Meinung, dass ein weiterer Besuch bei Bleiers Familie Entscheidendes ans Licht bringen konnte.

Tobias Otto rückte immer mehr in den Fokus unserer Ermittlungen, auch wenn der Erkennungsdienst bisher weder an der Tatwaffe noch an Ronja Bleiers Kleidung oder der Handtasche einen Beweis dafür gefunden hatte, dass Otto und Bleier an dem Abend zusammengetroffen waren. Und auch das Handy hatte keine verwertbaren Spuren aufgewiesen. Kein Wunder: Der Wachmann hatte das Ding nach eigenen Angaben mit alkoholhaltigen Brillenputztüchern poliert.

»Der arrogante Spinner würde sich auch gut als Täter machen«, fand Adrian. »Aber dann hätte er uns das Handy wohl kaum frei Haus geliefert. Er hätte das Ding ja genauso gut einfach verschwinden lassen können.«

Die Tür ging auf und wir standen vor Agnes Winnemeier.

»Sie schon wieder?«, begrüßte sie uns wenig erfreut. Zumindest wirkte die korpulente Frau heute nicht übermäßig betrunken.

Mit einer ungeduldigen Handbewegung überließ Adrian mir das Wort.

»Dürfen wir reinkommen?«, erkundigte ich mich.

Widerwillig öffnete die Frau die Tür. Wir folgten ihr durch den vollgestellten Flur. Auf dem Weg in die Küche zog sie eine Zimmertür zu, hinter der ihre beiden jüngeren Söhne vor einem Bildschirm saßen, auf dem sich Super Mario gerade in einen fliegenden Pilz verwandelte.

In der Küche holte Winnemeiers ältester Sohn etwas aus der Mikrowelle, das wie ein Haufen warmer Matsch aussah. Am ehesten handelte es sich um einen vom Vortag übrig gebliebenen Burger aus einem Fast-Food-Restaurant.

Lars Bleier trug wieder ein Achselshirt, diesmal zeigte der Aufdruck einen Gorilla. Er blieb mit dem Teller in der Hand stehen und musterte mich auf unangenehme Art.

Adrian zog sich einen Küchenstuhl um den Tisch herum, um Ronja Bleiers Bruder im Auge behalten zu können. Ich machte es ihm nach. Agnes Winnemeier nahm auf der Gegenseite Platz.

»Wie war Ihr Verhältnis zu Ihrer Tochter?« Weil der Besuch meine Idee gewesen war, stellte ausnahmsweise ich die Fragen, während Adrian Protokoll führte.

»Soll jetzt etwa *ich* Ronni umgebracht haben?«, regte sich die Mutter prompt auf.

»Das sind Routinefragen, Frau Winnemeier.« Ohne aufzusehen, sagte Adrian seinen Text auf, bevor ich antworten konnte.

»Sie helfen uns sehr, wenn Sie sie beantworten«, fügte ich hinzu.

»Alles normal, hab ich doch schon gesagt. Seit mit ihrem Typen Schluss war, ist sie wieder öfter aufgetaucht. Für was Besseres gehalten hat sie sich immer noch, aber wir haben SMS geschrieben. Also alles okay.«

»Was ist mit dem Vater?« Meine Frage ließ Lars Bleier zusammenzucken.

»Hören Sie auf mit dem!«, fauchte Winnemeier zornig. »Den gibt es nicht.«

Nicht nur die Haltung der Frau hatte sich versteift, sondern auch die ihres hinter ihr stehenden Sohnes. Er hatte mächtige Nackenmuskeln und ich registrierte, dass sich seine Schultern anspannten.

»Kannte Ihre Tochter ihn? Ist er verstorben?«, bohrte ich weiter.

»Hören Sie schwer? Ich sag da nix zu!« Winnemeier rempelte ihren Stuhl zur Seite, verließ die Küche und knallte die Tür hinter sich zu.

Adrian runzelte die Stirn. Das war merkwürdig.

Mein Blick wanderte zu dem rothaarigen Mann. Lars Bleier – Ronja Bleiers älterer Bruder.

»Können Sie uns sagen, wie der Kontakt Ihrer Schwester zu Ihrem leiblichen Vater war? Oder zu Ihrem Stiefvater?«

Bleier stellte seinen Teller auf den Tisch und verschränkte demonstrativ die Arme. Es war nicht zu übersehen, wie sich sein Bizeps auf das Volumen eines mittelgroßen Luftballons aufpumpte.

»Beides Arschlöcher«, antwortete er. Seine Stimme hatte einen schnarrenden Unterton. »Ronni und ich haben mit keinem von beiden gesprochen. Wir haben nur gehofft, dass die Alte nicht noch mal mit so einem Spacken um die Ecke kommt.«

Adrian hatte beim Schreiben innegehalten.

»Wie war denn *Ihr* Verhältnis zu Ihrer Schwester?«, erkundigte er sich lauernd. »Wenn ich richtig informiert bin, gab es Meinungsverschiedenheiten, weil Sie kürzlich Ihren Job verloren haben?!«

Lars Bleiers rote Brauen ruckten auf seine blassblauen Augen herunter. Die normalerweise nach oben gerichteten Winkel seines Mundes verzerrten sich.

»Ich lass mich nicht rumkommandieren«, zischte er. »Nicht von einem arroganten Chef, nicht von meiner Streberschwester und auch nicht von den Bullen. Statt meine Mutter mit sinnlosen Fragen zu stressen, sollten Sie endlich nach Ronnis Mörder suchen.« Er deutete auf die Küchentür. »Finden Sie hier raus oder muss ich Sie zur Tür bringen?«

ZOMBIE

»Was soll das sein?«

»Gulasch?«, piepst meine Mutter.

»Klingt, als wärst du dir selbst nicht sicher! Du hast den ganzen Tag Zeit zum Kochen und traust dich, mir etwas vorzusetzen, das wie ein drei Wochen alter Kaugummi mit Soße schmeckt, du dämliche Kuh?«

Der Teller klirrt auf den Boden.

Meine Mutter entschuldigt sich heulend und rutscht auf den Knien über das alte PVC, um die Essensreste wegzuwischen.

Nicht zum ersten Mal kam mir der Gedanke, dass ich das verkorkste Beziehungsverhalten, das mir meine Mutter bis heute konsequent vorlebte, doch irgendwie übernommen hatte. Sollte ja häufiger vorkommen, nur mir hätte das nicht passieren dürfen.

Aber ich hatte ja auch angefangen, zurückzuschlagen, sobald ich dazu in der Lage gewesen war, obwohl ich genug Prügel bezogen hatte, um es besser machen zu können.

Jedenfalls lieferte meine Mutter eine Erklärung dafür, dass es nach der Ehe mit Janine die Beziehung mit Mona gegeben hatte, obwohl ich mir eigentlich nicht noch mal für eine gepimpte Optik das Konto hatte leer räumen lassen wollen.

Genau das war nämlich der Deal, auf den meine Mutter bis heute lauerte: Der Kerl zahlte dafür, dass sich die Tussi wie der letzte Dreck behandeln ließ.

Deshalb hatte ich nach Mona ... Shirin aufgerissen, in der Disco an der Herner Straße. Und dann Michelle.

Erst danach hatte ich die Schnauze endgültig voll. Selbst die heißeste Nummer machte keinen Spaß, wenn aus dem hohlen Kopf der Braut nur Schwachsinn rauskam. Dass die Olle bloß interessierte, wie ihre Haare auf ihrem neuesten Instagram-Selfie sitzen, ließ sich echt schlecht verdrängen.

Aggressionsabbau durch Sex konnte ich definitiv vergessen.

EDDIE

Ich hasste Waffen.

Nicht, weil ich nicht damit umgehen konnte. Schießen konnte ich schon immer ganz gut. Selbst nach sechs Jahren Elternzeit war das in der Ausbildung gedrillte Waffenhandling in dem Moment, in dem die Walther P99 vor mir auf dem Tisch lag, wieder präsent. Das gleiche Modell war bereits vor meiner Elternzeit im Einsatz gewesen.

Genauso präsent war der Rat meines Ausbilders: *Zieh deine Waffe nur, wenn du wirklich bereit bist zu schießen.*

Während Adrian ein paar Probeschüsse abgab, rückte ich meinen Gehörschutz zurecht und sortierte die Patronen ins Magazin. *Laden. Prüfen. Einen festen Stand suchen. Zielen, minimal über das Zentrum der Papierscheibe. Darauf achten, dass der Lauf der Waffe beim Ablegen nicht in Richtung der anwesenden Personen zeigt.* Die Details des Sicherheitsprozederes hatten sich in den Windungen meines Gehirns festgebrannt. Sie ließen sich abrufen, als hätte meine letzte Schießstunde letzte Woche stattgefunden.

Adrian und auch die beiden Frauen neben mir hielten inne, als ich die Waffe hob. Als hätten sie die ganze Zeit darauf gewartet.

Na schön. In der dumpfen Stille des Gehörschutzes nahm ich meinen eigenen Herzschlag besonders deutlich wahr. Weil ich die ruhige Hand meiner Mutter geerbt hatte, wackelte der Lauf kaum. Ausatmen. Den Herzschlag abwarten. *Finger beugen.*

Es gelang mir auf Anhieb, in der kleinen Pause zwischen zwei Herzschlägen abzudrücken. Ich wiederholte es gleich noch zwei Mal und drückte dann auf den Knopf, der die Pappscheibe heransurren ließ.

Wenn ich auf Atmung und Herzschlag achtete, verwackelte der Schuss nur minimal, das hatte ich bereits beim allerersten Besuch auf einem Schießstand festgestellt. Tatsächlich hatte der Ausbilder mir damals vorgeschlagen, über einen Einsatz im SEK nachzudenken.

Was völliger Blödsinn gewesen war. Dass ich nicht für SEK-Einsätze gemacht war, war deutlich geworden, als ich auf Pappscheiben zielen sollte, die menschliche Konturen besaßen. Meine Fantasie gaukelte mir Blut vor, das aus dem Einschussloch quoll. Das war ähnlich grotesk wie die Verwesungsvisionen in der Rechtsmedizin.

Falsch. Eigentlich waren die Verwesungsvisionen sogar weniger beunruhigend, weil tatsächlich jeder Mensch diesen Prozess früher oder später durchlaufen würde.

Aber daran, dass wirklich einmal Blut aus dem Einschussloch meiner Waffe quellen könnte, wollte ich nicht denken.

Definitiv wäre ich nicht bereit, abzudrücken, wenn ich jemals auf einen Menschen zielen müsste.

Ein wenig zu schnell legte ich jetzt die Waffe zur Seite. Das Schießtraining erinnerte mich einmal mehr daran, wie ungeeignet ich für meinen Job war.

Adrian hielt unterdessen meine Zielscheibe in der Hand und pfiff durch die Zähne.

»Verdammt, du schießt immer noch besser als ich«, wunderte er sich. »Sag mir bitte, dass du heimlich in der Elternzeit geübt hast.«

»Na klar. Auf dem Trampolin springend habe ich meiner Tochter Äpfel vom Kopf geschossen«, tat ich ihm den Gefallen.

Er schnitt eine Grimasse. »Sieht sie dir ähnlich?«, wollte er dann wissen.

»Wer?«

»Lotti. So heißt sie doch, oder?«

Mir wurde heiß. Er hatte sich ihren Namen gemerkt. Mein Mund war plötzlich trocken.

»Gibst du mir heute wieder einen Korb?«, erkundigte sich Adrian herausfordernd.

Ich atmete ein, zögerte dann aber doch mit der Antwort.

Adrian ließ die durchschossene Pappe sinken. »Du hast mir gefehlt, Eddie«, sagte er ernst. »Mir war damals nicht klar, dass das mit uns etwas Besonderes war. Ich war ein spätpubertierender Trottel.«

Sekundenlang starrten wir uns schweigend an.

Obwohl sich keiner von uns bewegte, kam es mir plötzlich vor, als wären wir uns unabsichtlich zu nah gekommen. Ruckartig schaffte ich Sicherheitsabstand.

»Sorry«, sagte ich dann endlich. »Lotti wartet.«

Ich schnappte meinen Helm und eilte zu hastig zur Tür.

»Ich frage so lange, bis du Ja sagst!«, rief Adrian mir nach.

ZOMBIE

Ich hatte Feierabend. So früh, wie seit Tagen nicht mehr. Und ich konnte absolut nicht mit der freien Zeit umgehen.

EDDIE

»Ey! Du musst mir deine Handynummer geben!«

Meine Nachbarin Flo stand mit einem Smartphone in der Hand vor mir und hatte offenbar vollkommen verdrängt, dass sie mich erst heute Mittag aus ihrer Wohnung hinausgeworfen hatte.

Ich hatte nicht damit gerechnet, dass Flo nach unserem wenig erfreulichen Gespräch Möbel für mich schleppen würde.

Aber Mütze hatte nur ein paar Mal energisch mit der Hand gewedelt und schon hatten sich eine ganze Menge Leute in Bewegung gesetzt und den engen Raum mit den aus der Wand ragenden Stromkabeln neben meinem Badezimmer in eine Küche verwandelt.

Meine tarnhosentragende, kettenrauchende Nachbarin

musste in Wirklichkeit wohl eine Zauberin sein. Eine Zauberin mit einem fragwürdigen Klamottengeschmack.

Eine junge Frau mit einer unmotiviert herunterhängenden farblosen Haarmatte, die einen halben Kopf kleiner war als ich und hundert Kilo schwerer, hatte ich inzwischen als Steffi identifiziert. Ich fragte mich, womit Mütze sie in der Hand hatte, denn die Vorbesitzerin meiner Küche, die mir die Möbel angeblich umsonst überließ, schleppte mir auch noch das Ceranfeld in meine Wohnung.

Steffis gesundheitsschädliches Übergewicht ließ ihr den Schweiß über das hochrote Gesicht rinnen. Wenn man meinen Nachbarinnen glauben durfte, waren Steffis zwei Zentner zu viel der Grund dafür, dass sie ihren Job als Paketzustellerin nicht mehr ausüben konnte und ebenfalls zu den Stammkunden des Jobcenters zählte.

Sogar Jos handysüchtige Schwester Jaz hatte es geschafft, ihr Smartphone loszulassen, und kam mit einer Schublade in den Händen in meine Wohnung. Sie trug einen lila Minirock über ihrer Jeans und hatte mit der Schminke übertrieben. Staunend sah sich das Mädchen in meiner leeren Wohnung um. An den aus der Decke ragenden Kabeln blieb sein Blick hängen.

»Wow, du hast nicht mal Lampen. Echt krass.«

Lotti, Jo und die Zwillinge sprangen kreischend auf Omas aufgeplustertem Federbett herum. Und Oleg, der Rollerverkäufer, steckte hinter dem Herd fest.

»Also, was jetzt? Krieg ich deine Nummer?«, drängelte Flo weiter.

»Ich denke, du machst deine Bewerbungen doch lieber selbst?«, erkundigte ich mich erstaunt.

Die dicke Steffi kraulte Fussel hinterm Ohr. Jaz hockte sich mit dem Rücken an die Wand, zog die langen, dünnen

Beine an den Körper und holte ihr Smartphone wieder hervor. Das Gerät verwuchs augenblicklich mit ihrer Hand wie der Roboterarm eines Cyborgs.

»Was?«, stammelte Flo verwirrt. »Nee, deine Nummer brauche ich, weil du doch ein Bulle bist. Und du wohnst gleich nebenan. Wenn es mal Stress gibt, kann ich dich anrufen.«

»Damit es dann mit *mir* Stress gibt wie heute Mittag?« Ich musterte Flo skeptisch.

Sie verschränkte bockig die Arme. Doch ihr Gesichtsausdruck erinnerte an ein Reh im Scheinwerferlicht. Sie hatte Angst!? Wovor?

»Ach, leck mich!«, blaffte sie, als ich nachdenklich schwieg.

»Oder hast du Probleme mit irgendwem?«, hakte ich nach.

Flo sog die Lippen zwischen die Zähne. »Könnte sein.«

Jetzt verschränkte ich die Arme. »Wenn ich dir helfen soll, musst du mir schon ein bisschen mehr erzählen«, fand ich.

»Na ja, mein Alter macht Terror«, druckste Flo herum.

»Dein Vater?« Ich horchte auf.

»Das hat Ronni verbockt – und dann krepiert die einfach und lässt mich mit der Scheiße allein. Jedenfalls ist der auf tausend und da habe ich ihm eben gesagt, dass jetzt eine Polizistin meine Freundin ist und er sich nicht trauen soll, hier aufzutauchen.«

Freundin?

Ich versuchte, meine Gedanken zu ordnen. »Also Ronja Bleier hatte Ärger mit *deinem* Vater?«

»Klar! Der wollte die am liebsten kaltmachen.«

Ich hatte Verständigungsschwierigkeiten. War das jetzt wörtlich gemeint oder bloß der reflexartige Gebrauch einer ausdrucksstarken Metapher?

»Weil Ronni mich ja überredet hat, zur Polizei zu gehen.«

»Wieso?«

»Keine Ahnung. Ihren eigenen Alten hat sie nie angezeigt, dabei hat der mal eine Zigarette auf ihrer Brust ausgedrückt und die Mutter musste mit ihr und Lars fast ein Jahr lang im Frauenhaus sitzen. Danach sind sie klammheimlich von Duisburg nach Bochum gezogen, der Alte weiß nicht, wo sie stecken, und die Mutter traut sich bis heute nicht allein aus der Wohnung.«

Flos Bemerkung brachte mich auf einen Gedanken. Agnes Winnemeier traute sich nicht allein aus ihrer Wohnung? Das könnte tatsächlich Sinn ergeben. War es möglich, dass das der wahre Grund dafür war, dass sie keiner geregelten Arbeit nachging und lautstark über das System schimpfte? Und: Hatte die Angst der Mutter am Ende nicht nur sie selbst, sondern auch ihre Kinder blockiert? War das der wahre Grund dafür, dass sie keiner geregelten Arbeit nachging und lautstark über das System schimpfte?

Kurz rechnete ich. Ronja Bleier war neunundzwanzig Jahre alt gewesen, ihr jüngster Bruder fast volljährig. Die Trennung der Eltern war also etwa zwanzig Jahre her. Musste man so lange Angst haben?

Mir kroch ein Schauer über den Rücken, als ich an Philipps wutverzerrtes Gesicht dachte. Auf den Gedanken, dass alles noch schlimmer laufen könnte, war ich bisher nicht gekommen.

»Wieso hast du deinen Vater angezeigt, Flo?«

Flo zog den Kopf zwischen die Schultern wie eine erschrockene Schildkröte.

Ich nahm einen Zettel aus dem alten Drucker, der neben meinem Laptop auf dem Fußboden stand, und kritzelte meine Telefonnummer darauf.

»Wenn ich dir helfen soll, muss ich das wissen«, blieb ich hartnäckig.

Flo verzog das Gesicht, als hätte sie Schmerzen.

»Was hat dein Vater gemacht?« Ich wedelte mit der Telefonnummer.

»Ich wünschte, Ronni hätte sich nicht eingemischt«, seufzte Flo resignierend.

Sie nahm mir den Zettel mit meiner Telefonnummer aus der Hand, riss ein Stück ab und kritzelte eine Internetadresse darauf.

Dann ließ sie meine Telefonnummer in ihrer Hosentasche verschwinden und rannte aus der Wohnung.

Nachdenklich betrachtete ich die Buchstaben, die Flo mit krakeliger Drittklässlerinnenhandschrift aufgemalt hatte.

Pandorasgard.en, stand da.

ZOMBIE

Das ist wie bei einem bissigen Hund. Hat der einmal die Hemmschwelle überschritten und zugebissen, gibt es kein Zurück mehr. Der wird es immer wieder tun, verlass dich drauf. Und irgendwann bringt er jemanden um, dann wirst du an meine Worte denken.

Endlich brannte meine Lunge, meine Arme schmerzten, der Schweiß rann in der Rinne zwischen meinen Rückenmuskeln an meiner Wirbelsäule hinunter.

Mit aller Kraft trümmerte ich den Sandsack zur Seite.

Manchmal fragte ich mich, ob alles anders gelaufen wäre, wenn mein Stiefvater mir nicht immer wieder prophezeit hätte, dass ich zum Ungeheuer werden würde.

Aber dem Alten die ganze Schuld zu geben, wäre wahrscheinlich doch zu einfach.

EDDIE

»Bei IKEA kriegst du Lampen für zwei Euro«, verriet mir Oleg, während er mit der einen Hand seine Werkzeugtasche, mit der anderen die noch halb volle Bierkiste griff. Ich vermutete, dass er von einzelnen Glühbirnen, nicht von kompletten Deckenlampen sprach.

Aber egal: Ich besaß tatsächlich eine Küche! Sie war zwei Meter fünfundzwanzig breit, bestand aus Herd, Kühlschrank, Spüle, zwei Unter- und zwei Hängeschränken und hatte knallrote Fronten.

Ich rief Oleg ein Dankeschön ins Treppenhaus hinterher, bevor ich meine Wohnungstür zudrückte und staunend in die Küche zurückkehrte.

Die Menschen waren weg, das Laminat von Schuhsohlenabdrücken übersät, die meinen Lieblingsfeind Bussi und sein Spurensicherungsteam in den Wahnsinn getrieben hätten. Das Kochfeld mit den vier Platten und die Spüle waren nicht ganz sauber und die roten Fronten von Kellerstaub bedeckt. Aber ich hatte eine echte Küche. Aus dem Nichts hergezaubert. Oder besser aus Steffis Keller. Ich hatte der korpulenten Hundefreundin nicht einmal Danke gesagt. Ich beschloss, das nachzuholen.

Morgen.

Oder am Wochenende.

Lotti hatte sich bereits mit glasigen Augen auf der Matratze zusammengerollt.

Ich steckte meine kleine Tochter in ihren Schlafanzug, wir löffelten noch ein Glas von Omas Apfelmus leer, dann putzten wir gemeinsam Zähne und Lotti kuschelte sich widerstandslos unter Omas Lavendeldecke. Der Hund sprang auf das Bettende.

Beim Spielen mit ihrer neuen Freundin Jo verausgabte Lotti sich so sehr, dass ihr das Einschlafen im Moment überhaupt keine Schwierigkeiten mehr bereitete.

Oleg hatte einen Baustrahler in der Küche stehen gelassen, sodass ich Herd und Spüle nicht im Schein eines Teelichtes schrubben musste. Ich wischte den Staub von den Fronten und aus den Schubladen und dann den Boden von Küche, Flur und Wohnzimmer. Im Vergleich zu den hundertzwanzig beheizten Quadratmetern in Philipps Haus war meine winzige Wohnung in Rekordzeit geputzt.

Es war zehn vor zehn und stockduster, als ich das Kabel des grellen Strahlers aus der Steckdose zog und mich mit Kamillentee und Kerze auf einen von Mützes grünen Plastikgartenstühlen vor mein Notebook an den Tisch setzte.

Ich tippte *Pandorasgard.en* ein und nippte an meiner Teetasse.

Die Internetadresse, die mir Flo aufgeschrieben hatte, verlangte nach einer Anmeldung.

Ich erfand einen Namen. Als kurz darauf die Bilder auf meinem Monitor auftauchten, verbrannte ich mir vor Schreck die Lippen an der heißen Tasse. Fluchend stellte ich den Tee zur Seite.

Pandorasgard.en zeigte Fotos von Kindern. Von nackten Kindern. Kleinkinder, Teenager. Im Schwimmbad fotografiert. Oder im Garten. Von irgendwelchen Spannern vermutlich. Aber auch in der Badewanne und auf dem Wickeltisch. In den eigenen vier Wänden.

Das konnte kein Fremder heimlich aufgenommen haben. Diese Bilder musste jemand veröffentlicht haben, der sich in der Wohnung aufhielt, während die Kinder badeten.

Der böse Verdacht bohrte sich in meinen Kopf. Ich ahnte, worüber Flo nicht sprechen konnte. Die Gewissheit wollte ich gar nicht.

Ich hatte keine Wahl.

Siebzehn Minuten später hatte ich sie gefunden.

Ich hatte drei Mal hinsehen müssen, weil Flo mit aufgebauschter, dunkler Mähne, großen, dunkel geschminkten Augen und roten Lippen kaum wiederzuerkennen war. Auf den Bildern war sie ... Keine Ahnung, dreizehn vielleicht, wenn man bedachte, dass sie ja schon vor Jahren von zu Hause weggelaufen war.

Ihr Körper war schmal und dünn, und obwohl Flo auf den Aufnahmen noch keinen Busen besaß, trug sie einen dunklen BH und ein passendes Höschen. Und Strapse. Sie lag in sexy Posen auf einem Bett, ihre nicht ganz helle Haut hob sich von den weißen Kissen ab.

Die Fotos waren offensichtlich gestellt, arrangiert mit der Absicht, sie zu veröffentlichen. Für Geld konnte man sie downloaden. Plötzlich war Flos Flucht auf die Straße nachvollziehbar.

Ich druckte eines der Bilder aus und steckte es zu meinem neuen Polizeiausweis in meine Brieftasche.

Ronja Bleier hatte von den Fotos gewusst. Wahrscheinlich hatte sie sich bei Flo über ihre Familie ausgeheult und Flo hatte ihre eigene Geschichte erzählt, möglicherweise zum ersten Mal in ihrem Leben. Daraufhin hatte Bleier Flo dazu gedrängt, gegen ihren Vater vorzugehen.

Und Flos Vater wusste davon – damit hatte der Mann ein Mordmotiv!

Ich erhob mich und trat ans Fenster. Im Gebäude gegenüber waren viele Fenster erleuchtet. In Flos Wohnung im tiefer liegenden Hochparterre wechselte ein diffuses Licht rhythmisch die Farbe. Ich wusste, wie es zustande kam, weil Philipp in Lottis Kinderzimmer ebenfalls ein Nachtlicht mit wechselnder Farbe installiert hatte. Damit sie sich im Dunkeln nicht fürchtete ...

Weil Flo die Vorhänge nicht zugezogen hatte, konnte ich hineinsehen. Ich glaubte, die junge Frau zu erkennen, die mit an den Körper gezogenen Knien auf dem Bett hockte und zum Fenster starrte. Als hätte sie Angst, dass jemand davorstand.

Plötzlich spürte ich die Kälte in meiner eigenen Wohnung und schlang fröstelnd die Arme um meinen Körper.

Im gleichen Moment meinte ich, eine Bewegung gesehen zu haben. Unten auf Flos Balkon, im Schatten der Fassade.

Was zum ...?

Ich blinzelte.

Bildete ich mir das ein oder stand da tatsächlich jemand? Sekundenlang starrte ich auf die schwarze Stelle neben Flos erleuchtetem Fenster.

Da habe ich eben gesagt, dass jetzt eine Polizistin meine Freundin ist und er es nicht wagen soll, hier aufzutauchen, erinnerte ich mich an Flos Worte. Irgendwann nachdem sie mich heute Mittag rausgeschmissen hatte, hatte sie ihrem Vater mit der Polizei gedroht. Und Flos Vater hatte wohl allen Grund zu verhindern, dass Flo mit der Polizei sprach. Mir wurde siedend heiß, als ich begriff, in welcher Gefahr das Mädchen schwebte.

Als der Mann aus dem Schatten trat und sich die Umrisse seiner Silhouette dunkel vor der Balkontür abhoben, rannte ich los.

Ich packte den Hausschlüssel, zog die Tür hinter mir zu. Die Treppe fiel ich mehr herunter, als dass ich lief.

Verdammt – meine Waffe lag sicher verschlossen im Präsidium!

Du kannst jederzeit vor einem Terroristen oder Amokläufer stehen.

Als die Haustür hinter mir zufiel, schlug mir eisige Nachtluft entgegen.

Eigensicherung ist ein entscheidender Faktor des Überlebens im polizeilichen Einsatz, lieferte mein Gehirn einen Merksatz aus der Ausbildung. Nicht hilfreich.

Ich rannte um die Hausecke, an den Mülltonnen vorbei, huschte hinter den parkenden Autos in den Schatten des Nachbargebäudes hinüber. Dicht an die Hauswand gedrückt, näherte ich mich Flos Balkon neben dem Eingang, der lediglich einen halben Meter hoch über der Wiese schwebte.

Die aufgebrachte Männerstimme hörte ich bereits. Offenbar stand die Terrassentür noch offen. Ich duckte mich unter die Brüstung.

»… du bist doch gar nicht in der Lage, bei der Polizei eine Aussage zu machen! Du hast nicht mal das Referat über den Hühnerhabicht in der Grundschule zustande gekriegt!«

Mir wurde heiß! Der Mann sprach nicht übermäßig laut, trotzdem war mir klar, dass jedes seiner Worte die gleiche Wirkung wie ein Schlag in den Magen hatte.

»Du warst zu blöd für die Schule, hast auf der Straße gelebt, kriegst nichts geregelt. Also komm mir nicht mit der Polizei, die würde dir sowieso kein Wort glauben. Hast du verstanden?«

Ich griff die Balkonbrüstung, konnte einen Fuß auf die Kante der Bodenplatte stellen und zog mich hoch. Lautlos glitt ich über das Geländer in den Schatten der Fassade.

»Außerdem müsstest du dann auch zugeben, dass alles deine eigene Idee war.«

Ich lugte um die Ecke. Flo hockte zusammengekauert auf dem Bett, die Knie an den Bauch gezogen, das Gesicht dazwischen verborgen. Der Mann setzte sich neben sie und legte ihr verständnisvoll einen Arm um die Schultern.

»Du hast mal wieder Mist gebaut, oder?«

Die Worte taten weh. Weil ich den Unterton, der darin mitschwang, nur zu gut kannte. Vor Wut vergaß ich sämtliche Eigensicherungsmerksätze und drückte die Balkontür auf, noch während ich meinen Polizeiausweis aus meinem Portemonnaie fummelte.

»Beelitz, Kripo Bochum«, sagte ich.

Der Mann fuhr erschrocken hoch. Er war nicht größer als ich, also etwa eins siebzig, mit grauen Locken und einem von dunklen Bartstoppeln übersäten, schmalen Gesicht, aus dem heraus mich Flos Rehaugen anstarrten. Er trug ein Shirt mit V-Ausschnitt, aus dem dichte, dunkle Haare seinen Hals hinaufwuchsen. Der sichtbare Teil seiner Schulterpartie ließ mich vermuten, dass er regelmäßig Sport trieb.

Meine Muskeln spannten sich. Wenn er eine Waffe zog, hatte ich schlechte Karten.

»Es ist alles in Ordnung, nicht wahr, Flori?«, ergriff er das Wort. »Die Anzeige war ein dummer Irrtum, wir hatten Streit und meine Tochter hat Märchen erzählt.«

Tochter, tatsächlich. Das war Giovanni Neri, wenn ich mich richtig an den Namen erinnerte, den Mütze erwähnt hatte.

»Flori ist entwicklungsverzögert und kann die Tragweite ihrer Handlungen nicht einschätzen. Nicht wahr, Flori?«

Erneut hörte ich einen bekannten Unterton in seiner Stimme. Er erinnerte mich an den von Philipp, wenn er mich liebevoll lächelnd zum Sektausschenken aufforderte.

Flo zitterte am ganzen Körper.

Ich griff erneut nach meinem Portemonnaie, zog das ausgedruckte Bild heraus und faltete es wortlos auseinander.

Neris Blick wurde feindselig.

»Ich wollte immer nur das Beste für meine Tochter«, erklärte er beherrscht. »Ich habe sie großgezogen, sie hatte immer genug zu essen, zu trinken und ein Dach überm Kopf. Mir ist nicht einmal die Hand ausgerutscht. Und das da war ihre eigene Idee! Nicht wahr, Flori?« Seine Stimme quietschte.

Flo verbarg schluchzend das Gesicht zwischen den Knien. Aber die Bewegung ihres Kopfes ließ sich als Nicken interpretieren.

»Sehen Sie!«, triumphierte Neri hektisch. »Sie hat das freiwillig gemacht. Sie wollte Model werden. Schon mit acht war sie in Katalogen zu sehen. Sie war gefragt und ich war alleinerziehend und verdiente nicht viel. Wir konnten das Geld gut gebrauchen.«

Ich sah auf das zerknitterte Blatt in meiner Hand. »Und das hier hat noch mehr Geld gebracht?«

»Sie hatte Spaß dran!«, schrie er mich an.

»Eine Zwölfjährige hat Spaß daran, Strapse zu tragen?« Meine Stimme überschlug sich.

»Sie war vierzehn!«

»Sie ist weggelaufen und auf der Straße gelandet!« Ich schrie ebenfalls.

Sein Kopf sackte auf seine Brust. »Als sie wirklich nicht mehr wollte, habe ich sie in Ruhe gelassen«, murmelte er schließlich.

Und Flo hatte irgendwie versucht, ihr außer Kontrolle geratenes Leben wieder in den Griff zu kriegen.

»Aber dann ist Ronja Bleier aufgetaucht und hat Flo auf

die Idee gebracht, Anzeige zu erstatten«, vervollständigte ich seine Ausführungen.

Seine dunklen Augen blitzten auf, als der Name der Toten fiel.

»Von allein wäre Flori da nie drauf gekommen.«

»Haben Sie Ronja Bleier deshalb Montagabend vor dem Jobcenter erschlagen?«

Flos Vater zuckte zusammen. »Montagabend habe ich einem Kumpel geholfen, seine Wohnung zu renovieren«, erklärte er dann aber sofort. »Bis nach zehn Uhr, da können Sie nachfragen.«

Er war vorbereitet, begriff ich. Wahrscheinlich hatte er seit Tagen mit Besuch von der Polizei gerechnet.

»Die Sache ist zwischen Flo und mir geklärt. Sie zieht die Anzeige zurück. Sie hatte doch gar nicht drüber nachgedacht, dass sie vor Gericht aussagen müsste. Das kann sie gar nicht, so instabil, wie sie ist.«

Eisiges Entsetzen rann mir den Rücken hinunter. Seine Worte klingelten in meinem Kopf. *Selbst wenn du einfach nur nett lächeln sollst, bist du hoffnungslos überfordert.*

Der Mann war weder besonders groß noch besonders kräftig noch nicht einmal unattraktiv. Aber offensichtlich wusste er genau, welche Knöpfe er drücken musste, um seine verunsicherte Tochter zu manipulieren.

Irrsinnigerweise schienen das die gleichen Mechanismen zu sein, die auch Philipp benutzt hatte. Er suggerierte ihr, dass sie sowieso keine Chance hatte. Nie und nirgends.

Auf einmal ahnte ich, warum Flo tat, als hätte sie keinen Bock auf einen Job, warum sie Bewerbungen schrieb, die niemals zu einem Vorstellungsgespräch führen würden, warum selbst eine engagierte Arbeitsvermittlerin wie Chantal Kroneberg keine Chance hatte, Flo zu helfen.

Möglich, dass Neri Flo wirklicht nicht geschlagen hatte. Die Gewalt, die er seiner Tochter angetan hatte, hatte auf einer anderen Ebene stattgefunden. Die Auswirkungen waren verheerend.

»Raus!« Ich deutete auf die Tür. »Ab sofort halten Sie Abstand zu Flo. Sollten Sie noch mal auftauchen, bin ich in zwei Minuten hier. Dann sorge ich persönlich dafür, dass es eine richterliche Verfügung gibt.«

Dunkler Zorn blitzte in den Augen des Mannes auf.

»Und egal, ob es eine Anzeige gibt oder nicht ...« Ich wedelte mit dem ausgedruckten Foto. »Das hier reicht als Ermittlungsgrundlage.«

Ohne ein weiteres Wort verließ Flos Vater die chaotische kleine Wohnung. Die Flurtür klappte hinter ihm zu.

Sekundenlang starrte Flo mich an, als hätte ich ihn mithilfe von schwarzer Magie hinausgehext. So ähnlich kam es mir auch vor. Erst jetzt spürte ich meinen rasenden Herzschlag in meiner Kehle, so stark, dass mir beinahe übel davon wurde.

Flo stürzte auf mich zu und umklammerte mich wie ein Kind. Ich wiegte sie hin und her, um sie und mich selbst zu beruhigen. Als mein Blick dabei aus dem Fenster wanderte, sah ich die schlanke Silhouette ihres Vaters. Er stand im Dunkeln zwischen den Häusern und blickte am Nachbargebäude hinauf.

In Richtung meiner eigenen Wohnung.

ZOMBIE

Sterben kann man ohne Vorwarnung.

Und auf alle möglichen Arten.

Durch ein Aneurysma, eine ausgeleierte Ader im Gehirn, von der man nicht einmal etwas ahnt, bis sie plötzlich platzt.

Oder durch einen Schuss in den Rücken.

Eine gefühlte Ewigkeit starrte ich auf die Bäche aus Blut in den Ritzen zwischen den roten Pflastersteinen. Mein Gehirn weigerte sich einfach zu akzeptieren, dass das passiert war. Dass ich die Kontrolle über die Situation so umfassend verloren haben sollte.

EDDIE

Es klingelte.

Fussel schoss zur Tür. Ich hörte auf, Lottis Haare zu bürsten. Mein Puls beschleunigte. Die ganze Nacht hatte ich am Fenster gesessen und Flos von dem schummrigen Nachtlicht beleuchtete Wohnung beobachtet. Für den Fall, dass ihr Vater noch einmal auftauchte. Irgendwann war ich mit dem Kopf auf der Fensterbank eingenickt.

Ich sah auf die Uhr.

Es war kurz vor sieben. Die Auswahl an Personen, die um diese Zeit vor meiner Tür stehen konnte, war nicht besonders groß.

Mütze? Flo? Philipp mit dem Jugendamt, dem er beweisen wollte, dass Lotti bei mir in unzumutbaren Umständen lebte?

Oder Flos krimineller Vater, der verhindern wollte, dass seine kranken Machenschaften ans Licht kamen? Die Fotos und die Internetadresse hatte ich heute Nacht noch per E-Mail an die Kollegen vom KK 12 weitergeleitet.

Eine Sekunde lang ging mir der Gedanke durch den Kopf,

dass eine Waffe in der Wohnung tatsächlich eine gewisse Sicherheit bieten könnte.

Fussel, der leise fiepte, war mir jedenfalls garantiert keine Hilfe. Ich sah mich in meiner kahlen Wohnung um und griff in Ermangelung anderer Möglichkeiten ein schweres, mit Roten Beten gefülltes Einmachglas.

Dann drückte ich auf den Knopf der Sprechanlage.

»Ja, bitte?«

»Eddie?«

Ach herrje.

»Ist was passiert oder willst du nur sichergehen, dass ich nicht verschlafe?«, schnappte ich.

»Kann ich hochkommen?«, fragte Adrian.

Seufzend drückte ich auf den Summer.

»Wer kommt da, Mami?«, erkundigte sich Lotti neugierig.

»Mein Kollege von der Polizei.« Mein Blick wanderte durch die Wohnung. Okay, nun war nicht mehr zu verhindern, dass Adrian erfuhr, wie es in meinem Leben gerade aussah.

Resignierend öffnete ich die Tür.

Adrian hielt mir einen dampfend heißen Kaffeebecher entgegen. Fussel wedelte erfreut.

»Hier, zum Wachwerden. Wir haben ...« Er brach mitten im Satz ab, als er Lottis frisch gebürsteten Rotschopf aus dem Wohnzimmer lugen sah.

»... einen neuen Kunden«, vollendete er dann geistesgegenwärtig den Satz.

Unsere Blicke trafen sich.

Eine weitere Leiche?

Er verstand meine wortlose Frage. »An der Agentur für Arbeit.«

Es dauerte einen Augenblick, bis ich diese Information verarbeitet hatte. Adrian nutzte meine Überraschung und trat an mir vorbei in meine Wohnung. Sein wacher Blick flitzte neugierig durch die vier offen stehenden Türen in die dahinterliegenden Zimmer: das Bad, die knallrote Küche, das noch immer gähnend leere Kinderzimmer und das Wohnzimmer, in dem die Matratze neben dem Designertisch auf dem Laminat lag.

»Wir sind noch am Einziehen«, murmelte ich.

Doch Adrian hielt bereits Lotti die Hand hin. »Hi, ich bin Adrian. Ich arbeite mit deiner Mami zusammen.«

Lotti griff zu und schüttelte kräftig seine große Hand mit den schlanken Fingern, in der ihre winzige völlig verschwand. »Ich bin Karlotta Kramaczik«, antwortete sie förmlich.

»Sehr erfreut«, grinste Adrian. »Ich brauche heute Morgen dringend die Hilfe von deiner Mami, deshalb würde ich dich jetzt gern ganz schnell in den Kindergarten fahren, okay?«

»Mit Blaulicht?« Lotti sprang in ihre Stiefelchen und schnappte sich ihre Jacke. »Müsst ihr einen Verbrecher fangen?«

»Ja. Einen richtig fiesen Schuft«, nickte Adrian ernst.

Lottis grüne Augen wurden staunend groß, ihr Blick wanderte zu mir und sie sah mich an, als würde sie mich nicht kennen.

Ich schluckte.

Meine stille Hoffnung war gewesen, dass sie es nicht mitbekommen hatte, wenn Philipp mich als dämlich, unfähig, fett und die komplette Fehlbesetzung für meinen Job bezeichnete.

Lottis Gesichtsausdruck ließ diese Hoffnung zerplatzen, wie eine Stecknadel einen Luftballon.

Adrian deutete mit einer Kopfbewegung zur Tür. »Der Erkennungsdienst ist unterwegs, der Rechtsmediziner kommt aus Essen und wird im Berufsverkehr wohl erst in einer Stunde da sein. Bis dahin haben wir auch die Presse am Hals.«

Die Rettungswagen und drei Streifenwagen, die sich in die Nebeneinfahrt zwischen der Agentur für Arbeit und dem angrenzenden Supermarkt gequetscht hatten, hatten bereits Schaulustige angelockt. Sie drängelten sich vor der Polizeiabsperrung aus rot-weißem Flatterband. Und auch der gesamte, sich vorbeischiebende Berufsverkehr verlangsamte sein Tempo deutlich.

Gerade trieben die Uniformierten die Leute auseinander wie eine Herde Schafe, weil ein Rettungswagen abrücken wollte.

Adrian lenkte Giulietta in die entstehende Lücke, die Kollegen winkten ihn durch und schlossen die Absperrung hinter ihm.

Im Vorbeifahren blieb mein Blick an einem der Gesichter hinter dem Flatterband hängen. Der große, kräftige Typ hatte seine Mütze tief in das runde Gesicht gezogen, trotzdem meinte ich, die geröteten Wangen, die Augen mit den dicken Lidern und den kurzen Mund mit den hochgezogenen Winkeln zu erkennen. Hastig drehte ich mich auf meinem Sitz um, suchte die Menschenmenge nach dem Mann ab, hatte ihn aber aus den Augen verloren.

Oder hatte ich mich geirrt?

Neben den Streifenwagen standen drei Pkw, der dunkelblaue Bulli der Spurensicherung und – ein gigantischer, nachtschwarzer Hummer H2 mit dunklen Scheiben und Rammschutz vor dem Kühler.

Eigentlich hätte ich erraten können, wem die Angeberkarre gehörte, bevor mein Blick auf die weiße Werbeaufschrift an der Seitentür fiel.

Neben der Spritvernichtungsmaschine des Gangster-Rappers erschien Adrians heißwachspolierter Alpha wie ein getrimmter Pudel neben einem Rottweiler. Wer hier den Größeren hatte, war offensichtlich. Adrian sah aus, als hätte er gern eine Beule in die Tür getreten.

Links von uns ragte der riesige Backsteinbau mit den grün gerahmten Fenstern auf – die Agentur für Arbeit. Rechts befand sich der Anlieferungsbereich des Discounters, den die Kollegen komplett abgesperrt hatten.

Die Lampen und Strahler der Kollegen von der Spurensicherung wiesen uns den Weg. Hinter einer kleinen Grünanlage, von deren Bäumen gelbes Laub wehte und auf dem nassen Pflaster kleben blieb, erreichten wir einen Wirtschaftshof der Agentur für Arbeit. Links gab es eine überdachte Gebäudenische. Von dort führte ein Nebeneingang in den Keller der Behörde. Das gesamte Areal war bereits mit Sichtschutzwänden abgeschirmt worden. Spurensicherer in weißen Schutzanzügen schossen Fotos.

Bussi begrüßte Adrian per Handschlag, als er uns entdeckte.

»Adamkowitsch, das wird auch Zeit.«

»Wenn du irgendwann mal Kinder in den Kindergarten bringen musst, kriegst du den Spruch zurück«, konterte Adrian bereitwillig.

Bussi zog mit dem Zeigefinger seinen ausgeprägten Tränensack herunter. Mich übersah er geflissentlich.

»Bei dem Toten handelt es sich um einen Mitarbeiter der Sicherheitsfirma«, erklärte er dann.

Oh. Der Hummer, dessen bloßer Anblick mich Sekunden

vorher noch genervt hatte, bekam plötzlich eine ganz andere Bedeutung. Ich schluckte.

»Schussverletzung, so wie es aussieht. Der Rechtsmediziner ist auf dem Weg. Tatwaffe fehlt bisher. Und es wäre hilfreich, wenn ihr den da wegschaffen würdet, damit wir endlich arbeiten können.«

Er deutete in die überdachte Gebäudenische. Vor dem Nebeneingang bemerkte ich eine dunkel gekleidete Gestalt auf dem Boden. Daneben kniete der bullige, dunkelhäutige Wachmann auf dem gepflasterten Hof.

Obwohl mir der Typ alles andere als sympathisch war, war ich ein wenig erleichtert, dass er nicht tot vor dem Eingang lag. Der Tatsächlich-Tote lag auf dem Bauch. Er war ebenfalls ziemlich groß und breitschultrig – aber hellhäutig, das verriet mir sein kahl rasierter Schädel.

Ich straffte die Schultern. Kippte ich beim Anblick der Leiche neben Bussi um, würde morgen ein gestochen scharfes, erkennungsdienstliches Beweisfoto davon am Schwarzen Brett in der Präsidiumscafeteria aushängen.

Entschlossen trat ich neben den am Boden knienden Wachmann und betrachtete die Leiche. Das kleine, runde, dunkle Loch fiel mir auf. Mitten auf dem breiten Rücken der speckig glänzenden Lederjacke. Ein Einschuss.

Das Projektil musste im Brustbereich wieder ausgetreten sein, denn unter dem Mann hatte sich eine dunkle Lache ausgebreitet. Das Pflaster glänzte, in den Ritzen war das Blut versickert.

Weil der Kopf des Toten zur Seite gedreht war, konnte ich sein Gesicht sehen. Ich schätzte den Mann auf etwa sechzig, sein faltiges, graues Bulldoggengesicht war von graublonden Bartstoppeln übersät, seine platte Nase sah aus, als wäre sie schon zwei Dutzend Mal gebrochen gewesen.

Und hatte er ein blaues Auge? Tatsächlich waren Unterlid und Jochbein unter seinem linken Auge violett verfärbt.

Es wirkte irgendwie surreal, dass sein stämmiger Kollege, der sogar, wenn er auf dem Boden kniete, noch beinahe so groß war wie ich, die nikotingelben Finger des Toten fast zärtlich in der Hand hielt.

»Ich habe ihm gesagt, dass er nichts anfassen soll, aber er ist nicht ganz dicht«, knurrte Bussi.

Offenbar hatte Rheinhart ihn gehört. In Zeitlupe wandte er den Kopf. Seine schwarzen Augen blieben an Bussi hängen und der wich tatsächlich einen halben Schritt zurück. Offenbar hatten die beiden die Rangordnung bereits geklärt.

Adrian hingegen trat neben den Sicherheitsmann. »Wer ist das, Herr Rheinhart?«

Rheinharts Blick wanderte zurück zum Gesicht des Toten.

»Alfred Bollmann«, antwortete der Wachmann. »Einer meiner ältesten Mitarbeiter ... Herr Bollmann war in der letzten Woche krank, ich habe inzwischen zwei weitere Mitarbeiter einstellen können. Deshalb habe ich ihn, als er sich zurückgemeldet hat, für meine eigene Nachtschicht eingeteilt. Normalerweise wäre *ich* heute Nacht hier gewesen.«

Richtig, die Nachtschicht an der Agentur für Arbeit machte Rheinhart ja eigentlich selbst.

Meine Gedanken überschlugen sich, als ich zu überschauen versuchte, was das alles bedeutete.

Hatte jemand Rheinhart töten wollen und versehentlich Bollmann erwischt?

Oder war der diensthabende Wachmann tot, einfach, weil er hier gewesen war? Wie vielleicht ja auch Ronja Bleier.

Möglichkeit zwei war hochgradig wahrscheinlich, denn die Parallele zwischen den beiden Morden war eindeutig der Tatort. Jobcenter beziehungsweise Agentur für Arbeit –

auch wenn ein paar Hundert Meter dazwischen lagen, war ein Zusammenhang nicht zu übersehen.

Das Verfolgungsgefühl, dass ich selbst bei meinem Spontanbesuch am Dienstagabend gespürt hatte, kam mir in den Sinn. War das eine Serie? Lauerte ein Irrer im nahen Park?

»Sicher haben Sie eine Personalakte von Herrn Bollmann?!«, wollte Adrian von Rheinhart wissen. »Wir brauchen Bollmanns Adresse, Telefonnummer, Namen von Verwandten, Freunden.«

Rheinhart ließ die Hand des Toten behutsam zu Boden gleiten und erhob sich.

Adrian musste augenblicklich hochsehen.

Seine den Bauch kaschierende Daunenjacke ließ den massigen Typ noch einmal breiter wirken, als er sowieso schon war.

»Und wissen Sie, wie die Verletzung im Gesicht entstanden ist?« Adrian deutete auf das dunkel unterlaufene Auge der Leiche. »Hatte Herr Bollmann mit irgendwem Streit?«

Rheinhart zögerte mit der Antwort. Seine Augen, deren Weiß einen scharfen Kontrast zu seiner dunklen Haut bildeten, wurden schmaler. Er musterte Adrian abschätzend.

Adrians Gesichtsausdruck veränderte sich ebenfalls. Das kurze Zögern des Wachmanns ließ seine Augen aufblitzen.

»Hatten *Sie* in letzter Zeit Streit mit Herrn Bollmann?«, präzisierte mein Kollege bissig.

Plötzlich knisterte die Luft zwischen den Männern.

»Verdammt«, zischte Bussi neben mir und ich wunderte mich, dass er seine Worte offenbar wirklich an mich richtete. »Adamkowitsch hat manchmal einen echt guten Riecher.«

Die beiden verdächtigten den geschockten Wachmann? Ernsthaft?

»Können Sie meine Frage beantworten, Herr Rheinhart?«,

bohrte Adrian nach. »Gab es Konflikte zwischen Ihnen und Ihrem Mitarbeiter?«

Aus dem Augenwinkel sah ich Bussi langsam den Reißverschluss seines Overalls herunterziehen und mit der Hand hineingreifen.

Rheinharts Blick ging im gleichen Moment in die gleiche Richtung. »Ich glaube nicht, dass ich Ihre Frage beantworten muss«, sagte er mit Bedacht. »Wenn Sie und Ihr schlecht erzogener Kollege einen präsentablen Verdächtigen brauchen, dann suchen Sie erst mal nach Beweisen.«

Adrians Huskyaugen wurden stechend scharf, ich konnte das Jagdfieber darin aufleuchten sehen. »Besitzen Sie eine Waffe, Herr Rheinhart?«

Der Wachmann musterte erst Adrian, dann Bussi, dessen Hand noch immer unter dem Overall verschwunden war.

»Nein.«

»Sie haben eine Sicherheitsfirma, aber keine Waffe? Für wie blöd halten Sie uns?«

Rheinharts Augenbraue zuckte spöttisch hoch.

Adrians Wangen spannten sich.

»Vielleicht brauche ich keine ...« Rheinhart hob beide Hände und ließ sich von Adrian abtasten.

Kurz darauf ließ Adrian von dem Wachmann ab und tauschte achselzuckend einen Blick mit Bussi.

»Haben Sie Ihre Waffe verschwinden lassen, nachdem Sie Ihren Kollegen damit erschossen haben, Rheinhart?«

»Röhmer, herzlich willkommen. Ich freue mich sehr, dass Sie sich so spontan entschlossen haben, unser Team zu verstärken, Frau Beelitz. Anscheinend zur richtigen Zeit.« Die kleine Frau, die mir eine kräftige Hand mit kurz geschnittenen Nägeln hinhielt, musterte mich mit kaum versteckter Neugier.

Hinter wackelnden Sichtschutzwänden Small Talk zu betreiben, während um uns herum Ausnahmezustand herrschte, erschien mir merkwürdig.

Der Rechtsmediziner war eingetroffen. Der Pressesprecher rotierte, die Blitzlichter zuckten hinter den Plastikwänden, die Spurensicherung suchte die Umgebung ab.

Die kleine Frau mit dem kräftigen Händedruck und dem kurzen, grauen Haar war eher sechzig als fünfzig. Und sie hatte anscheinend nicht vor, sich von der allgemeinen Hektik anstecken zu lassen. Dr. Annemarie Röhmer war die zuständige Staatsanwältin.

»Sie sind aus der Elternzeit zurückgekehrt?«, erkundigte sie sich, während der Rechtsmediziner Leiche wendete. »Wie viele Kinder haben Sie?«

»Eine Tochter, sie ist fünf«, stammelte ich. Bisher hatte das noch niemanden interessiert. Mein Blick hing an der Brust des Toten, die die Austrittswunde der Kugel zerfetzt hatte.

Doch die Staatsanwältin hielt meine Hand fest, bis ich sie wieder ansah.

»Ich erinnere mich noch gut an meinen eigenen Wiedereinstieg in den Job«, erklärte sie mir. »Lassen Sie mich wissen, wenn Sie in Schwierigkeiten stecken.«

In dem Moment, in dem wir uns ansahen, überlegte ich, ob sie mit ›Schwierigkeiten‹ Probleme wie Mein-Ehemann-klaut-mein-Kind-und-ich-besitze-keinen-Kochtopf meinen konnte. Unwahrscheinlich.

Trotzdem nickte ich zögernd.

»Wenn Sie meine erste Einschätzung interessiert, kann ich sie Ihnen jetzt mitteilen«, versuchte der am Boden kniende Rechtsmediziner unsere Aufmerksamkeit auf sich zu lenken. Es war Marvin, der junge Mann, der seinen Rauschebart mit einem Haargummi zusammengezurrt und seine Mähne unter der Kapuze des weißen Schutzanzuges verstaut hatte. »Herr Bollmann ist vermutlich gestern Abend zwischen zweiundzwanzig und vierundzwanzig Uhr gestorben. Das Hämatom im Gesichtsbereich ist schon mehrere Tage alt. Meine ersten, vorsichtigen Vermutungen hinsichtlich der Todesursache gehen in Richtung einer Schussverletzung.«

»Das Projektil und die Hülse haben wir auf dem Boden vor der Wand sicherstellen können«, mischte sich Bussi ein. Er sprach lauter als nötig, was sich für mich sofort wieder wie ein Wettkampf anfühlte. »Wir können die Tatwaffe ziemlich sicher identifizieren, wenn ihr sie finden solltet«, grinste er Adrian an. »Am Mauerwerk sind Blutspuren zu erkennen. Dem Spurenbild nach ist Bollmann an der Stelle, an der wir ihn gefunden haben, getroffen worden und sofort zusammengebrochen.«

Sein Blick flitzte zur Staatsanwältin. Die nickte knapp und ich schnallte endlich, worum es gerade ging: Bussi sorgte dafür, dass Röhmer seine Anwesenheit bemerkte.

»Und zwar von hinten«, nutzte Marvin die Gesprächspause, um seinen Bericht zu Ende zu bringen. »Der Höhe der Austrittswunde nach zu urteilen, hat die Kugel wahrscheinlich das Herz durchschlagen. In diesem Fall ist er beinahe sofort tot gewesen.«

Adrian überlegte kurz. Dann zog er sein Handy hervor und wandte sich ab. »Kati? Check mal den Wachmann, diesen Rheinhart. Krieg vor allem raus, ob er eine registrierte Waffe besitzt. Die Kollegen haben ihn zur Befragung mitgenommen. Eddie und ich kümmern uns um ihn, sobald wir da sind. Allerdings fahren wir erst noch woandershin, er kann ruhig eine Weile auf uns warten.«

Wenn Rheinhart wirklich der Täter sein sollte, hatte Adrian tatsächlich einen mächtig guten Riecher. Ich hatte dem

Wachmann seine Trauer abgekauft und hätte nicht nach seiner Waffe gefragt. Dass er keine besitzen sollte, war natürlich seltsam. Ich wusste allerdings nicht, ob ein Sicherheitsdienstleister zwingend im Besitz einer Schusswaffe sein musste.

»Wie geht es jetzt weiter?«, fragte ich, als Adrian sein Handy wieder weggesteckt hatte.

»Wir holen uns die Personalakte des Toten von der Wachfirma. Da sollten auch die Namen der Angehörigen drinstehen, die wir gegebenenfalls informieren müssen.«

Die Visitenkarte, die Rheinhart uns bei unserem ersten Gespräch gegeben hatte, klemmte wie ein Lesezeichen in Adrians Notizbuch. Er zog sie heraus und warf einen Blick darauf.

»Und vielleicht kann uns in dem Laden ja auch jemand verraten, ob es Zoff zwischen Bollmann und seinem Chef gegeben hat.«

ZOMBIE

Fuck! So eine Scheiße!

Das hätte einfach nicht passieren dürfen.

Ich war froh, als meine Wut die Leere in meinem Kopf endlich wieder rot färbte.

EDDIE

Rheinharts Sicherheitsfirma befand sich keine fünfzehn Minuten Fußweg von meiner Wohnung entfernt. Im Gewerbegebiet an der Dieselstraße. Ich war in diesem Stadtteil aufgewachsen, ich wusste, was die Leute im Schrebergarten über die Gegend erzählten.

Nachdem die Zeche stillgelegt worden war, war das Land zu erschwinglichen Preisen verkauft worden. Angesiedelt hatten sich hauptsächlich Firmen, die Visitenkärtchen mit der Aufschrift *Kaufe Ihr Auto* unter die Scheibenwischer klemmten. Und man konnte dort angeblich günstig Fahrräder bekommen.

Allerdings war ich selbst noch nie in dem Gewerbegebiet gewesen, weil meine Mutter mir schon als Kind eingebläut hatte, einen Bogen um das Gelände zu machen. Und unter den Schrebergärtnern hielt sich das Gerücht, dass sich selbst die Polizei abends nicht mehr dorthin traute.

Den Schauergeschichten von Leuten, die meine Oma dafür bezahlten, mithilfe eines Kaffeesatzes die Zukunft vorauszusagen, war es also zu verdanken, dass mir mulmig zumute war, als Adrian Giulietta langsam die schmale Straße entlanglenkte. Die angrenzenden Gewerbeflächen waren mit Lagerhallen in allen Größen bebaut. Ich las die Werbeschilder:

Schmallinek – Import/Export
Ösmir – Gebrauchtwagen An- und Verkauf
Lackiererei Schulz
Kaufe Unfallwagen!
Schrott und Altmetallentsorgung Khoor
Oldtimer – Ankauf und Restauration

Unzählige Autos standen hinter den hohen Metallzäunen. Bei manchen klebten Preisschilder im Fenster, woanders stapelten sich die Fahrzeuge wie auf Schrottplätzen. Ihnen fehlten Stoßstangen, die Front war verbeult oder sie waren komplett ausgeschlachtet. Manche standen als offensichtliche Totalschäden auf Anhängern zum Abtransport bereit.

Es gab haushohe Reifenstapel, haufenweise achtlos übereinandergeworfene Fahrräder und irgendjemand sammelte anscheinend zwanghaft Rasenmäher. Der nächste Hof war mit Trimmrädern vollgestellt, wie Philipp sie in seinem Trainingszentrum benutzte. Was auch immer man mit so vielen Trimmrädern anstellte. Mitten auf der Straße stand ein Unfallwagen neben einem Kühlschrak, der offenbar auf die Sperrmüllabfuhr wartete.

Adrian lenkte sein Auto drum herum. Die hohen Zäune, die hier und da wohl hauptsächlich verhindern sollten, dass der aufgestapelte Schrott auf die Straße fiel, waren an der Oberkante oft noch mit Stacheldraht gesichert.

Ein paar junge Männer, die vor einem offen stehenden Hallentor auf ihren Handys herumdaddelten, hoben interessiert die Köpfe, als Adrian seine blank polierte Giulietta vorbeilenkte.

So durchquerten wir das gesamte Gewerbegebiet. Nummer 35 c befand sich ganz am Ende der Straße, am Wendekreis der Sackgasse.

»Da drüben.«

Der nicht mehr neue Hallenbau besaß zwei große, schwarze Rolltore und stand im rechten Winkel zu einem etwas flacheren Gebäudeteil mit einem schwarzen Schild neben der Eingangstür. Anscheinend der Verwaltungs- oder Bürotrakt.

Das Gelände der Security-Firma war von einem gut drei Meter hohen, dunkelgrünen Stahlzaun mit Stacheldrahtsicherung umgeben.

Die Anlage machte allerdings einen besseren Eindruck als ich es nach der Fahrt durch das dubiose Gewerbeviertel erwartet hatte. Bei der alten Halle handelte es sich um einen weiß gestrichenen Steinbau und der große Hof war mit teilweise gerissenen Betonplatten ausgelegt. Es gab weder Schrottberge noch am Zaun hochwucherndes Unkraut.

Ein alter, mintgrüner Opel Corsa parkte direkt vor der Halle. Mehrere andere Fahrzeuge standen weiter rechts auf dem Hof.

Die Eingangstür bestand aus dickem Panzerglas. Das schwarze Firmenschild daneben war, wie Rheinharts Hummer, weiß beschriftet.

Rheinhart-Security – Ihr Partner für Sicherheit
Wach- und Schließdienst
Objektsicherung
Veranstaltungs-Security
Transportsicherung
Personenschutz
Schlüsseldienst
Inh. J. Rheinhart – Dieselstraße 35 c, Bochum-Gerthe

Das rechte Rolltor der Halle stand offen. Ich warf einen Blick hinein, bevor ich Adrian zum Eingang des kleineren Verwaltungstraktes folgte.

In der Halle parkten zwei nachtschwarze Firmenwagen, ebenfalls mit weißer Aufschrift. Ein Kleinwagen und eine schnittige Limousine, die den gepanzerten Fahrzeugen ähnelte, in denen die Bundeskanzlerin zu reisen pflegte. Platz war für sehr viel mehr Autos, wahrscheinlich waren gerade welche im Einsatz.

Ich ging zum Eingang der Büros hinüber. Adrian trat bereits an eine Art Empfangstresen, hinter dem sich eine ziemlich große, ziemlich übergewichtige ältere Frau in einer schlabberigen Leo-Print-Bluse ihre glitzernden Fingernägel feilte. Sie war bestimmt schon sechzig und stark geschminkt, ihre Haare trug sie zu einem wasserstoffblonden, kurzen Seitenzopf geflochten.

Hinter dem Empfangstresen stand eine Tür offen, durch die ich in die dahinterliegenden Büros sehen konnte.

Die Größe der Räume und die Anzahl der Akten verriet mir, dass Rheinharts Firma für jede Menge Verwaltungsaufwand sorgte. Der Gangster-Rapper war gut gebucht.

»Schönen guten Tag, Frau …?« Adrian setzte sein Lausbubenlächeln auf und hielt der Empfangsdame eine Hand hin. Das Gesicht der Dicken leuchtete auf, als ihr Blick an ihm hochwanderte.

»Ria Rigowski.« Sie hielt ihm die frisch manikürten Finger hin. »Wie kann ich Ihnen helfen?«

Der Name ließ mich aufhorchen. Den hatte ich schon mal gehört. War das nicht …?

Adrian legte seinen Polizeiausweis auf den Tresen. »Adamkowitsch. Das ist meine Kollegin Beelitz. Es tut mir leid, Sie belästigen zu müssen, aber wir benötigen dringend die Personalakte eines Mitarbeiters von Ihnen.«

»Oh«, hauchte sie. »Ich glaube nicht, dass ich Ihnen die …«

»Wir haben bereits mit Herrn Rheinhart gesprochen«, erklärte Adrian, ohne zu erwähnen, dass Rheinhart mit keinem Wort der Herausgabe von internen Unterlagen zugestimmt hatte. »Herr Bollmann ist heute Morgen leider tot aufgefunden worden.«

Die Frau gab einen erschrockenen Quietschlaut von sich. »O mein Gott! Und Joseph weiß das schon, sagen Sie?«

Sie betonte ›Joseph‹, als spräche sie von einem oberbayerischen Landwirt, deshalb brauchte ich einen Augenblick, um zu begreifen, dass das der Vorname des Gangster-Rappers sein musste. Kein Wunder, dass er den mit J. abkürzte, der versaute ihm sonst sein Bad-Boy-Image.

»Wenn das so ist …« Sie erhob sich und trippelte auf Leo-High-Heels, die bei ihren geschätzten drei Zentnern einen sehr instabilen Eindruck machten, in das angrenzende Büro hinüber.

Im gleichen Augenblick hatte mein Gehirn die Schublade gefunden, in der ihr Nachname gespeichert war: Rigowski, so hieß die junge Model-Nachtwächterin, die am Abend als Ronja Bleier gestorben war, Dienst gehabt hatte. Marleen Rigowski. Wenn ich mir die zwei Zentner Übergewicht der Empfangsdame wegdachte, bestand sogar eine gewisse Ähnlichkeit zwischen den beiden.

Weil Adrian der Dicken sofort in die Büroräume gefolgt war, beeilte ich mich, die beiden einzuholen.

Der Verwaltungstrakt der Firma bestand aus drei Durchgangsbüros, von denen jedes jeweils zwei PC-Arbeitsplätze und Wände voller Aktenordner beherbergte.

»Das hier ist Freddies Schreibtisch.« Ria Rigowski blieb vor einem chaotischen Arbeitsplatz stehen wie vor einem Altar. »Er war schon so lange da, er hat oft bei der Erstellung der Dienstpläne und der Organisation der Touren geholfen.«

Freddie – sie meinte wohl Alfred Bollmann.

Adrian trat neben mich an den Schreibtisch mit vollgekrümelter PC-Tastatur und drei schmutzigen Kaffeetassen, die Ringe auf den aufgeschlagen herumliegenden Akten hinterlassen hatten.

Kein Familienfoto.

Rigowski wandte sich ruckartig ab. Während Adrian einen Gummihandschuh aus der Hosentasche zog und behutsam die oberste Schublade öffnete, folgte ich der Sekretärin in das letzte Büro. Rigowski kletterte auf einen kleinen Tritt und zog einen Ordner aus der obersten Reihe eines deckenhohen Regals.

»Hatte Herr Bollmann Familie, Frau Rigowski?«, erkundigte sich Adrian aus dem Nebenraum.

Mein Blick wanderte über die Personalakten. Offenbar gab es für jeden Mitarbeiter eine eigene Mappe, die Namen waren ordentlich auf den Rücken notiert. Rheinharts Firma hatte – ich zählte rasch durch – über dreißig Mitarbeiter. Ein Name fiel mir ins Auge.

Was war das denn?

»Nein.« Schnaufend kletterte die korpulente Frau mit der Akte Bollmann in der Hand die Stufe wieder hinunter. »Freddies Eltern sind schon lange verstorben, der Bruder kam vor zehn Jahren bei einem Verkehrsunfall ums Leben.«

»Und er hatte keine Frau, Freundin, Lebensgefährtin? Oder meinetwegen auch Gefährten?«, wollte Adrian wissen.

Während Adrian mal wieder die Gesprächsführung übernahm, zog ich den Ordner, der mir aufgefallen war, aus dem Regal.

»Na, schwul war er bestimmt nicht, das können Sie mir glauben«, versicherte Rigowski. »Aber in den letzten Jahren hat er sein Gehalt meistens im *Cherie* gelassen. Sie wissen schon.«

Klang nach Bordell.

»Bollmann hatte ein blaues Auge. Haben Sie eine Ahnung, wie das passiert ist?«

»Er war letzte Woche wegen eines Haushaltsunfalls krankgemeldet.«

»Hat Bollmann erwähnt, dass er mit irgendwem Streit hatte?« Adrian trat hinter mich. So dicht, dass ich seine Nähe in meinem Nacken spüren konnte.

»Der Freddie? Nee, hat er nichts von gesagt.«

»Auch nicht mit Herrn Rheinhart? Vielleicht wegen der Arbeit oder so?«

»Was?« Rigowskis dunkel geschminkte Augen wurden schmal. »Natürlich nicht! Mein Gott, die beiden kennen sich schon ewig. Wenn Joseph überhaupt einen Freund hat, dann ist das Freddie gewesen, das können Sie mir glauben.«

Wenn Joseph überhaupt einen Freund hat – schon an der Formulierung hakte doch irgendwas.

»Nee, ehrlich! Die waren ein Herz und eine Seele, schon immer«, versicherte Rigowski nachdrücklich.

Adrians Gesicht verriet, dass er mit ihrer Antwort nicht zufrieden war. »Lagern Sie hier in der Firma Waffen?«

»Unsere Mitarbeiter besuchen regelmäßig Selbstverteidigungskurse, dabei werden sie auch im Umgang mit dem Schlagstock geschult. Außerdem geben wir bei Bedarf Tierabwehrspray an unsere Mitarbeiter aus. Gerade die Frauen fühlen sich dann sicherer.«

»Was ist mit Schusswaffen?«

»Mitarbeiter, die eine Waffe tragen dürfen, bewahren diese zu Hause auf und sorgen dort selbst für die erforderlichen Sicherheitsmaßnahmen.«

Schien, als würden wir hier trotz der Kommunikationsbereitschaft der Sekretärin nicht weiterkommen.

»Können Sie uns sagen, ob wir irgendwen über Bollmanns Tod informieren müssen?«, erkundigte sich Adrian resignierend. »Wer kann sich um die Beerdigung kümmern, wenn er keine Verwandten hatte?«

Rigowski seufzte. »Das werde dann wohl ich machen.«

Sie drückte Adrian die Mappe in die Hand, die beinahe leer zu sein schien, zog einen Kugelschreiber aus einem Stifthalter und kritzelte etwas auf einen Zettel. Nach kurzem Überlegen notierte sie einen zweiten Punkt.

»Und in der Boxhalle sage ich auch Bescheid«, murmelte sie. »Die müssen einen Zettel aufhängen.«

»Boxhalle?«

»Freddie hat nach Feierabend Jugendliche trainiert. Er hat einen eigenen Laden, hier in Gerthe«, informierte uns Rigowski. »Irgendjemand muss ja Bescheid sagen, dass er nicht kommt.«

Ich kannte eine Boxhalle in Gerthe. Wenn ich mich nicht irrte, war sie neben der Wäscherei, bei der meine Mutter ihre Blaumänner reinigen ließ.

»Die Unterlagen können Sie mitnehmen.« Rigowski deutete auf den Ordner in Adrians Hand. »Viel ist es ja nicht.«

»Unsere Kollegen von der Spurensicherung werden gleich den PC und den Schreibtischinhalt abholen«, erklärte Adrian, der sein Handy schon wieder in der Hand hielt. »Bitte fassen Sie bis dahin nichts an.«

»Diese Akte werden wir ebenfalls mitnehmen, Frau Rigowski«, erklärte ich und hob den Ordner hoch, den ich aus dem Regal genommen hatte.

Adrian sah mich ebenso verdutzt an wie die Empfangsdame.

Ich hielt den Ordner so, dass er die Beschriftung lesen konnte.

Bleier, Lars, stand auf dem Deckel.

Ronja Bleiers großer Bruder arbeitete ebenfalls hier.

ZOMBIE

Ich könnte einfach quer durch die Innenstadt laufen. Irgendein Trottel meint mit Sicherheit, er muss mir nicht aus dem Weg gehen …

Bevor wir Rheinhart befragten, überflogen wir die Personalakten von Alfred Bollmann und Lars Bleier.

Anscheinend hatte Ronja Bleiers älterer Bruder bis vor zwei Wochen für Rheinhart-Security gearbeitet. Zwei Mal hatte Rheinhart ihn abgemahnt, weil er bei Türsteherjobs unpünktlich gewesen war.

Rausgeflogen war Bleier schließlich, weil er das Kontrollprotokoll nicht vor Ort, sondern zu Hause vor dem Fernseher ausgefüllt hatte.

Der arrogante Chef, über den Bleier sich per SMS bei seiner Schwester beschwert hatte, war demnach Rheinhart gewesen.

Rausgefunden hatte das alles jedoch Alfred Bollmann. Jedenfalls meinte ich, seinen Nachnamen aus der krakeligen Unterschrift der handgeschriebenen Aktennotiz zu entziffern, in der Bollmann bestätigte, gegen dreiundzwanzig Uhr bei Bleier zu Hause aufgetaucht zu sein und ihn Bier trinkend auf dem Sofa statt bei der Nachtschicht angetroffen zu haben. Als Beweis war ein halb ausgefülltes, fleckiges Kontrollprotokoll beigefügt.

Und ich war mir so gut wie sicher, heute Morgen Lars Bleiers Gesicht in der Menschenmenge gesehen zu haben, die der Polizeieinsatz vor der Agentur für Arbeit angelockt hatte ...

»Lars Bleier hat beide Tote gekannt«, stellte ich fest.

Adrian rieb sich nachdenklich das Kinn. »Bleier hat insgesamt nicht mal ein halbes Jahr für Rheinhart gearbeitet. Und – sorry, ich mag Vorurteile haben, aber meinem ersten Eindruck nach wirkt er nicht wie jemand, den der Verlust eines Jobs so aus der Bahn wirft, dass er deswegen Amok läuft.«

Da musste ich ihm recht geben.

Aber verdammt, was hatte Bleier heute Morgen bei der Agentur für Arbeit zu suchen gehabt? Sollte er rein zufällig vorbeigekommen sein? Auf einer morgendlichen Joggingrunde? Genauso zufällig könnte doch ein Meteorit durchs Fenster hereinfliegen und im Mülleimer landen.

Ich nahm mir vor, Lars Bleier danach zu fragen, egal, was Rheinharts Verhör ergab.

Die Unterlagen, die wir über den toten Alfred Bollmann erhalten hatten, als ›Personalakte‹ zu bezeichnen, war die Übertreibung des Jahres. Eine Bewerbung war nicht abgeheftet oder Bollmann hatte nie eine eingereicht. Wahrscheinlich war der Tote ebenfalls der Vater, der Sohn oder der Cousin des Freundes eines Freundes von Rheinhart gewesen, so wie er auch die Tochter seiner Sekretärin eingestellt hatte.

Immerhin lag eine Kopie eines sehr knapp gehaltenen Arbeitsvertrags in Bollmanns Akte. Dass auf dem Ding ein Datum stand, wunderte mich fast. Außerdem gab es noch einige Fortbildungsbescheinigungen, unter anderem die über den großen Schlagstocklehrgang, den ich selbst immer noch nicht abgeschlossen hatte.

Das war alles.

»Rheinhart besitzt wirklich keine Waffe.« Kati Gruber warf ein einzelnes Blatt Papier auf den Schreibtisch. »Seinen Waffenschein ist er los, er ist nämlich vorbestraft.«

Wie elektrisiert zuckte Adrian hoch.

»Mit zwanzig hat er eine Jugendstrafe wegen gefährlicher Körperverletzung kassiert«, erklärte meine Kollegin. »Bewährung. Danach gab es die übliche Sperrfrist von fünf Jahren. Als die vorbei war, hatte Rheinhart seine Firma schon und hat sich gleich einen Waffenschein besorgt. Dummerweise ist er vor vier Jahren dann mit Heroin erwischt worden. Es gab noch mal Bewährung. Waffenschein wieder futsch. Und so einfach wie beim ersten Mal kriegt er den jetzt garantiert nicht mehr zurück.«

»Hah!« Adrian dachte gar nicht dran, seine Begeisterung zu verbergen. Er trat um den Schreibtisch herum an die Pinnwand und tippte auf den Namen des Wachmanns, unter dem die Zeit seines Kontrollrundganges verzeichnet war.

»Wenn der immer noch Drogengeschäfte macht, kann Ronja Bleier was beobachtet haben. Und Bollmann könnte ein Komplize gewesen sein, mit dem es zu Streitigkeiten kam.« Das Jagdfieber färbte seine Stimme rauer.

Mir ging allerdings das Bild von Bollmanns nikotingelben Fingern in Rheinharts Pranke nicht aus dem Kopf.

Und dass ausgerechnet der große Bruder von Ronja Bleier plötzlich überall auftauchte, wollte ich auch nicht ganz vergessen. Genau genommen bewiesen die Vorstrafen noch nichts.

Ich verschränkte die Arme.

»An dem Abend, an dem Ronja Bleier umgebracht wurde, kann Rheinhart ohne Probleme da gewesen sein.« Adrian schob die Namen der anderen Verdächtigen an der Tafel zur Seite. »Sein Alibi, das sowieso erst ab zweiundzwanzig Uhr greift, ist ein Protokoll, dass er selbst angefertigt hat. Seine Wachfirma ist der gemeinsame Nenner der Morde.«

Einen Augenblick trommelte Adrian schweigend mit den Fingern auf seinem Unterarm.

»Verdammt, das reicht nicht«, entschied er dann. »Die Vorstrafen beweisen nichts. Und theoretisch kann der Tod beider Opfer genauso mit dem Bruder von Bleier oder mit der Agentur für Arbeit in Zusammenhang stehen. Das wäre auch jeweils ein gemeinsamer Nenner. Oder es lauert ein Irrer im Park auf Opfer.«

Er hob einen Zeigefinger, als hätte er den entscheidenden Geistesblitz zur Lösung dieses Problems. »Am besten, Rheinhart gesteht«, erklärte er.

»Ich. Habe. Alfred. Bollmann. Nicht. Getötet.«

Der große Wachmann saß mit ausgestreckten Beinen und verschränkten Armen an dem kahlen Tisch im Befragungszimmer und starrte Adrian an, als wollte er ihn fressen.

»Ich wiederhole das gern noch hundert Mal, wenn Sie so lange brauchen, um es zu kapieren, Adamkowitsch.«

Während Rheinhart sich Adrians Namen gemerkt hatte, schien er mich nicht einmal zu bemerken. Seine ätzende Art erinnerte mich an den aggressiven Sexismus von Bussi. Verdreifacht.

»Und warum verweigern Sie die Aussage, wenn Sie so unschuldig sind, wie Sie sagen?«, ließ Adrian nicht locker.

Der Chef der Sicherheitsfirma lehnte sich vor und stützte die Ellenbogen auf den Tisch. Im Vergleich zu seinem massigen Körper wirkte sein Gesicht mit dem schwarzen Bart beinahe schmal. Das Weiß seiner Augen trat im grellen Neonlicht stechend scharf hervor. Der Typ hatte eine Ausstrahlung wie ein Berufskiller.

Ich musterte den Wachmann nachdenklich.

Adrian dachte nicht daran, sich einschüchtern zu lassen, sondern verschränkte die Arme.

»Ich verweigere die Aussage, weil Sie alles, was ich sage, nur dazu benutzen werden, mir die Schuld in die Schuhe zu schieben.«

Die Spannung zwischen den beiden Männern knisterte wie ein Stromkabel in einer Pfütze.

»Weil meine Haut eine andere Farbe hat als Ihre«, fügte Rheinhart lauernd hinzu.

Oha – Rheinhart unterstellte Adrian Rassismus. Böser Tiefschlag. Der Kerl wusste genau, dass die Presse sich mit Freude auf solche Schlagzeilen stürzen würde.

»Das ist doch der einzige Grund, warum Sie mir immer die gleichen Fragen stellen, statt den Mörder zu suchen. Sie haben nicht einen einzigen Beweis in der Hand. Keine Waffe, keine Spuren, nicht mal ein Motiv können Sie sich zusammenlügen. Jeden anderen hätten Sie längst laufen lassen.«

Adrians Augen waren zu Schlitzen geworden. »Sie sind wegen Drogenbesitzes vorbestraft«, schnappte er nach. »Nehmen Sie zurzeit was?«

»Ich habe auch damals nichts genommen. Sehe ich aus, als wäre ich unterbelichtet?«

»Dealen Sie?«

»Natürlich nicht. Wollen Sie mich weiter festhalten, obwohl außer Ihren willkürlichen Verdächtigungen nichts gegen mich spricht und ich außerdem einen Job, einen festen Wohnsitz und ein stabiles Umfeld besitze?«

Rheinharts hochgezogene Braue verriet, dass er sich Adrians Antwort ausrechnen konnte.

ZOMBIE

Oder ich grapsche in der Disco ein paar Weibern an den Arsch.

Am besten der kleinen Schwester von einem Türken.

Irgendeinen kriege ich schon dazu, mir eine reinzuhauen …

»Lars, für dich!«, brüllte Agnes Winnemeier, ohne uns hereinzubitten.

»Hab keine Zeit, ich will gleich zum Sport!«, brüllte ihr Sohn irgendwo aus den Tiefen der Wohnung zurück.

Ich registrierte die roten Boxhandschuhe auf dem Schuhregal, die mir schon bei unserem ersten Besuch aufgefallen waren.

»Er wird sich die Zeit nehmen müssen«, bemerkte Adrian.

»Das sind die Bullen!« Der Tonfall der Mutter drohte ihrem erwachsenen Sohn einen versohlten Hintern an, wenn er nicht sofort auftauchte.

Und tatsächlich erschien Ronja Bleiers Bruder in einer Trainingshose mit Streifen, Tennissocken und dem Shirt mit dem Gruselaufdruck, das ich schon einmal gesehen hatte. Er sah nicht aus, als hätte er wirklich vorgehabt, in den nächsten paar Minuten die Wohnung zu verlassen.

Seine Mutter verdrückte sich.

»Sorry, aber ich habe jetzt echt keine Zeit«, murrte Bleier.

»Geht ganz schnell«, versprach Adrian kühl. »Wo waren Sie gestern zwischen zwanzig und vierundzwanzig Uhr?«

Allein die Fragestellung ließ Bleier argwöhnisch werden. »Was wollen Sie von mir?«

»In der Zeit wurde Ihr ehemaliger Arbeitskollege Alfred Bollmann erschossen. Gab es Streit zwischen Ihnen, weil Bollmann Ihrem Chef gesteckt hat, dass Sie den Dienst geschwänzt haben, und Sie daraufhin rausgeflogen sind?«

Bleiers rotes Gesicht färbte sich dunkel. »Sind Sie bescheuert? Ich war doch froh, dass ich da weg war! Der arrogante Wichser ging mir sowieso auf den Sack!«

»Bollmann?«

»Rheinhart natürlich. Der glaubt, nur weil der den Leuten Kohle in den Arsch schiebt, den Boss raushängen lassen zu können! Und die Vollidioten parieren auch noch. Damit der großkotzig behaupten kann, dass er haufenweise Sozialschmarotzer wieder an die Arbeit kriegt. Aber ist ja auch kein Wunder, dass die Schwachköpfe sich für den zum Horst machen, wenn der drei Mal so viel zahlt wie das Amt.«

Die skurrile Argumentation war nicht ganz einfach nachzuvollziehen. Eindeutig kam aber Bleiers Wut auf Rheinhart rüber. Und normalerweise hätte Rheinhart gestern an Bollmanns Stelle die Nachtschicht am Jobcenter geschoben ...

»Aber nicht mit mir!«, grunzte Bleier trotzig. »Meinste, ich lass mir von dem blöden Wichser sagen, was ich zu machen habe?«

Adrian kratzte sich verwirrt am Kopf. »Wo waren Sie denn nun gestern Abend?«, erinnerte er sich dann an seine eigentliche Frage.

»Na, hier.« Bleier stopfte die Boxhandschuhe in eine Sporttasche. »Zocken mit Silvio. Battlefield 4. Den können Sie fragen, wenn Sie wollen. Wir haben bis heute Nacht um vier durchgemacht.«

»Und dann sind Sie heute Morgen um halb acht schon am Jobcenter spazieren gegangen?«, mischte ich mich ein.

Bleiers Kopf zuckte zu mir herum, als hätte ich mich aus dem Nichts neben Adrian materialisiert. Er schob den Unterkiefer vor.

»Seit Ronnis Tod bin ich ab und zu am Jobcenter«, erklärte er beherrscht. »Irgendwer muss sich da ja umsehen, wenn ihr Bullen euren Arsch nicht bewegt.«

Ach so? Auch nachts?

Mein Herz machte einen Satz.

Lars Bleier starrte mich feindselig an.

»Ich würde Ihren Bruder gern fragen, ob Sie heute Nacht wirklich gemeinsam vor dem Computer gesessen haben«, erklärte ich. »Ist er da?«

»Ich mache euren Job, du blöde Kuh!«, explodierte Bleier. »Du wackelst deinen Beamtenarsch da einmal kurz lang und das war's!«

Ich atmete scharf ein – ich hatte mich nicht getäuscht. Bleier hatte mich beobachtet.

»Sie waren Dienstagabend im Friederikapark«, stellte ich fest.

»Was eigentlich eure Aufgabe wäre!«

»Heute Nacht auch?«

»Ich war am Jobcenter, nicht an der Agentur für Arbeit!«, brüllte Bleier, als könnte er mich mithilfe von Lautstärke überzeugen. »Dass etwas passiert ist, habe ich erst durch das Spektakel von der Polizei und den Rettungswagen mitgekriegt.«

Adrian hatte sich aufgerichtet. »Sie haben die letzten Nächte im Park am Jobcenter verbracht?«

»Wäre das Arschloch, das Ronni umgebracht hat, noch mal aufgetaucht, hätte ich ihn kaltgemacht«, grollte Bleier.

»Das werden Sie uns im Präsidium noch mal genau erklären müssen«, stellte Adrian fest.

In dem Moment vibrierte mein Telefon in meiner Hosentasche. Während Lars Bleier wütend seine Jacke vom Haken riss, warf ich einen kurzen Blick auf das Display.

Unbekannte Nummer.

Mir wurde kalt, als ich begriff, wer sich dahinter verbarg.

ZOMBIE

Oder ich marschierte mit einem Schalke-Schal in den VfL-
Fanclub …

EDDIE

Adrian hatte ausgesehen, als hätte er mich am liebsten ins
Aktenlager im Keller strafversetzt, als ich auf meiner Teilzeitregelung bestand und mich pünktlich um Viertel nach
zwölf aus den Ermittlungen ausklinkte.

Nach Alfred Bollmanns Tod gab es plötzlich gleich zwei
Hauptverdächtige und unsere Minimordkommission rotierte.

Lars Bleier besaß nur für den Zeitraum, in dem seine
Schwester umgebracht worden war, ein Alibi: Seine Brüder
hatten seine Anwesenheit beim nächtlichen Videospielex-
zess bestätigt. Letzte Nacht war Bleier allerdings definitiv
am Jobcenter gewesen und heute Morgen an der Agentur für
Arbeit, das hatte er zugegeben. Was, wenn Bleier Alfred
Bollmann aus irgendeinem Grund für den Tod seiner
Schwester verantwortlich gemacht hatte?

Mit der Auflage, die Stadt nicht zu verlassen, hatte Adrian
Bleier nach unserer Befragung gehen lassen.

Auch Rheinhart würde Adrian weiter durchleuchten wie einen Einzeller unterm Mikroskop. Die Psychospielchen hatte
der Wachmann zwar vorerst gewonnen, indem er die Rassis-
mus-Karte gezogen hatte. Adrian hatte ihn aber mithilfe des
Rauschgiftdezernats und Drogentests noch für eine Weile
aus dem Verkehr gezogen. Während Rheinhart im Präsidium
festsaß, würden die Kollegen vom KK 12 und Bussis ebenfalls

aufgestocktes Spurensicherungsteam seine Sicherheitsfirma auseinandernehmen. Als ich mich aus dem Staub gemacht hatte, hatte Adrian gerade Drogenspürhunde angefordert.

Ich hatte auf dem Weg zum Kindergarten vor dem achtstöckigen Wohnklotz im Stadtteil Querenburg angehalten, in dem Giovanni Neri lebte.

Heute Vormittag hatte Neri Flo mit SMS bombardiert, in denen er ein weiteres Gespräch mit seiner Tochter wahlweise erpressen oder erbetteln wollte. Als er vor der Wohnung aufgetaucht war, hatte es lautstarken Streit gegeben.

Deshalb stand ich jetzt hier. Allein. Und mit einem mulmigen Gefühl im Magen. Gestern hatte ich den Mann überrumpeln können. Das würde mir nicht noch einmal gelingen. Und in seiner eigenen Wohnung musste ich damit rechnen, dass eine Waffe bereitlag, und wenn es nur ein Steakmesser aus der Küche war.

Nachdem ein paar weitere Ausbildungsbruchstücke zum Thema ›Eigensicherung‹ aus meiner Erinnerung aufgetaucht waren, führte ich heute meine Dienstwaffe im Halfter unter meinem Parka mit.

Ich straffte die Schultern. Ich wollte, dass Flo wieder schlafen konnte. Und ich selbst auch. Entschlossen drückte ich auf den Klingelknopf.

Nichts passierte.

Mein Blick wanderte an dem Haus hinauf. Eine gewaltige Wohnwand mit Balkonen, deren Brüstungen irgendwann mal gelb gewesen waren.

Ich drückte den Klingelknopf ein zweites Mal tief ein. Nicht allzu weit entfernt registrierte ich ein schnarrendes Geräusch.

Ich stutzte, dann klingelte ich erneut.

Das Schnarren erklang wieder.

Aus der Anordnung der Klingelschilder ging nicht hervor, in welchem Stock sich Neris Wohnung befand. Offenbar war sie aber nicht sonderlich weit entfernt. Ich klingelte noch einmal, um das Geräusch zu orten. Rechts über mir.

War Neri wirklich nicht zu Hause? Oder öffnete er nicht, weil ihm klar war, dass die Polizei ihn früher oder später besuchen würde? Hatte er mich längst gesehen?

Unentschlossen betrachtete ich den Balkon. Im Gegensatz zu dem von Flo erreichte ich Neris Geländer nicht von der matschigen Grünfläche neben dem Eingang aus.

Mein Blick fiel auf eine alte Plastikgartenliege, die unter dem Balkon verrottete. Anscheinend hatte niemand vor, das Ding noch vor dem ersten Schnee im Keller zu verstauen.

Kurzerhand griff ich die Liege. Statt sie aufzuklappen, lehnte ich sie hochkant gegen die Fassade. So konnte ich sie wie eine Leiter benutzen und zumindest einen kurzen Blick über das gelbliche Balkongeländer werfen.

Ich holte tief Luft und zog mich hoch. Verdammt, elegant ging anders, Klimmzüge hatte ich seit gefühlten Jahrhunderten nicht mehr trainiert. Aber ich fand mit den Füßen Halt, stemmte mich hoch und spähte über die Brüstung.

Buntes Laub bedeckte den gefliesten Boden. Bis auf mehrere übereinandergestapelte Bierkisten war der Balkon leer. Die grauen Wolken, die sich über den Himmel schoben, spiegelten sich in den schmutzigen Scheiben.

Sekundenlang blieb ich außen am Geländer stehen und überlegte, ob ich damit schon den Hausfrieden brach.

Als nichts passierte, schwang ich schließlich ein Bein über die Brüstung und stand im nächsten Moment vor der Balkontür. Meine Handflächen waren schwitzig, als ich meine Augen gegen das Licht abschirmte, um durch die spiegelnde Scheibe in die Wohnung sehen zu können.

Auf der Fensterbank stand eine Orchidee mit zartrosa Blüten.

Das Wohnzimmer war nicht groß, aber aufgeräumt. Mit einer weißen Wohnwand, einem Fernseher und einer braunen Ledercouch, auf der … Ich schrak zusammen: Neri saß auf dem Sofa! Keine drei Meter von mir entfernt!

Sein Oberkörper war nackt und stark behaart, die lang ausgestreckten Beine steckten in Jeans und Socken, seinen Kopf hatte er nach hinten auf die Lehne gelegt. Als wäre er eingeschlafen.

Es dauerte einen Sekundenbruchteil, bis ich den durchsichtigen Plastikbeutel wahrnahm, in dem sein Kopf steckte. Und den Ledergürtel, der die Tüte am Hals des Mannes fixierte, so fest, dass er einschnürte.

Mir wurde eiskalt. Reflexartig drückte ich gegen die Balkontür, die natürlich verschlossen war.

»Herr Neri?« Ich klatschte die Hände gegen die Scheibe. »Herr Neri, hören Sie mich?«

Der Mann auf dem Sofa bewegte sich nicht. Ich packte die oberste Getränkekiste vom Stapel, kippte die Flaschen klirrend heraus. Schäumende Bierreste verteilten sich auf den Balkonfliesen. Ich holte aus und schlug die Kiste mit aller Kraft gegen die Scheibe. Das Plastik splitterte, die Scheibe knackte – doch mein Schlag hinterließ lediglich eine kleine Macke.

Thermopen, doppelt verglast. Solche Fenster ließen sich nicht einfach zerschlagen. Trotzdem griff ich den nächsten Kasten. Er war klebrig und roch nach abgestandenem Bier.

»Ey! Was machen Sie denn da?«, brüllte eine Stimme über mir.

Keuchend kam ich zur Besinnung.

Schräg über mir im ersten Stock war ein älterer Mann auf

den Balkon getreten, er fuchtelte drohend mit einer Unterarmgehstütze.

»Polizei.« Ich suchte nach meinem Ausweis. »Rufen Sie einen Notarzt.«

ZOMBIE

Die Bilder durchzuckten mein Gehirn wie Stromschläge.
Die Tote am Jobcenter. Die Osterhasenakte. Die Katze. Der Schuss in den Rücken.
Fühlte sich wie ein Kollaps an. Ich packte meine Sporttasche und sprang aus dem Auto.

EDDIE

Es war fast fünf, als ich meinen Roller endlich auf dem Castroper Hellweg Richtung Norden lenkte.

Die Staatsanwältin war mit Rechtsmediziner Marvin, zwei jungen Kollegen vom Erkennungsdienst und einem spontan eingesprungenen Kollegen aus dem KK 14 in Giovanni Neris Wohnung aufgetaucht. Weil Adrian mitten in der Überprüfung von Rheinharts Security-Firma steckte, war ich plötzlich die Tatortverantwortliche gewesen.

Rechtsmediziner Marvin erwies sich als umgänglich. Nach der ersten Leichenschau vermutete er einen Suizid. Die Spurensicherer suchten Neris kleine Wohnung trotzdem nach Hinweisen auf die Anwesenheit seiner Tochter oder irgendjemand anderen ab. Bisher ohne Ergebnis. Ich hatte dafür gesorgt, dass Neris Computer bei unseren IT-Spezialisten landete, und mein Protokoll getippt.

Jetzt fühlte ich mich, als hätte ich seit Wochen nicht geschlafen. Inwieweit mein eigenes Zusammentreffen mit Flos Vater in Zusammenhang mit dessen Tod stand, darüber wollte ich heute lieber nicht mehr nachdenken.

Zumindest hatte ich mein Zweirad mittlerweile im Griff. Es war nicht mehr nötig, Ampeln weiträumig zu umfahren, deshalb nahm ich den direkten Weg durch Gerthe und dann an der Wäscherei rechts ... – Moment!

Ich bremste abrupt ab und stellte einen Fuß auf den Bordstein.

Mein Blick wanderte zu dem Laden neben der Wäscherei. Über der vergitterten Glastür, von deren alten Rahmen die Farbe abblätterte, riss eine stilisierte Fratze das Maul auf. Die Schrift daneben war rot. Auf schwarzem Grund. Sollte wohl aussehen, als wäre das Ganze mit verlaufenem Blut geschrieben worden.

Jenseits, hieß der Laden.

Und das Logo hatte ich definitiv irgendwo anders schon einmal gesehen ...

Inh. Alfred Bollmann.

Das war Bollmanns Boxhalle, von der die Sekretärin in der Security-Firma gesprochen hatte.

Es dauerte einen Augenblick, bis ich in meinem Gedächtnis die richtige Schublade aufzog und ich mich erinnerte, woher ich den Schriftzug mit der Gruselfratze kannte: Lars Bleier besaß ein Achselshirt, auf dem das Logo des Ladens aufgedruckt war.

Was hatte das zu bedeuten?

Ich wuchtete meinen Roller auf den Ständer, verstaute den Helm in der Box und näherte mich der Glastür. Die

Fußmatte im Eingangsbereich war schmuddelig, der vergitterte Glaseinsatz der Tür hatte einen Riss. Drinnen herrschte tiefste Finsternis.

Ich schirmte meine Augen mit den Händen ab und versuchte, durch die schmutzige Scheibe zu spähen.

ZOMBIE

Ich spürte jemanden hinter mir.

Mit beiden Fäusten stoppte ich den mir entgegenrauschenden Sandsack. Das Leder prallte gegen meine Handschuhe. Meine Arme zitterten nach der Anstrengung, meine Haare klebten in meinem Nacken und der Schweiß lief in der Rinne, die meine Wirbelsäule zwischen den Rückenmuskeln bildete, hinunter. Trotzdem war das Gefühl, alles kaputt schlagen zu müssen, noch da.

»Seit Wochen warte ich drauf, dich allein zu erwischen.«

Ich erkannte die schnarrende Stimme, die vor Wut vibrierte.

»Damit ich dir endlich die große Fresse stopfen kann.«

Verlass die Situation, bevor du die Kontrolle verlierst, hörte ich Danas Rat in meinem Kopf, als stünde sie neben mir. Sie wollte mich abholen, erinnerte ich mich. Sie konnte jeden Moment hier auftauchen ...

Eine Sekunde lang spielte ich mit dem Gedanken zu gehen, ohne mich noch einmal umzudrehen. Wäre die gesündeste Lösung. Für den Wichser.

»Aber du sollst dich ja angeblich nicht mehr in den Ring trauen.«

Ich wandte mich doch um. Eine schweißnasse Haarsträhne landete in meiner Stirn.

Der Lebensmüde hatte noch nicht geschwitzt, musste gerade frisch aus der Umkleide gekommen sein. Seine Haut war bleich wie die eines Nacktmulls, der sein Leben lang kein Tageslicht gesehen hat. Und er hatte offensichtlich trainiert, wenn auch nicht sorgfältig, denn sein Bauch war nicht sonderlich definiert. Fleiß hatte noch nie zu seinen Stärken gehört.

Ich zog mein schweißdurchtränktes Achselshirt über den Kopf. Eigentlich sollte der optische Vergleich reichen, um ihm die vorlaute Fresse zu stopfen.

»Sollen mir jetzt die Knie schlottern?«

Okay, er legte es drauf an.

Ganz schlechter Zeitpunkt, Arschloch, ich suche schon den ganzen Tag nach einem willigen Opfer.

»Denkst du, ich habe Angst? Vor einem uralten Untoten? Vor einem *feigen*, uralten Untoten?«

Zombie! Lass es!, warnte mich Danas Stimme in meinem Kopf.

Mit einem Nicken deutete ich auf den Ring.

»Hast du sie nicht alle?« Die echte Dana stand plötzlich neben mir. »Lass den Scheiß, Mann!«

»Genau! Lass es! Kriech zurück in dein Grab und mach endlich den Sargdeckel zu, Alter.«

Ich schüttelte Dana ab, ignorierte ihr Zetern und bückte mich in den Ring.

»Siehst fertig aus«, spottete das Großmaul, während er mir folgte. »Hat der Sandsack dich geschafft?«

Der Junge hat einen Bums inner Rechten, da machste dir kein Bild von. Freddies Worte durchzuckten mich wie ein Stromschlag.

Freddie.

»Zombie! Pass auf!« Dana schrie spitz auf, als mich ein

Leberhaken in die Seite traf, bevor ich mich überhaupt umgedreht hatte.

Freddie hatte recht, da saß Kraft hinter. Eine Sekunde lang nahm mir der Hieb den Atem. Das reichte aus, um meinen eigenen Frust explodieren zu lassen. Meine Wut loderte wie eine grellrote Stichflamme hoch. Dich mache ich kalt!

»Hört auf!«

Den zweiten Hieb sah ich kommen, weil seine Technik für den Arsch war: Er holte aus, statt mit Tempo nach vorn nachzusetzen. Schnelligkeit fehlte ihm völlig. Ich schlug seinen Arm mit der linken Faust nach unten weg, gleichzeitig zuckte meine rechte Gerade gegen seine Nase. Das war, als würde er in Zeitlupe boxen.

»Pass auf, dass ich dich nicht beiße, sonst wirst du am Ende selbst noch zum Untoten«, knurrte ich.

Mein Gegner brüllte vor Wut, als er auf mich losging. Er gab mir, wonach ich den ganzen Tag gesucht hatte, der Trottel.

Danas Kreischen hörte ich nicht mehr.

Meine Wut rauschte in meinen Ohren. Ich wich seinem unkontrollierten Angriff seitlich aus, verpasste ihm in der gleichen Bewegung einen kräftigen linken Haken, setzte nach, als er taumelte, platzierte zwei schnelle Treffer gegen seine Schläfe und sein Kinn. Er landete in den Seilen, bekam die Deckung nicht hoch.

Jeder weitere Schlag saß. Seine Augenbraue und seine Lippe platzten auf. Kurz konnte ich nachvollziehen, warum Haie ausflippten, wenn sie Blut schmeckten.

»Hör endlich auf!« Dana drängte mich wie ein Ringrichter mit Todessehnsucht zur Seite.

»Lass mich los, Dana, den mach ich fertig«, lallte der kleine Spinner.

»Träum weiter«, holte Dana ihn auf den Boden der Tatsachen zurück. »Komm endlich weg hier!«

Am Arm zerrte sie das Großmaul unter den Seilen hindurch aus dem Ring. Mein Herz raste, mein Körper zitterte vor Wut.

Zu gern hätte ich ihn gefressen.

Erneut nahm ich eine Bewegung hinter mir wahr und drehte mich um.

EDDIE

Es war ein Fehler gewesen, Alfred Bollmanns schäbige Boxhalle zu betreten.

Im *Jenseits* sah es aus wie in einer düsteren, feuchten Gruft. Es roch sogar nach Verwesung: Leder, Gummi und Rost. Geflickte Sandsäcke baumelten von der Decke und rostige Hantelstangen mit schweren Gewichten lagen auf Matten, die vor fünfzig Jahren mal in der Turnhalle irgendeiner Schule ausrangiert worden waren. Die meisten der blanken Neonröhren unter der Decke waren kaputt.

Der Laden wirkte verlassen, leer. Kaum vorstellbar, dass sich hier Jugendliche hereintrauten. Eine wütende Frauenstimme lenkte meine Aufmerksamkeit in den hinteren Bereich des lang gezogenen Raumes. Ich entdeckte drei Personen in einem wackligen, mit gammeligen Matten ausgelegten Boxring.

Der riesige Typ mit der dunklen Haut, dem die langen, schwarzen Locken am Nacken klebten, traf seinen blasshäutigen, rothaarigen Gegner präzise und wich dessen Schlägen mühelos aus.

Ich erkannte unsere beiden Hauptverdächtigen: Rheinhart und Bleier. Und genauso schnell erkannte ich, dass das kein Trainingskampf war. Mir stockte der Atem, als ich das Blut in Bleiers Gesicht sah.

Mein Eindruck, dass Rheinhart übergewichtig war, war im Übrigen falsch und allein seiner Kleidung zu verdanken.

Ein Blick auf seinen nackten Rücken reichte aus, um richtigzustellen, dass der Typ austrainiert war wie ein Profiboxer.

Obwohl Bleier in den Seilen zusammensackte, schlug Rheinhart noch mal zu.

Die hübsche, hochgewachsene, dunkelhäutige Frau mit dem raspelkurzen, schwarzen Haar warf sich zeternd zwischen die Männer. Einen Moment lang hatte es ausgesehen, als hätte Rheinhart die Kontrolle verloren. Doch der Frau gelang es, Lars Bleier aus dem Ring zu zerren, ohne sich selbst ein blaues Auge einzufangen.

Die Art, wie sie mit Rheinhart umsprang, ließ mich vermuten, dass sie seine Frau oder Freundin war. Was mich wunderte, denn sie war zwar hübsch, allerdings im Vergleich zu seinem Goldkettchen-Look schlicht gekleidet. In Jeans, Turnschuhen und Rollkragenpulli war sie nicht das Statussymbol, das ich erwartet hatte.

Im nächsten Moment verschwand sie bereits mit Bleier in der Umkleide und donnerte wütend die schwere Stahltür hinter sich zu.

Rheinhart starrte den beiden schwer atmend nach.

O je.

Jetzt war ich allein mit ihm in der Halle. Ich musste verschwinden, bevor er mich bemerkte. Er war mir körperlich so weit überlegen wie einer Kellerassel, die er zertrat, ohne es überhaupt zu bemerken. Und nachdem er den ganzen Tag auf dem Präsidium festgesessen hatte, während Adrian und Bussi seine Firma zerlegten, freute er sich über ein weiteres Zusammentreffen mit der Polizei sicher nicht.

Leise wich ich zurück. Im gleichen Moment wandte Rheinhart den Kopf.

Ich erstarrte vor Schreck, als er sich umdrehte und ich seinen Oberkörper von vorn sah. Unsere Blicke trafen sich und ich hatte einen Horrorfilmmoment. Diesen Augenblick, in dem das Opfer ins Visier des Monsters gerät, die Musik bedrohlich wird und alle wissen, dass gleich jemand sterben wird.

ZOMBIE

Im ersten Moment wusste ich nicht, was die kleine Schlampe von mir wollte. Es dauerte eine Sekunde, bis ich ihr Gesicht mit meinem netten Vormittag im Verhörzimmer verknüpfen konnte, obwohl mein Gehirn Gesichter normalerweise abspeicherte wie eine Festplatte Fotos.

Sie war allerdings erstens so eine richtig unscheinbare, graue Maus und zweitens hätte bei den Befragungen genauso gut eine kopflose Schaufensterpuppe von Takko neben dem anderen Bullen sitzen können. Die hätte auch nicht mehr gesagt, wäre aber zumindest besser angezogen gewesen.

Ihr Kollege hieß Adamkowitsch – wie war noch mal ihr Name?

Während ich erfolglos versuchte, mich zu erinnern, musterte sie mich mit der Mischung aus Entsetzen und Faszination, die mein nackter Oberkörper verlässlich auslöste. Ich konnte sehen, wie sie kapierte, was mit mir los war.

Ihre mächtig grünen Augen fielen mir auf. Ihr Mund ging auf, aber es kam kein Ton heraus.

Spöttisch zog ich eine Augenbraue hoch.

Jetzt dachte sie doch noch daran, ihren Ausweis aus der Tasche zu fummeln.

»Beelitz, Kriminalpolizei«, stammelte sie.

Beelitz. Ich speicherte den Namen zusammen mit den grünen Augen ab. Und mit den Lippen ...

Plötzlich spürte ich, wie sich der Zwang zuzuschlagen in etwas anderes verwandelte, das genauso gut geeignet war, meiner Wut über Freddies Tod und den verfickten Bullentrupp, der meine Firma auseinandergenommen hatte, ein Ventil zu verschaffen.

Ich hätte der grauen Maus schon eher einen zweiten Blick gönnen sollen, dann wäre mir ihr Mund aufgefallen. *Pretty Woman ...* Außerdem hatte Beelitz echte Sommersprossen. Und – fuck!

Ich bückte mich aus dem Ring und neigte dabei den Kopf, um besser hinsehen zu können. Das graue Mäuschen hatte einen Hammerarsch. Ich nahm mein Handtuch vom Pfosten und wischte mir über den Nacken.

Beelitz wich unwillkürlich zurück, als ich mich näherte.

»Ähm – ich bin hier, weil Alfred Bollmann hier als Trainer gearbeitet hat. Sie haben dann ja wohl zusammen trainiert.«

»Korrekt, Frau Beelitz«, knurrte ich. Sie war nur noch eine Armlänge von mir entfernt und roch – ich schnupperte – nach Garten oder so.

Jedenfalls irgendwie geil. Genau wie der erschrockene Ausdruck ihrer irre grünen Augen, als ich hörbar ihren Geruch einsog. Allein mit mir in der Halle ging ihr der geile Arsch auf Grundeis. Und ihre Angst törnte mich definitiv an.

Ich machte einen auf untot, ließ die Haare in mein Gesicht hängen, der Schweiß rann über meine Brust und ich sog ihren Gartengeruch ein, als würde ich ihr warmes Blut wittern.

»Das heißt, Alfred Bollmann war nicht nur Mitarbeiter Ihrer Firma. Sie kannten sich bereits vor seiner Einstellung vom Sport?«, sprach sie tapfer weiter.

Durchaus scharfsinnig geschlussfolgert. Ihre Nervosität konnte ich an der Schluckbewegung der zarten Muskulatur ihrer Kehle erkennen.

»Schon wieder korrekt«, antwortete ich samtweich.

Die Bulette in der Hauptrolle würde jeden abgefuckten YouTubeporno aufpeppen. Mühelos konnte ich sie mir auf einen Tisch gefesselt vorstellen. Ich würde ihr merkwürdiges Hemdchen hochschieben und meine Hand würde einen messerscharfen Kontrast auf ihrer blassen, kleinen, verletzlichen Brust bilden. Ich malte mir aus, wie sie sich winden würde, wenn ich ihr meinen Mittelfinger zwischen die Beine schob.

Verblüfft registrierte ich meine Erektion. Ich konnte mich nicht einmal erinnern, wann ich zuletzt spontan eine gehabt hatte.

»Wie lange kannten Sie Herrn Bollmann wirklich?«, wollte Beelitz wissen.

Freddies Gesicht sprengte meine perversen Politessenfantasien wie eine Splitterbombe auseinander. Plötzlich spürte ich wieder seinen eichenstammschweren Arm auf meinen damals noch sehr schmalen Schultern.

»Herr Rheinhart? Können Sie meine Frage beantworten?«, drängelte sich Beelitz hartnäckig in mein Bewusstsein.

Ich funkelte sie wütend an. »Seit ich vierzehn bin, kenne ich Herrn Bollmann.«

»Dann hat er den Job als Wachmann durch Vitamin B bekommen? Sie haben ihn eingestellt, weil Sie befreundet waren?«

Das hatte ich doch eben schon gesagt, oder nicht?

»Nein, weil ich schwul bin und ihn ficken wollte«, antwortete ich.

Sie schnallte es nicht.

»Natürlich habe ich ihn eingestellt, weil ich ihn kannte!«, schnauzte ich und machte eine schnelle Bewegung auf sie zu.

Sie stolperte rückwärts. Noch zwei Schritte und sie stand mit dem Rücken an der Wand. Dann entkam sie mir nicht mehr.

»Nach dem Ende seiner eigenen Boxkarriere hat Freddie Jahre lang benachteiligte Jugendliche trainiert, hat dabei aber selbst auch von Sozialhilfe gelebt. Er war mein allererster Mitarbeiter, wenn Sie es genau wissen wollen.«

Sie runzelte die Stirn.

»Dann war Ihr Verhältnis also ein sehr privates«, stellte sie fest. »Aber jetzt gab es Streit. Weswegen?«

Die Bilder durchzuckten mein Gehirn. *Freddies Kopf, der von meiner Faust abprallt, seine aufplatzende Braue, sein klebriges Blut an meiner Hand.*

Beelitz sah sich um, als würde sie im Boxring eine Antwort suchen.

»Hast du mir heute Morgen nicht zugehört?«, fuhr ich sie an. »Mein Privatleben geht euch Bullen einen Scheiß an! Meint ihr, ich liefere euch noch Argumente für eure hirnverbrannten Verdächtigungen?«

Sie stolperte wieder rückwärts und prallte, wie vorauszusehen gewesen war, mit dem Rücken gegen die blecherne Hallenwand. Endstation.

Ihre Hand zuckte reflexartig unter ihre Jacke.

Fuck! Hatte sie etwa eine Waffe?

Sie hielt mitten in der Bewegung inne und zögerte.

Ich nicht. Ich packte mit der rechten ihren Hals, griff gleichzeitig mit der Linken unter ihren Parka und zog die Pistole aus dem Holster. Eine P99. Die brauchte nicht einmal entsichert zu werden.

»Lassen Sie mich los, Rheinhart!«, schrie sie mich an.

Ich gehorchte und entfernte das Magazin aus der Waffe. Dann legte ich die Pistole außer Reichweite hinter mir auf die Sitzfläche der Hantelbank, die Munition ließ ich sicherheitshalber in der Hosentasche verschwinden.

Beelitz war kreidebleich, als ich mich ihr wieder zuwandte.

»Geben Sie mir die Waffe zurück.« Sie versuchte, bestimmend zu klingen, aber ihre Stimme versagte.

»Wozu?«, erkundigte ich mich amüsiert. »Du wolltest sie doch gar nicht benutzen. Du bist überhaupt nicht in der Lage, mich zu erschießen.«

Ich machte wieder einen Schritt auf sie zu.

Angst flackerte in ihren grünen Augen. Sie presste den Rücken gegen die Blechwand, aber sie saß in der Falle, sie hatte keine Chance, mir zu entkommen.

»Lassen Sie mich gehen!« Ihre Stimme quietschte, ihre schnelle, flache Atmung hob und senkte ihre Brust, und das sorgte erneut für ein erregtes Kribbeln in meiner Hose. Der Politesse Angst zu machen, machte mir auf kranke Art Spaß.

»Wieso hast du es denn plötzlich so eilig, wo ich gerade in die richtige Stimmung für ein Polizeiverhör komme?« Ich trat viel zu dicht vor sie und stützte die Hände rechts und links neben ihrem Kopf gegen die knackende Blechwand.

Sie zitterte.

Ich senkte mein Gesicht dicht vor ihres.

»Komm schon«, provozierte ich. »Frag mich doch, ob ich öfter mal Leuten den Hals durchbeiße und ihr Gehirn fresse.«

Sie hörte auf zu atmen.

In der Umkleide rumste eine Schranktür zu. Bedauernd schnalzte ich mit der Zunge. Eigentlich hätte Beelitz es verdient, dass ich mich länger mit ihr amüsierte.

Ich beugte mich zum Hals der Polizistin hinunter, pustete ihr über die schweißnasse, weiße Haut und beobachtete, wie sich die feinen Härchen in ihrem Nacken aufrichteten. Dicht neben ihrem Ohr hielt ich inne.

»Halt in Zukunft Sicherheitsabstand zu mir, sonst erfährst du die Antwort.«

Wie gelähmt blieb sie mit dem Rücken an der Wand stehen, als ich mich abwandte. Ich griff den Lauf ihrer Dienstwaffe und hielt ihr den Griff hin.

Sie rührte sich nicht.

»Willst du das Ding mitnehmen oder soll ich es bei deinen Kollegen auf der Wache abgeben?«, wurde ich ungeduldig.

Ihre Hand wackelte unkontrolliert, als sie zugriff.

»Und jetzt verpiss dich!«, fuhr ich sie an. »Worauf wartest du noch?«

Sie drückte sich an mir vorbei und rannte los.

»Noch ein kleiner Tipp«, rief ich ihr nach. »Such dir einen anderen Job!«

EDDIE

Mein ganzer Körper zitterte, als ich den Roller schlingernd auf dem gepflasterten Fußweg zum Stehen brachte.

Ich taumelte in den Garten, ließ mich, geschützt vom Gestrüpp, unter dem Kirschbaum ins klitschnasse Gras fallen und heulte.

Philipp hatte vollkommen recht gehabt, ich gehörte nicht in diesen Beruf, ich hatte nie dort hingehört. Ich war zu naiv, zu blauäugig, zu sensibel.

Adrian hingegen hatte sofort begriffen, wie gefährlich Rheinhart war. Ganz offensichtlich war der Typ total gestört und ohne Zweifel in der Lage, jemanden umzubringen. Zu erschlagen. Oder zu erschießen. Und hinterher noch den Trauernden zu spielen.

Der Moment, in dem er sich zu mir umgedreht hatte, hatte sich in meinem Gehirn festgebrannt. Die in seinem Blick flackernde Aggression, die wirr ins Gesicht hängenden, dunklen Locken.

Doch das sicherste Zeichen für seinen kaum beherrschbaren Wahnsinn waren die großflächigen, rot-schwarzen Tattoos auf seiner dunklen Haut, die die gesamte rechte Seite seines Oberkörpers bedeckten. Sehr kunstvoll und anatomisch, soweit ich hatte erkennen können, durchaus korrekt, hatte sich Rheinhart die komplette Körperhälfte optisch zerfleischen lassen. Die Haut an Arm und Oberschenkel schien zerrissen, die blutige Muskulatur darunter hing in Fetzen, blanke Knochen schimmerten durch. Doch am grausigsten war der scheinbar freigelegte Brustkorb, zwischen dessen geborstenen Rippen hindurch eine anscheinend tollwütige Ratte ihre Reißzähne fletschte. Die Motivwahl bewies, dass Rheinhart sich selbst für ein Ungeheuer hielt, einen Zombie. Die Frau hatte ihn sogar so genannt. Man musste vollkommen irre sein, um sich solche Tattoos stechen zu lassen.

Ich hingegen hatte die Sache vergeigt. Ich war definitiv nicht in der Lage, eine Waffe zu benutzen. Nicht mal, um mein eigenes Leben zu verteidigen.

Geahnt hatte ich das schon die ganze Zeit, hatte aber gehofft, dass ich es in einer realen Gefahrenlage schon irgendwie geregelt kriegen würde.

Irrtum.

Das war unverantwortlich! Was wäre aus Lotti geworden, wenn mir etwas passiert wäre? Hätte meine Schwiegermutter meine Tochter großziehen sollen? Und was, wenn es beim nächsten Mal um Adrians Leben ging?

Ich zog mein Handy aus der Hosentasche.

Ich kündige. Sorry!, tippte ich und sendete die Nachricht ab.

Ich schluchzte, als ich begriff, was das bedeutete. Arbeitslosigkeit. Grundsicherung. Hartz IV. Alleinerziehend. Schwer vermittelbar. Abgestempelt.

Ich würde im Jobcenter vor jemandem wie Frau Ösing sitzen, die mich einen überflüssigen Computerkurs machen ließ oder mich zum Bewerbungsworkshop schickte. Die kontrollierte, ob ich auch hingegangen war, und mir die Bezüge kürzte, wenn ich einen Termin verschwitzte.

Bis ich einen Halbtagsjob als Regalauffüllerin im Supermarkt ergatterte. Denn eine zweite Ausbildung zu machen, kam ja wohl nicht infrage, solange Lotti betreut werden musste. Es sei denn, Lotti würde bei Philipp leben, weil ich nicht in der Lage war, für sie zu sorgen.

Mein Handy summte.

Schluchzend tastete ich in meine Hosentasche. Meine Hand bebte, als ich das Telefon hervorzog.

Eine SMS von Mütze leuchtete im Display.

Lotti schläft. Lass dir Zeit.

Doch der eingehende Anruf kam von *Adrian*.

Scheiße.

Ich wischte mir über Augen und Nase und hustete, um wenigstens meine Stimme unter Kontrolle zu bekommen, bevor ich den Anruf annahm.

»Ja?«

»Eddie? Was heißt, du kündigst?«

Tränen liefen mir über die Wangen.

»Was ist passiert?« Adrian klang alarmiert.

Ich ließ das Smartphone ins Gras sinken und verbarg das Gesicht in den Händen.

Irgendwann hob Adrian mich auf.

Ich drückte das Gesicht an seine Schulter. Er roch vertraut nach *Cool Water* und seine warme Hand strich mir beruhigend durch die Haare.

»Ich schaff den Job einfach nicht. Ich höre auf«, schluchzte ich.

Adrian atmete tief durch.

»Mal langsam«, bremste er mich. »Was ist denn los?«

Meine Stimme klang vom Heulen heiser, als ich ihm erzählte, was in der Boxhalle passiert war.

»Dumm ist der Mistkerl nicht«, knirschte Adrian. »Es gibt keine Zeugen. Und wenn du ihn wegen Nötigung anzeigen würdest, käme raus, dass er dir deine Dienstwaffe wegnehmen konnte wie einem Baby den Schnuller.«

Adrian setzte mich auf Giuliettas Beifahrersitz und strich mir tröstend durchs Gesicht.

»Aber wir schnappen ihn uns«, versprach er. Er glitt hinters Steuer und startete den Motor. Der beruhigende Geruch von Armaturenpolitur stieg mir in die Nase.

»Die Kollegen von der Wirtschaftskriminalität nehmen seine Unterlagen auseinander, wir kriegen seine Blutwerte, wir prüfen seine Fahrzeugzulassungen, seine Strafzettel und seine Steuererklärung. Wegen irgendwas kriegen wir ihn dran, das verspreche ich dir.«

Adrian sah mich länger an, als es im Bochumer Innenstadtverkehr sinnvoll war. Seine winterhimmelblauen Augen hypnotisierten mich, ich schaffte es nicht wegzusehen. Zu tröstlich war das Gefühl, mich anlehnen zu können. Die Vorstellung, dass er alles wieder in Ordnung brachte, was ich verbockt hatte. Wie der Prinz auf dem weißen Pferd.

Adrian parkte vor einem Altbau im Zentrum.

»Zumindest komme ich so endlich zu meinem Feierabenddate mit dir«, grinste er schelmisch. »Eigentlich müsste ich Rheinhart noch dankbar sein.«

»Aber ...« Ich wollte protestieren, dass ich Lotti bei Mütze abholen musste, dass zu viel Privates unsere berufliche Beziehung nur durcheinanderbringen würde, dass ...

Seine Augen ließen mich alle Argumente vergessen.

Zombie

»Ich musste Lars mit sechs Stichen zusammenflicken.« Dana sah aus, als wollte sie mich erwürgen. Dabei hatte sie die Sache mit der Politesse nicht mal mitgekriegt.

»Er hat's drauf angelegt«, murrte ich.

»Du ja wohl auch!«, explodierte Dana.

Sie kannte mich zu gut.

»Lars ist vollkommen neben der Spur!«, schnauzte Dana weiter. »Er hat seine Schwester verloren! Du weißt genau, wie stolz er immer auf sie war. Und er hat nun mal genau die gleiche, bescheuerte Art, damit umzugehen, von seinen Alten beigebracht gekriegt, wie du.«

Sie hatte auch viel zu oft recht.

»Ich verstehe, wenn du Freddies Tod nicht verkraftest«, fuhr Dana fort. »Aber dann hol dir verdammt noch mal Hilfe, geh endlich noch mal zum Antiaggressionstraining. Mach irgendwas. Aber schnell.«

Ich sparte mir eine Antwort.

EDDIE

Adrians Wohnung im dritten Stock besaß große Fenster, hohe Decken und eine Sprachsteuerung sämtlicher elektrisch betriebener Geräte.

»Schalte das Licht ein, erhöhe die Raumtemperatur um fünf Grad, spiele Kuschelrock«, kommandierte Adrian, während er unsere Schuhe nebeneinander in das Regal vor der komplett verspiegelten Flurwand stellte und mich dann in die Küche schob.

Seine Wohnung sah aus wie sein Auto. Stylisch in Schwarz, Glas und Metall. Und blank poliert.

Er holte eine Flasche Rotwein aus dem Schrank.

»Aus dem Bier-aus-der-Flasche-Alter bin ich raus«, grinste er. »Nimmst du auch Wein?«

Hauptsache, es ätzte diesen grandios miesen Tag aus meinem Gedächtnis. Da ich nicht viel vertrug, dürfte das nach drei Gläsern geschafft sein.

Adrian füllte mein Glas und ich leerte es mit großen Schlucken.

»Besser?«, erkundigte er sich, während er mir nachschenkte. Dann sah er mir in die Augen.

Oh, oh.

»Du brauchst jetzt gar nichts zu sagen, Eddie«, sagte er schließlich, »aber ich möchte das endlich loswerden. Seit du wieder aufgetaucht bist, muss ich ständig darüber nachdenken.«

Das war er, der Moment, in dem ich das Weinglas hätte hinstellen und mich freundlich, aber bestimmt verabschieden müssen. Ich manövrierte mich zielsicher in die nächste Katastrophe wie ein Kapitän, der die Küstenklippen sieht und seinen Luxusliner trotzdem auf die Seite legt.

Aber machte das noch was aus?

Ich trank einen weiteren großzügigen Schluck.

»Was wir hatten, war etwas Besonderes«, erklärte mir Adrian. »Ich habe das damals nur nicht begriffen.«

Ich biss mir auf die Lippen.

Sagte er das wirklich gerade? Adrian Adamkowitsch?

Eine Sekunde lang ließ ich die Erinnerungen an seine Umarmung zu, seine Lippen auf meinen. Eine Sekunde lang erlaubte ich mir die Hoffnung auf den Prinzen auf dem weißen Ross, der mich aus dem Albtraum rettete, in den sich mein Leben in der letzten Woche verwandelt hatte.

»Ich habe nie wieder jemanden wie dich getroffen, Eddie. Seinen Spaß haben kann man mit jeder. Aber so verstanden wie du hat mich nie wieder jemand.«

Plötzlich war sein Gesicht meinem gefährlich nahe gekommen. Seine Worte kribbelten in meinem Magen und wieder schaffte ich es nicht, meinen Blick von seinem zu lösen.

Doch irgendein Rest meines Gehirns war noch nicht offline und erinnerte mich daran, dass die Sache mit dem Prinzen schon einmal in meinem Leben gründlich danebengegangen war.

Ich legte meinen Zeigefinger an Adrians Lippen, um ihn am Weitersprechen zu hindern. »Im Bett war dir unsere verständnisvolle Beziehung aber in Rekordzeit zu öde«, erinnerte ich ihn.

Ich spürte die warme, weiche Berührung seiner Lippen, als er meinen Finger küsste.

»Ich glaube, ich hätte dir damals einfach nur mehr Zeit lassen müssen«, widersprach er. Seine Hand berührte meinen Oberschenkel.

Das war keine gute Idee.

»Adrian, ich glaube nicht, dass wir ...«

Er verschloss meine Lippen mit einem Kuss, bevor ich weitersprechen konnte.

Mir traten schon wieder Tränen in die Augen. Ich konnte mich nicht erinnern, wann Philipp mich das letzte Mal geküsst hatte. Unser Sexleben war seit Monaten im Alltag untergegangen.

»Spiele Atomic Kitten. *Whole again*«, befahl Adrian der sprachgesteuerten Musikanlage, die prompt gehorchte. Er hob mich hoch und trug mich ins Schlafzimmer hinüber, während die durch radioaktive Strahlung mutierten Katzen jammerten, dass nur der Ex ihre gebrochenen Herzen wieder zusammensetzen konnte.

Clevere Liedwahl.

Adrians Schlafzimmer passte perfekt zum Rest seiner Wohnung. Ein breites Boxspringbett mit schwarzer Bettwäsche auf weißem Laken, ein Einbauschrank mit deckenhoher Spiegelfront, ein großformatiges Schwarz-Weiß-Foto, das den nackten Rücken einer langmähnigen Frau zeigte.

Adrian stellte meine Füße auf den Boden und begann, Philipps Herrenhemd aufzuknöpfen.

»Mann, habe ich da lange drauf gewartet«, murmelte er mit den Lippen an meiner Schulter. »Weißt du eigentlich, wie sexy du in einem Herrenhemd aussiehst?«

Klar, das schlabberige Trimmradverkäuferhemd meines Ex' törnte ihn bestimmt so richtig an. Die Bemerkung ernüchterte mich ein wenig. Was sollte das Geschleime?

Adrian streifte mir das Hemd von den Schultern. Ehe ich mich versah, stand ich im BH vor ihm.

Vor Adrian!

Mittelmäßige Panik ergriff mich.

Doch er öffnete bereits mit einer geübten Bewegung den Verschluss auf meinem Rücken. Die Wirkung des Weines ließ abrupt nach, ich versteifte mich.

Er merkte es. »Schon gut, Editha.«

Der Kosename meiner Oma. Er wusste ihn noch?

Er küsste mich, während seine Finger über meine Brüste nach unten wanderten. »Es wird dir gefallen, du wirst sehen.«

Ich spürte seine Hände in meiner Jeans, auf meinem Hintern. Er schob meine Hose herunter.

Während er mich küsste, wanderte sein Blick über meine Schulter. Der verspiegelte Schrank fiel mir ein und ich fühlte mich sehr nackt.

Das konnte ich nicht bringen! Wir waren nicht mehr Anfang zwanzig. Und wir waren keine Kumpel mehr, wir hatten fast zehn Jahre nicht miteinander gesprochen. Außerdem war er mein Vorgesetzter.

Ich schob ihn von mir weg. »Wir arbeiten zusammen, das ist kompliziert genug.«

Er biss sich schuldbewusst auf die Unterlippe, doch sein Blick wanderte bereits wieder an mir herunter. Klar, solche Nebensächlichkeiten hatten ihn noch nie gestört.

»Mach dich locker, Eddie. Du hast die letzten Jahre doch bestimmt nicht im Kloster verbracht.« Er zwinkerte mir zu. »Und wenn doch, wirst du dich wundern, was du verpasst hast.«

Er streifte sein T-Shirt über den Kopf und zog mich an seine glattrasierte Brust. Wieder atmete ich den vertrauten Geruch ein, wieder genoss ich das Gefühl, mich anlehnen zu können. Okay ...

Gleich darauf lag ich auf Adrians Bett. Mit über dem Kopf gefesselten Händen. Anscheinend besaß das Bettgestell extra eine Vorrichtung, an der Handschellen befestigt werden konnten. Und zwar *echte* Handschellen, keine Plastik-Lovetoys mit Plüschbesatz. Ich hatte keine Chance mehr, mich zu befreien. Herzlichen Glückwunsch.

Adrian knetete mit einer Hand an meiner Brust herum, die andere schob er zwischen meine Beine.

Wie Philipp, ging es mir durch den Kopf. Diese Zielpunkt-Fokussierung gab mir das Gefühl, gar nicht gemeint zu sein. Als würde es beim Sex immer noch um einen Wettstreit unter Fünftklässlern gehen. Ich hab ihr an die Brust gegrapscht! Und ich ihr zwischen die Beine – ätsch!

Grab her by the Pussy und du bist der Größte. Genau wie Philipp schien auch Adrian nicht über dieses Stadium hinausgekommen zu sein.

Adrian holte mich aus meinen Gedanken in sein Bett zurück, indem er meine Beine auseinanderdrückte.

Ich war komplett ernüchtert und verkrampfte mich. Weil meine Hände über meinem Kopf festhingen, konnte ich mich allerdings nicht wegdrehen.

Großartig. Dass ich heute zum Fan von Fesselspielchen wurde, hielt ich für unwahrscheinlich.

Ich registrierte einigermaßen erleichtert, dass Adrian wenigstens an ein Kondom gedacht hatte.

Er schob sich auf mich, ich spürte ihn hart an der Innenseite meines Oberschenkels. Triumph glitzerte in seinen hellblauen Augen.

Dann stieß er zu. Schnell und hart.

Ich atmete hörbar ein.

»Scheiße, Eddie, so wollte ich dich schon vor zehn Jahren ficken«, stöhnte Adrian.

Tja, und mir war vermutlich schon vor zehn Jahren klar gewesen, dass seine Vorliebe für Fesseln und Reitgerten ihm mehr Spaß machen würde als mir.

Was mir Spaß machen könnte, war aber anscheinend auch nicht entscheidend. Adrians Blick hing nämlich am Spiegel neben dem Bett. Was er dort sah, schien ihm zu gefallen, sein Rhythmus beschleunigte sich sofort.

Selbst wenn ich in Stimmung gewesen wäre, hätte ich bei diesem Tempo nicht mithalten können! Aber dass ich durch das Gerubbel zwischen meinen Beinen in Stimmung geraten sein könnte, konnte Adrian nicht ernsthaft glauben, oder?

Ich beobachtete ihn einen Moment.

Und ich habe sie gevögelt – ätsch!

Um mich ging es hier gerade nicht.

Ich beschloss, das sinnlose Gerammel zügig hinter mich zu bringen. Ich bewegte mein Becken in die richtige Richtung und gab die Geräusche von mir, die bei Philipp regelmäßig den gewünschten Effekt erzielt hatten.

Weil ich die letzten Jahre nicht im Kloster verbracht hatte, wusste ich, wie das ging. Und natürlich, weil Meg Ryan es in *Harry und Sally* vorgemacht hatte.

Als Adrian sich keuchend von mir herunterrollte, war klar, dass ich nicht verliebt war. Es war schon lange aus. Genau wie mit Philipp. Da war nichts mehr, was man wieder zusammensetzen konnte.

Und irgendwie war es ganz gut, dass ich das rausgefunden hatte.

ZOMBIE

Die Scheißbullen hatten meine komplette Firma mitgehen lassen. Es gab keine Computer mehr und keine Unterlagen. Ein Wunder, dass sie die Autos nicht einkassiert hatten. Und heute war Samstag, da war nicht nur die Tagschicht stärker besetzt, sondern auch die Türsteherjobs.

So eine Scheiße! Sollte ich die Leute jetzt nach Hause schicken und einfach dichtmachen?

EDDIE

Philipps verschmitztes Jungengesicht mit den wirren, roten Locken verzerrt sich zur Fratze. Seine schönen, blauen Augen werden vor Wut kantig, seine Schultern breiter, als sich mein Noch-Ehemann aufpustet. Dann wachsen ihm plötzlich dunkle Bartstoppeln, seine Haare werden kürzer und blonder, sein Kinn etwas markanter, sein Blick eisblau und scharf. Der wütende Philipp mutiert zum wütenden Adrian.

Eine Sekunde lang war es wieder da, das alte Gefühl, dringend aufs Klo zu müssen. Aber ich konnte nicht kneifen. Ich hatte Mist gebaut, jetzt musste ich da durch.

Gestern Abend hatte ich mich angezogen und war einfach verschwunden. Weil die Situation aber dringend einer Klärung bedurfte, hatte ich Lotti heute Morgen wie geplant bei Mütze abgesetzt und hatte mit einem unguten Bauchgefühl meinen Dienst angetreten.

Weil das Kriminalkommissariat 11 zurzeit zwei Mordkommissionen beherbergte, herrschte auch am Samstag Hochbetrieb. Die Tür von Adrians Büro stand offen. Ich gab mir einen Ruck, trat ein und stellte meinem Teamchef einen dampfend heißen Kaffee auf den Schreibtisch.

Bei einem Frauenfresser wie Adrian Adamkowitsch sollte ich eigentlich davon ausgehen können, dass ich nicht sein erster One-Night-Stand gewesen war. Wir waren nicht verheiratet und stritten um keine Firma, ein Vermögen oder ein Kind. Normalerweise sollte er es verkraften, wenn frau beim ersten Sex feststellte, dass sie sich – nun ja – vertan hatte.

Doch mein Bauchgefühl ließ mich befürchten, dass ich nicht ganz so einfach aus der Nummer herauskommen würde. Mit ein bisschen Pech hatte ich ab sofort nicht nur einen tobsüchtigen Ehemann am Hals, sondern auch einen gekränkten Vorgesetzten. Und auf mein Pech war im Augenblick Verlass.

Bevor ich den Kaffeebecher abstellen konnte, zog Adrian mich mit Lausebengelgrinsen an sich und hatte im gleichen Moment die Hände auf meinem Hintern.

Kalter Schweiß brach mir aus, als ich begriff, welche die andere Möglichkeit war: Ich kriegte es jetzt nicht geregelt und steckte ehe ich mich versah in der nächsten, völlig verkorksten Beziehung fest.

Siedend heiß wurde mir bewusst, dass das Letzte, was ich mir wünschte, der nächste Mann war, der nach Feierabend eine aufgeräumte Wohnung vorfinden wollte, den das Kind im Ehebett störte und der sich vor Intimbehaarung ekelte.

Ich musste das jetzt durchziehen. In die Hose machen kam nicht infrage.

Ich schob Adrian samt Bürostuhl von mir weg und nahm Sicherheitsabstand.

»Danke, dass du gestern für mich da warst«, begann ich behutsam mit den Worten, die ich mir heute Nacht zurechtgelegt hatte. »Ich hatte wirklich einen miesen Tag. Dass du mich getröstet hast, war nett. Dabei möchte ich es aber auch belassen.«

»Was?« Das Lächeln fiel wie ein saures Bonbon aus Adrians Gesicht.

»Wir hatten einen netten Abend, aber mehr möchte ich nicht daraus werden lassen«, wiederholte ich überdeutlich.

Adrian starrte mich an, als hätte ich behauptet, eine entsicherte Handgranate unter seinen Schreibtisch gerollt zu haben.

»Du machst mit mir Schluss?«, erkannte er verwirrt. »Du? Mit mir?«

Ich zog eine Augenbraue hoch. Philipp hatte meine Wahrnehmung geschärft, mittlerweile wusste ich die mitschwingende Missbilligung zu deuten: Nicht, dass aus unserem Beziehungscomeback nichts wurde, missfiel Adrian, sondern dass ich es mir herausnahm, diese Entscheidung zu treffen.

»Wir waren ein einziges Mal im Bett«, seufzte ich. »Müssen wir da wirklich ein Drama draus machen?«

»Ein Drama?« Adrian rüttelte an seinem Ohrläppchen, als hätte er Wasser im Ohr. »Was ist aus Kein-Sex-ohne-Gefühl geworden?«

Ich pustete die Wangen auf und ließ die Luft langsam entweichen. Durchaus möglich, dass ich das irgendwann mal gesagt hatte. Höchstwahrscheinlich, bevor ich überhaupt das erste Mal mit jemandem geschlafen hatte.

Aber musste ich das mit einem Typen ausdiskutieren, der jede Nacht eine andere Kommissaranwärterin flachgelegt hatte?

»Ich war die letzten Jahre ja nicht im Kloster«, entgegnete ich achselzuckend. Ich konnte zusehen, wie Adrians Blutdruck in die Höhe schnellte, weil sich sein Kopf dunkelrot verfärbte.

»Das ist doch nicht dein Ernst?! Wann bist du denn so eine billige Matratze geworden?«

»Guten Morgen, Leute!« Bussi platzte, ohne anzuklopfen, in Adrians Büro und zum ersten Mal in meinem Leben war ich froh, ihn zu sehen.

»Ups.« Der Kriminaltechniker hielt inne, als er Adrians ungewöhnliche Gesichtsfarbe registrierte.

»Störe ich etwa?« Sein forschender Blick wanderte zu mir.

»Wir waren gerade durch.« Mir gelang ein Lächeln, während sich Adrians Miene verfinsterte, als schöbe sich Hurrican Irma vor die Sonne.

»Schön, ich habe euch nämlich Arbeit mitgebracht.« Bussi donnerte drei überquellende Aktenordner neben den Computer auf Adrians aufgeräumten Schreibtisch. Zwei dunkle und einen roten. »Damit ihr euch nicht langweilt, während wir eure drei Millionen Spuren katalogisieren müssen.«

Adrian lehnte sich stöhnend zurück.

»Das sind die Akten, die wir auf und im Schreibtisch von Alfred Bollmann in der Security-Firma sichergestellt haben«, erklärte Bussi. »Bollmanns Fingerabdrücke sind drauf, Rheinharts ebenfalls. Angelegt hat die Ordner wohl Bollmann. Darin sind irgendwelche Unterlagen über die gesicherten Gebäude, so ungefähr aus den letzten zwei Jahren. Die Sekretärin konnte uns auch nicht sagen, wofür Bollmann die brauchte, und der Chef war gestern nicht mehr sonderlich gesprächig. Jedenfalls hat Bollmann an mehreren Seiten Klebezettel angebracht und hier und da mit einem Textmarker markiert. Irgendwas hat das wahrscheinlich zu bedeuten, aber ich werde nicht schlau draus. Damit ich nicht der Einzige bin, der am Wochenende Überstunden schiebt, dachte ich, ich bring euch das vorbei.«

»Danke, Bussi.« Adrian schmatzte sarkastisch eine Kusshand in Richtung des kahlköpfigen Kriminaltechnikers.

Der tippte sich grinsend an die wulstige Stirn. »Wusste ich doch, dass ich dir eine Freude mache.«

Er drehte sich um und marschierte hinaus.

Die Tür fiel hinter ihm zu und im gleichen Moment herrschte bedrohliche Stille. Als ich Adrian ansah, war sein Blick eisig.

Beherrscht legte er seine schlanken Finger auf die Akten.

»Darum kannst du dich kümmern«, erklärte er kühl. »Ich bin bis heute Mittag in der Rechtsmedizin.«

Er erhob sich und griff seine Jacke.

Na toll. Mein beleidigter Teamleiter degradierte mich zur Sekretärin. Wieso überraschte mich das nicht?

Ich stapelte die Ordner übereinander, um sie in mein eigenes Büro hinüberzutragen.

Im nächsten Moment spürte ich Adrian hinter mir.

»Du willst es mir heimzahlen, dass ich dich damals betrogen habe, richtig?«, zischte er. »Da bist du nie drüber weggekommen, oder?«

Verblüfft drehte ich mich um.

Er funkelte mich eisig an, bevor er sich abwandte und die Tür hinter sich zudonnerte.

ZOMBIE

Wenn meine Leute nicht rausfuhren, platzten meine Verträge reihenweise. Aber so einfach ließ ich mich von Adamkowitsch nicht fertigmachen.

Ich würde einfach ein paar neue Notebooks besorgen. Die

Objekte hatte ich im Kopf, die meisten Mitarbeiter kannten ihre Runden auswendig.

Der Spätdienst sollte starten und ich würde den Bullen Feuer unterm Arsch machen, damit sie die Akten wieder rausrückten.

EDDIE

Schreibtischarbeit hatte nicht zu Alfred Bollmanns Stärken gehört. Die Ordner hatten eine Menge Kaffeeflecken, dafür fehlten Beschriftungen. Mithilfe dieser schlampig geführten Unterlagen würden wir Rheinhart wohl nicht überführen.

Adrian hatte mich eiskalt von den wichtigen Ermittlungen abkommandiert.

Ärgerlich blätterte ich in der obersten Akte.

Soweit ich es nach einem groben Überfliegen beurteilen konnte, befanden sich in den drei Ordnern Unterlagen zu den von Rheinhart gesicherten Gebäuden. Allerdings handelte es sich nicht um Dienstpläne oder die Kontrollprotokolle, die ich schon kennengelernt hatte.

Ich betrachtete den obersten Ordner genauer und stieß auf Kopien von Verträgen. Rheinhart-Security hatte den Auftrag erhalten, für zwei Jahre die Gebäudesicherung der Lagerhalle und des Verkaufsgebäudes eines Möbelhauses in Laer zu übernehmen.

Dahinter waren seitenlange Listen abgeheftet.

Ein gelber Klebezettel mit einem darauf gekritzelten Datum markierte ein Papier in der Mitte. Auf der Seite war mit pinkfarbenem Textmarker eine Zeile gekennzeichnet, in der ein Flachbildfernseher aufgeführt war. Dem Datum dahinter nach zu urteilen, war das Ding vor längerer Zeit wohl mal in der Lagerhalle aufbewahrt worden.

Warum Bollmann die Zeile markiert hatte, war nicht ersichtlich.

Ich blätterte weiter.

Kopien von anderen Verträgen folgten.

Immer wieder war irgendwo irgendetwas zusammenhanglos markiert. Manchmal stand ein Datum auf dem bunten Zettel, manchmal ein Fragezeichen.

Nachdem ich den ersten Ordner durchgeblättert hatte, war ich kein bisschen schlauer als vorher. Gähnend lehnte ich mich zurück und warf einen Blick auf die Zeitanzeige am PC. Es war noch nicht einmal zehn. Den zweiten Ordner blätterte ich schneller durch. Das gleiche Durcheinander. Ich wuchtete ihn auf den Fußboden, um Platz für die letzte Akte zu schaffen.

Dieser Ordner war rot, der Papprücken durchgebrochen und auf dem Deckel klebte ein alter Aufkleber, der einen Hasen mit einem Eierkorb auf dem Rücken zeigte und vermutlich aus der Osterausgabe irgendeiner Illustrierten stammte. Ein loser Zettel rutschte aus der Mappe. Das zerknickte, karierte Papier segelte zu Boden.

Es war vollgekritzelt mit Notizen in Bollmanns krakeliger Handschrift, die ich mittlerweile auf Anhieb erkannte. Er hatte die Daten untereinander notieren wollen, was ihm aber nicht gelungen war, sodass sich die von ihm erstellte Liste schräg über das Blatt zog.

Offenbar hatte er alle mit Klebezetteln in den Akten markierten Punkte noch einmal separat aufgelistet.

1 Fernseher (600 €)
2 Stangen Zigaretten (140 €)

1 Fiat 500, Baujahr 2014 (ca. 5000 €)
4 iPhone 8 (3200 €)
1 Weber Grill (500 €)
1 Stihl Heckenschere (400 €)
1 Laptop (600 €)
1 Bohrmaschine (200 €)
1 Fernseher (500 €)
1 Elektro-Weidegerät für Pferde und Rinder (?)
2 Lederjacken (400 €)
1 Stange Zigaretten (70 €)
1 Beamer (300 €)

Hm.

Ich schlug den roten Ordner auf und wollte den Zettel zurücklegen, als mein Blick auf Rheinharts Vertrag mit der Agentur für Arbeit fiel.

In meinem Hinterkopf rastete irgendetwas ein.

Mein Blick wanderte zurück zu Bollmanns Liste, dann wieder auf den Vertrag mit der Agentur für Arbeit.

Oh.

Hastig blätterte ich weiter. Natürlich war die Agentur für Arbeit keine Lagerhalle, es gab keine Listen über irgendwelche Lagerbestände. Auf einen weiteren karierten Zettel hatte Bollmann in Pink nur ein einziges Wort gekritzelt: *Beamer*.

Was?

Ich fühlte mich, als hätte jemand den Lichtschalter gedrückt. Der Beamer war die Lösung!

Ich wusste, was Bollmann gemacht hatte!

War das wirklich möglich?

Mit zitternden Händen zupfte ich erneut die Liste mit den notierten Gegenständen hervor.

ZOMBIE

Merkwürdig.

Ich kriegte die dämliche, kleine Bullenschlampe nicht aus meinem Kopf. Definitiv hatte sie irgendwas.

Einen geilen Arsch auf alle Fälle, wenn man sie so von hinten betrachtete. Aber beim Ficken würde ich auf ihr Gesicht nicht verzichten wollen.

Dabei hatte die Bulette heute Morgen definitiv weniger Zeit im Badezimmer verbracht als ich. Ihre kurzen, dunklen Haare sahen aus, als hätte sie sie nicht mal gekämmt. Ihre Augen waren auffallend grün, sie hatte Lachfältchen und Sommersprossen auf ihrer Nase. Genau wie ihre Lippen ohne jede Lippenstiftschmiererei ein Hingucker waren. Ich fragte mich, wie ihr Mund aussah, wenn sie lachte.

Oder wenn sie gevögelt wurde …

Dass ich Arsch und Gesicht sehen wollte, erforderte ein wenig Kreativität. Von hinten ficken und ihren Kopf an den wirren, kurzen Haaren zurückziehen, könnte klappen. Sie war eine Ecke kleiner als ich und einigermaßen sportlich. Wenn sie den Rücken schön durchbog, könnte ich sie vögeln und ihr gleichzeitig in den unversehrten, weißen Hals beißen …

Schade eigentlich, dass ich sie erschreckt hatte. In Zukunft würde sie mich garantiert nicht noch einmal so nah an sich heranlassen.

Frau Dr. Steffen, die Jobcenter-Chefin, hatte ich unter ihrer Privatnummer erreicht. Soweit sie wusste, war der vor dem Bewerbungsworkshop verschwundene Beamer nicht wieder aufgetaucht.

Außerdem hatte mir ein Anruf beim Möbelhaus verraten, dass dort vor etwa einem Jahr ein einzelner Fernseher verschwunden war. Man vermutete, dass sich damals ein kurzzeitig angestellter Leiharbeiter im Lager bedient hatte.

Ein Gartencenter bestätigte, dass vor etwa vier Monaten eine hochwertige Heckenschere verschwunden oder verschludert worden sei.

Die restlichen Anrufe sparte ich mir. Ich wusste, was Bollmann gemacht hatte: Er hatte aufgelistet, was aus den von Rheinhart-Security bewachten Objekten gestohlen worden war.

Alles passte zusammen: In von Rheinhart-Security bewachten Objekten waren Sachen weggekommen – unter anderem der Beamer, der an dem Abend verschwunden war, an dem Ronja Bleier ermordet worden war. Rheinhart hatte an der Agentur für Arbeit und am Jobcenter Dienst geschoben. Rheinhart war der gemeinsame Nenner.

Und vor diesem Hintergrund ließ sich für beide Morde ein Motiv finden: Wegen der Diebstähle konnte es zum Streit zwischen Bollmann und Rheinhart gekommen sein. Weil Bollmann seinem Chef selbst auf die Schliche gekommen war? Hatte sich Rheinhart bei seinen Kunden bedient? Immerhin war der Untote wegen eines Drogendeliktes vorbestraft. Hatte er seine Kunden bestohlen, um seine Sucht zu finanzieren?

Und Ronja Bleier hatte ihn dabei beobachtet? Fotografiert?

Verdammt, er hatte ja sogar selbst ihr Handy bei uns abgegeben!

Nachdem er die Beweisfotos gelöscht hatte.

Wir mussten Rheinhart zur Rede stellen. Und verhaften.

Ich sah auf die Uhr.

Es war gerade halb zwölf. Vor halb eins würde Adrian nicht im Präsidium auftauchen. Und dann würde er mich wahrscheinlich im Büro sitzen und Kaffee kochen lassen – oder mich gleich ganz nach Hause schicken, während er Rheinhart festnahm.

Ich knirschte mit den Zähnen.

Ich hatte die ganze Zeit an dem Fall mitgearbeitet – ha, ich hatte gerade den entscheidenden Hinweis gefunden! – und jetzt servierte Adrian mich ab, weil sein Ego meine Abfuhr nicht verkraftete.

Aber allein würde ich dem Zombie garantiert nicht noch einmal gegenübertreten.

Allerdings ... würde Adrian mich nicht einfach wieder wegschicken können, wenn ich bereits an der Sicherheitsfirma auf ihn wartete ...

ZOMBIE

Tausendzweihundert Euro für zwei einigermaßen brauchbare Notebooks. Die würde ich den Bullen in Rechnung stellen.

Wieder war mir mulmig zumute, als ich meinen Roller durch das Gewerbegebiet an der Dieselstraße lenkte.

Vor den Lagerhallen standen Männer um Autos mit offenen Motorhauben herum, saßen auf Plastikgartenstühlen und telefonierten oder besiegelten per Handschlag irgendwelche Geschäfte.

Mir kam es vor, als hielten alle inne, sobald sie meinen Roller entdeckten, um mich mit Blicken zu verfolgen.

Vielleicht war es doch keine gute Idee gewesen, allein hierherzukommen?

Selbst die Polizei traut sich im Dunkeln nicht dorthin, erinnerte ich mich an die Schrebergartengerüchte.

Quatsch.

Wir waren in Bochum, nicht in einer brasilianischen Favela. Außerdem war es taghell.

Trotzdem pochte mein Herz aufgeregt, als ich endlich den Wendekreis der Sackgasse erreichte. Vor dem hohen Stahlzaun am abgelegenen Gelände der Sicherheitsfirma stellte ich den Motor meines Rollers aus und nahm den Helm ab.

Auf dem Hof standen mehrere Wagen. Der mintgrüne Corsa, der bereits bei unserem letzten Besuch direkt vor der Tür geparkt hatte, fiel mir wieder auf.

Rheinharts Hummer fehlte. Das Ding konnte ich ja schlecht übersehen. Na gut, vielleicht hatte er ihn in die Halle zu den anderen Firmenfahrzeugen gefahren, dort war genug Platz.

Wenn Rheinhart allerdings jetzt auftauchte und mich entdeckte, saß ich in der Falle. Im hintersten Winkel dieser dubiosen Gegend störte es niemanden, wenn ich um Hilfe schrie. Ich musste Adrian dazu bewegen, herzukommen.

Eine Sekunde lang spürte ich den dringenden Impuls, meinen Roller wieder zu starten und zu verschwinden, solange es noch ging. Ich riss mich zusammen und zog mein Handy hervor.

Mütze hatte ein Foto der spielenden Kinder geschickt. Sobald wir Rheinhart überführt hatten, würde ich jeden Tag pünktlich Feierabend machen, frisch kochen und endlich das Kinderzimmer einrichten, schwor ich mir.

Ich tippte Adrians abgespeicherte Nummer an.

Der Teilnehmer war nicht erreichbar.

Also eine SMS.

Ich überlegte, was ich schreiben konnte, um ihn nicht mehr als nötig zu verärgern. Am besten hielt ich den Text kurz und sachlich.

Bollmann hat Diebstähle in bewachten Objekten recherchiert.
Müssen Rheinhart noch mal befragen, treffen uns in der Firma.
LG Eddie

Als ich wieder aufsah, stand Ria Rigowski, die große, dicke Sekretärin, vor dem Eingang und rauchte. Die Anwesenheit der Blondine in Leo-Leggings beruhigte mich etwas. Vor den Augen seiner schrulligen Empfangsdame würde Rheinhart sicher nicht auf mich losgehen.

Mein Handy summte in der Tasche meines Winterparkas. Adrian hatte geantwortet.

Komme hin.

Ich atmete auf.

Na also, ging doch. Die Blondine verschwand wieder im Bürotrakt. Kurz entschlossen startete ich den Motor meines

Rollers, kurvte direkt vor den Eingang der Security-Firma und hob mein Fahrzeug auf den Ständer.

Ria Rigowski zuckte zusammen, als würde Schneewittchens böse Stiefmutter persönlich hereinkommen, als ich durch die Glastür in den Empfangsbereich trat.

Es roch nach Hühnersuppe.

In der Halle standen heute drei Rheinhart-Firmenwagen, das hatte ich im Vorbeigehen gecheckt. Der Hummer war nicht dabei.

»Schon wieder die Polizei?«, begrüßte mich die Sekretärin, die im Sitzen nicht wesentlich kleiner war als ich im Stehen. »Sie haben doch schon alles mitgenommen. Ich darf Sie nicht reinlassen. Und mit Ihnen reden soll ich auch nicht.«

Eindeutig eine Anweisung vom untoten Chef. Was wohl bedeutete, dass er tatsächlich nicht da war.

»Wo finde ich Herrn Rheinhart?« Ich bemühte mich, meine Stimme fest klingen zu lassen.

Die Sekretärin zuckte die Achseln.

Mein Blick flitzte rasch durch die offen stehende Tür in das dahinterliegende Büro. Darin saß die hochgewachsene junge Wachfrau mit dem blonden Undercut – Marleen Rigowski – von der ich vermutete, dass sie mit der korpulenten Sekretärin verwandt war. Die junge Wachfrau saß vornübergebeugt am Schreibtisch und löffelte die Suppe, nach der es im gesamten Bürotrakt roch.

Hier im Empfangsbereich der Firma kamen mir Zweifel an der Logik meiner Schlussfolgerungen. Der Untote besaß einige Firmenwagen und jede Menge Angestellte. Selbst wenn er wirklich drogenabhängig war, sah es aus, als könnte er seinen Stoff locker durch seine legalen Einnahmen finanzieren. Hatte der es nötig, seine Kunden zu beklauen?

»Wie viele Mitarbeiter haben Sie im Moment?«, erkundigte ich mich bei Rigowski.

»Achtund-, ... siebenunddreißig ... ohne Freddie«, korrigierte sich die Sekretärin stockend.

»Mama! Du sollst doch nicht mit der Polizei reden!«, mischte sich die Wachfrau aus dem Nebenraum heraus ein.

Ria Rigowski machte schuldbewusst den Mund zu.

»Dann verdient Herr Rheinhart sicher ganz gut?«, ignorierte ich den Einwand der Tochter.

Die Sekretärin schwieg verkrampft.

Na schön.

»Andere Frage: Hat Alfred Bollmann mal erwähnt, dass er Diebstähle in den von ihm bewachten Objekten überprüft?«

Ria Rigowski klimperte mich mit unechten Wimpern an.

»Mama!«, warnte ihre Tochter aus dem Nebenraum.

Zu spät ahnte ich die Bewegung dicht hinter mir.

»Ja, das hat Herr Bollmann mal erwähnt, denn zufällig war genau *das* sein Aufgabenbereich: Möglichst viele der Dinge, die in von uns bewachten Objekten verschwinden, wiederzubeschaffen.«

Gefährlich nah spürte ich die Stimme mit dem grollenden Unterton an meinem Ohr. Mein Herz stolperte und setzte aus. Ich fühlte, wie mein Blut aus meinem Kopf nach unten sackte und ich blass wurde.

Rheinhart stand direkt hinter mir. Ich konnte seinen Atem in meinem Nacken spüren wie den eines Raubtieres, das an seiner Beute schnüffelte.

Meine Fantasie überschlug sich. Das Bild des verrückten Zombies mit dem halb zerfetzten Körper, der auf mich zuwankte und meinen Hals packte, ließ den Boden unter meinen Füßen schwanken.

»Kommen Sie, Frau Beelitz«, schnurrte Rheinhart samtweich. »Wir unterhalten uns in meinem Büro weiter. Da ist es ruhiger. Intimer.«

Er schob zwei Notebookkartons auf Rigowskis Empfangstresen und legte mir seine Hand auf den Rücken. Seine Berührung brannte glühend heiß zwischen meinen Schulterblättern, während er mich vorwärtsschob, an der Suppe löffelnden Wachfrau vorbei, die uns interessiert nachsah. Eine zweite Sekretärin klappte auf seine Kopfbewegung hin ihren Schreibblock zu und verschwand.

Der Zombie dirigierte mich ins letzte Büro und gab der Tür einen Tritt. Sie rumste zu und wir waren allein.

Verdammt!

Er drückte mich auf den einzigen Stuhl im Raum, vor dem von der Spurensicherung leer geräumten Schreibtisch, auf dem nur noch ein paar lose Zettel und einige Stifte herumlagen.

Ich spürte meinen Herzschlag bis in meine Kehle.

Rheinhart selbst blieb stehen. Ich musste zu ihm hochsehen, und das war Absicht. Er lehnte sich an die Schreibtischkante, keine Armlänge von mir entfernt. Unsere Knie berührten sich beinahe. Das war viel zu nahe. Obwohl ich mit dem Rücken zur Tür saß, hatte ich keine Chance, sie vor ihm zu erreichen. Im Gegenteil, er schien beinahe auf einen Fluchtversuch zu lauern. So wie eine Katze die Maus jagen wollte, bevor sie sie tötete. Ich saß in der Falle.

Rheinhart trug seine langen, dunklen Locken wieder hochgeknotet, dazu Gangster-Rapper-Outfit mit Goldkettchen, Kapuzenhoodie und klobigen Turnschuhen. Den dicken Daunenparka warf er auf den Schreibtisch.

»Wollen Sie Ihre Waffe lieber gleich ablegen?«, erkundigte er sich spöttisch.

Ich war nicht in der Lage, irgendwie zu antworten.

Rheinhart machte keine Anstalten, mir meine Dienstpistole wegzunehmen. Wahrscheinlich hielt er es für unnötig, er wusste ja, dass ich zu dämlich war, sie zu benutzen.

Zieh deine Waffe nur, wenn du wirklich bereit bist zu schießen.

Ich musste Zeit gewinnen, Rheinhart hinhalten, bis Adrian auftauchte.

Der Zombie legte den Kopf schief. Er stützte beide Hände auf die Oberschenkel, beugte sich zu mir herunter und fixierte mich.

»Warum hören Sie nicht auf mich und halten Sicherheitsabstand?«, erkundigte er sich. »Ich will nur Ihr Bestes. Jetzt geben Sie mir schon wieder die Gelegenheit, Ihr Gehirn zu fressen.«

Bis Adrian auftauchte, hatte der Typ mich umgebracht. Wie Ronja Bleier und Alfred Bollmann.

»Fassen Sie mich nicht an«, flüsterte ich tonlos.

Rheinhart zog belustigt eine Braue hoch. Dann ließ er seine Hand ruckartig in meine Richtung zucken.

»Fassen Sie mich nicht an!«, schrie ich.

Er grinste. Die Panik in meiner Stimme war nicht zu überhören gewesen.

Im gleichen Augenblick flog die Tür auf.

Ich schrak herum. Ria Rigowski stolperte herein. Wahrscheinlich hatte die Dicke gelauscht und meinen Aufschrei gehört.

Der Blick des Zombies warnte die Sekretärin.

»Kaffee?«, fragte sie trotzdem. Mit provozierend vor dem großen Busen verschränkten Armen blieb sie im Raum stehen, obwohl der Untote aussah, als würde er auf sie losgehen, wenn sie nicht verschwand. Dass mir Rigowski zu Hilfe kam, wunderte mich.

Hinter ihr lugte ihre Tochter um die Ecke.

Jetzt oder nie!

So dumm, vor zwei Zeuginnen auf mich loszugehen, würde Rheinhart nicht sein. Hoffentlich.

»Ronja Bleier musste sterben, weil sie beobachtet hat, wie Sie den Beamer in der Agentur für Arbeit haben mitgehen lassen«, konfrontierte ich den Wachmann hastig mit meinem Verdacht. Meine Stimme krächzte. Ich räusperte mich, um überzeugter zu klingen.

»Bleier ist Ihnen bis zum Jobcenter gefolgt, nicht wahr? Sie hat Sie mit dem Smartphone fotografiert und Sie mussten sie umbringen, um an ihr Handy zu kommen. Ihre Firma wäre ruiniert, wenn herauskäme, dass Sie sich bei Ihren Kunden bedienen. Das Smartphone war in der Handtasche, die Sie im Mülleimer vor dem Supermarkt entsorgt haben. Dann sind Sie in Ihr dort parkendes Auto gestiegen. Die Beweisfotos haben Sie gelöscht. Das passt alles zusammen.«

Der Untote verzog keine Miene.

»Und auch Alfred Bollmann musste sterben, weil er rausgefunden hatte, dass Sie seit Monaten immer wieder Ihre Kunden bestehlen. Er hat eine ganze Reihe von Diebstählen dokumentiert.«

Hinter mir rumpelte etwas.

Rheinharts Blick zuckte über meinen Kopf hinweg zur Tür.

Marleen Rigowski stolperte erschrocken in den Raum. Hinter ihr tauchte Adrian auf.

Die beiden großen Frauen huschten hinter den Schreibtisch, an dem ihr Chef lehnte, als wollten sie sich hinter ihm verstecken. Sie drückten sich an das Regal in der Ecke und zogen die Köpfe ein, wohl in der Hoffnung, übersehen zu werden.

Ich atmete erleichtert auf.

»Guten Tag, Herr Rheinhart.« Adrian lehnte sich lässig an den Türrahmen, sodass nun niemand mehr den Raum einfach verlassen konnte. Hastig schrammte ich meinen Stuhl rückwärts von Rheinharts Knien weg, sprang auf und wich noch ein paar Schritte weiter zurück, um ganz sicher außerhalb seiner Reichweite zu sein.

»Ich würde gern Ihre Antwort auf die Frage meiner Kollegin hören«, erklärte Adrian links hinter mir unterdessen. Der heisere Unterton seiner Stimme verriet seine Anspannung. Er fixierte Rheinhart angriffslustig.

»Warum sollte ich so dämlich sein und meine Kunden bestehlen?«, konterte Rheinhart, nicht mehr so amüsiert wie vorher.

Die Machtverhältnisse hatten sich verschoben.

Adrian nickte mir zu. Er überließ mir das Wort. Meine Zunge klebte an meinem Gaumen wie ein schon länger verwestes Tier.

»Drogen?«, riet ich. Den Verdacht hatte Adrian sofort geäußert. »Es ist ja noch nicht so lange her, dass Sie wegen Besitz von Heroin verurteilt worden sind.«

Ich stutzte, weil Rheinhart nicht konterte. Im Gegenteil, er senkte den Blick auf seine Füße und irgendetwas an seiner Haltung veränderte sich.

»Jetzt sag doch endlich, dass das damals nicht dein Zeug war, Joseph!«, platzte Ria Rigowski heraus. Ihre Stimme klang, als würde sie gleich in Tränen ausbrechen.

Da war er wieder: der Horrorfilm-Moment, in dem das Monster den Kopf wendet und das Opfer fixiert. Glücklicherweise galt Rheinharts mordlustiger Blick diesmal der Sekretärin.

»Halt. Den. Mund. Mama.«

Mama?

Das Wort traf mich wie eine Faust vor die Stirn.

Mama?

Die Sekretärin war seine Mutter?

Der Weltuntergangstonfall des Zombies hatte dafür gesorgt, dass sämtliche Geräusche augenblicklich verstummt waren. Sogar Ria Rigowski hatte aufgehört, hysterisch zu hyperventilieren, und hielt die Luft an. Sekundenlang herrschte Totenstille.

»Ich denke, ich habe das Recht zu schweigen«, drehte sich Rheinhart dann wieder zu mir um.

Was soll das heißen: Das war nicht dein Heroin? Du verschweigst doch was!

»Sie haben eine Drogenvergangenheit, Rheinhart«, übernahm Adrian, als ich stumm blieb. »In von Ihnen bewachten Objekten wurde nachweislich gestohlen, Bleier und Bollmann sind Ihnen auf die Schliche gekommen. Sie hatten Motiv, Gelegenheit, die nötige Waffenkenntnis und die körperlichen Voraussetzungen, beide Morde zu begehen. Das wird verdammt eng für Sie.«

Ria Rigowski schluchzte auf.

»Und dass ausgerechnet Sie das Handy der Ermordeten finden und zurückgeben, nachdem Sie dämlicherweise alle Spuren sorgfältig entfernt haben, klingt auch nicht nach einem Zufall«, ergänzte ich nachdenklich.

Ich bemerkte die Bewegung im Augenwinkel: Marleen Rigowski wandte den Kopf und starrte Rheinhart an.

Er erwiderte den Blick – den Blick seiner *Schwester*?! Seiner *kleinen* Schwester. Halbschwester, offensichtlich.

Klick, machte es irgendwo in meinem Hinterkopf.

Ich hatte mich geirrt.

Verblüfft sah ich den Zombie an. Dann Marleen Rigowski. Wieder den Zombie.

Die Sonnenbrille, die in den Händen der jungen Frau zitterte, fiel mir ein.

Rheinhart hatte die Rolle des Bösewichts so überzeugend besetzt, dass ich übersehen hatte, dass noch jemand anderes ganz genau das gleiche Motiv, die Gelegenheit und die körperlichen Möglichkeiten gehabt hatte, die Morde zu begehen.

Der Untote registrierte meinen Blick und auf einmal flackerte etwas, das wie Panik aussah, über seine sonst so kontrollierte Miene.

Ich versuchte, ihn im Auge zu behalten, während ich mich an seine Mutter wandte. »Frau Rigowski, Sie sagen, Ihr Sohn ist für ein Drogendelikt verurteilt worden, das er nicht begangen hat? Wissen Sie, wem der Stoff damals wirklich gehörte?«, erkundigte ich mich.

Rheinhart gab ein Geräusch von sich, das wie ein Knurren klang.

Seine Mutter presste ihre Lippen zusammen.

Seine kleine Schwester suchte, um Hilfe bittend, den Blick ihres Bruders. Wie damals bei der Zeugenbefragung.

»Mir!«, entgegnete der Wachmann prompt.

Im Leben nicht!

»Dafür bin ich verurteilt worden«, zischte er. »Außerdem hatte ich vor seinem Tod Streit mit Alfred Bollmann und hab ihm das blaue Auge verpasst.«

Das stimmte vielleicht sogar. Aber es half ihm nicht mehr. Ich hatte begriffen, wen er beschützen wollte.

»Die Drogen, für deren Besitz Ihr Bruder damals verurteilt wurde, gehörten in Wahrheit Ihnen, Frau Rigowski.« Ich trat zwei Schritte nach rechts, um an Rheinhart vorbei seine Schwester Marleen ansehen zu können. »Sind Sie rückfällig geworden?«

Der Blick der hochgewachsenen, jungen Wachfrau sauste hektisch zwischen ihrer Mutter und ihrem Bruder hin und her.

»Marleen?«, schluchzte ihre Mutter auf. »Du warst doch in der Reha, du hast den Job, du hast doch nicht wieder ...?«

»Sie werden uns zum Drogenscreening begleiten müssen, Frau Rigowski«, sagte ich.

Der Kopf der Wachfrau zuckte zu mir herum. Unkontrollierter Hass flackerte in ihren Augen.

Rigowski hatte zwei Menschen getötet, um ihre Sucht zu vertuschen, begriff ich. Vielleicht, weil sie sich schämte. Vor ihrer Familie, die ja offenbar alles tat, um ihr zu helfen.

Alles: Reha, Job, sogar die Haftstrafe, die Rigowski gedroht hatte, hatte sich offenbar ihr Bruder aufbrummen lassen. Alles umsonst, wenn sie jetzt wieder an der Nadel hing.

Das alles ging mir in dem Sekundenbruchteil durch den Kopf, in dem sich das Gesicht der Wachfrau zur Fratze verzerrte. Sie hatte nichts mehr zu verlieren.

Zieh deine Waffe nur, wenn du wirklich bereit bist zu schießen.

Als Marleen Rigowski die Pistole hinter dem Rücken hervorzog, hielt ich meine Dienstwaffe bereits in der Hand. Ich wunderte mich kurz darüber, bevor meine Panik sämtliche Alarmsirenen in meinem Kopf loskreischen ließ.

Da war der Moment, vor dem ich mich gefürchtet hatte!

Der Augenblick, in dem meine Waffe auf Marleen Rigowskis Stirn zielte, während sie ihre Pistole hochriss, dehnte sich zur Ewigkeit. Die Wachfrau würde nicht zögern, das konnte ich in ihren Augen sehen.

Trotzdem war ich nicht bereit, sie zu erschießen. Sie war vierundzwanzig!

Ich richtete den Lauf auf ihre Schulter, bevor ich den Finger an den Abzug legte.

Ich hörte mein Herz schlagen. Im gleichen Moment trat der Zombie mit einem schnellen Schritt zur Seite. Zwischen mich und seine kleine Schwester. Direkt vor die Mündung meiner Dienstwaffe.

Dann fiel der Schuss.

Zombie

Eine Sekunde lang starrte ich die Politesse verblüfft an, weil ich nicht damit gerechnet hatte, dass sie wirklich in der Lage war, abzudrücken.

Ihr entsetzter Blick wanderte auf die Pistole in ihrer Hand, als könnte sie es selbst nicht glauben.

Ich tastete meinen Pullover nach dem Einschussloch ab. Ich spürte gar nichts. Hatte sie es etwa fertigbekommen, an mir vorbeizuschießen?

In dem Moment registrierte ich hinter mir das Poltern der Waffe, den dumpfen Aufschlag des Körpers auf dem Boden, das erstickende Gurgeln, das alles um mich herum schwarz werden ließ, als wäre die Sonne vom Himmel gefallen.

Wie in Trance drehte ich mich um. Viel zu langsam, weil ich nicht sehen wollte, was ich sehen würde.

Das Blut quoll im Rhythmus ihres Herzschlages aus ihrem Hals, ihre Augen suchten meine. Meine Beine gaben nach.

Nicht meine Babyschwester.

Das durfte einfach nicht passieren.

Marleen sitzt auf meinem Fuß, umklammert mit ihren dünnen Ärmchen meinen Unterschenkel und juchzt, wenn ich das Bein ausstrecke und sie behutsam in die Luft hebe.

Mit beiden Händen versuchte ich, die Wunde an ihrem zerfetzten Hals zuzudrücken.

Irgendwo schrie meine Mutter wie am Spieß und jemand verständigte einen Notarzt, der zu spät kommen würde.

Ich sah, dass sich Marleens Lippen bewegten, und beugte mich zu ihr herunter.

»Tut mir leid.« Ich spürte ihre Worte eher an meinem Ohr, als dass ich sie hörte. »Tut mir so leid, Jo.«

Ich schüttelte den Kopf, strich ihr durchs Gesicht. Meine zitternden Finger hinterließen blutige Spuren.

»Alles wird gut. Bleib ganz ruhig liegen, alles wird gut«, stammelte ich, obwohl klar war, dass niemals wieder irgendetwas gut werden würde.

Ihr Blick glitt an mir vorbei in die Ferne. Das grausige Gurgeln verstummte. Die Verkrampfung wich aus ihrem Körper. Das zwischen meinen Fingern hervorquellende Blut hatte eine warme, rote Lache auf dem Boden gebildet.

Das durfte nicht wahr sein. Nicht meine Babyschwester! *Ich* hätte an ihrer Stelle da liegen sollen! Wieso lag ich nicht da?

Der Gedanke verhakte sich in meinem Kopf.

Ja, wieso eigentlich nicht?

Ich wandte den Kopf zu der Bullenschlampe. Beelitz fing meinen Blick auf, als hätte sie ihn vorausgesehen.

»Nicht schießen, Adrian«, hörte ich sie sagen.

Ihr Kollege stand noch immer mit der erhobenen Waffe in der Hand in der Bürotür. Von dort aus hatte er meine Schwester in dem Moment erschossen, in dem ich zur Seite getreten war. Verdammte Scheiße! Ich hätte stehen bleiben müssen! Ich hatte doch gewusst, dass Beelitz nicht abdrücken würde!

Der Schmerz, den diese Erkenntnis verursachte, fraß sich rasend schnell durch meinen Körper.

Ich sprang auf.

Beelitz warf ihre Pistole weg und hob abwehrend die Hände, als glaubte sie wirklich, verhindern zu können, dass ich Adamkowitsch umbrachte.

»Ihre Schwester war krank, Rheinhart«, hörte ich sie losplappern, während sie zurückwich. »Wegen der Drogen hat sie gestohlen! Wegen der Sucht hat Marleen Alfred Bollmann umgebracht.«

Freddie.

Ihre Worte lähmten mich.

Beelitz schnallte es sofort.

»Marleen hat Freddie umgebracht«, wiederholte sie eindringlich und jede Silbe bohrte sich wie eine glühende Kralle in meine Brust.

Ich blieb stehen. Ihre Worte verwandelten meinen Körper in Blei, die Schwerkraft drohte, mich in die Knie zu zwingen.

Marleen hatte gelogen. Freddie hatte sie nicht begrapscht, das hatte sie nur behauptet, um ihn loszuwerden. Weil er gemerkt hatte, dass sie wieder angefangen hatte zu stehlen. Und ich hatte ihr geglaubt und ihm zu Unrecht die Fresse poliert. Um ein Haar hätte ich ihn rausgeschmissen, wie sie es verlangt hatte. Wenn sich nicht da schon die Zweifel gemeldet hätten, die ich auf keinen Fall hatte zulassen wollen ...

Weil mir längst aufgefallen war, dass Marleens Pupillen an manchen Tagen aussahen wie die der Katze, wenn sie high vom Baldrian war ...

Beelitz schönes Gesicht mit den grünen Augen verschwamm. Die Welt um mich herum wurde komplett schwarz.

Ich hätte es schon vor Monaten sehen können, wenn ich gewollt hätte, begriff ich. Lange bevor Freddie mit seiner Osterhasenakte angekommen war und mir von den Diebstählen berichtet hatte, hätte ich stutzig werden können.

Wäre ich nicht zu feige gewesen, die Akte aufzuschlagen,

hätte ich selbst herausgefunden, auf wessen Touren immer wieder Sachen wegkamen. Hätte ich Freddie zugehört, statt ihn zusammenzuschlagen, wäre ich gezwungen gewesen, mein Gehirn einzuschalten.

Aber ich hatte nicht daran denken wollen, dass Marleen Freddie die sexuelle Belästigung nur unterstellte, damit er aufhörte, hinter ihr herzuschnüffeln. Und auf gar keinen Fall hatte ich darüber nachdenken wollen, was der Toten vorm Jobcenter zugestoßen sein könnte.

Ich hatte mich lieber mal wieder in meine alten Aggressionen reingesteigert. Bewährte Taktik. Weil ich mit allem jenseits von Wut nicht umgehen konnte, das hatte der Psycho-Onkel ja schon vor Jahren richtig erkannt. Vor allem nicht mit der Angst, dass alles wieder von vorn losging. Mit der Panik, wenn Marleen tagelang verschwunden war. Mit der Verzweiflung meiner Mutter. Mit meiner eigenen verfluchten Hilflosigkeit.

Allerspätestens jedoch, als ich das Handy der toten Frau in der Ablage von Marleens Firmenwagen entdeckt hatte, hätte ich sie zur Rede stellen müssen. Da hatte ich gewusst, was los war, ich hatte mir nur nicht erlaubt, auch nur eine Sekunde lang darüber nachzudenken.

Stattdessen hatte ich jede Logik mithilfe von absurden Mord- und Sexfantasien und mit dem Sandsack ausgeknockt. Ich hatte mir einen blöden Zufall eingeredet: Marleen musste das Handy gefunden, aufgesammelt und dann im Wagen vergessen haben. Und trotzdem hatte ich sorgfältig alle Spuren entfernt, bevor ich es bei der Polizei abgeliefert hatte.

Ich hatte meiner Schwester ein zweites Mal dabei geholfen, ihre Sucht zu vertuschen. Ohne dass sie mich überhaupt darum hatte bitten müssen ...

Als Einziger hatte ich die Möglichkeit gehabt, die Katastrophe zu verhindern. Hätte ich nicht weggesehen, wäre meine Schwester noch am Leben.

EDDIE

Schweigend blätterte die Staatsanwältin in den Unterlagen.

Ich nagte an meiner Oberlippe. Es war mir unangenehm, allein in dem Eckbüro vor Dr. Röhmers wuchtigem Schreibtisch zu sitzen, und ich überlegte, warum sie mich wohl hatte sprechen wollen. Adrian hatte die Befragungen und die obligatorischen psychologischen Gespräche bereits hinter sich gebracht. Ich hatte meine Aussage zu Protokoll gegeben, die Notwendigkeit des tödlichen Schusses war eindeutig gewesen.

Gefiel Röhmer nicht, dass ich Adrian und Kati seitdem den bürokratischen Rest überließ und pünktlich Feierabend machte, um mich um Lotti zu kümmern?

Die kleine Frau hinter dem Schreibtisch klappte die Akte zu und sah mich mit scharfem Blick durch die runden Gläser ihrer Brille hindurch an.

»Ihr Teamleiter ist der Meinung, dass Sie für den Kriminaldienst ungeeignet sind«, erklärte sie mir ernst.

Boah, dieser Mistkerl! Weil ich nicht noch mal mit ihm schlief, sabotierte er meine Chance bei der Kripo?

»Was halten Sie von seiner Einschätzung?«, erkundigte sich Röhmer, als ich schwieg.

Ich biss mir auf die Zunge. Wäre das nicht der miese Racheakt eines gekränkten Exlovers, hätte ich möglicherweise zugestimmt.

»Ich denke nicht, dass Adrian das nach ein paar Tagen bereits einschätzen kann«, knirschte ich. Landete ich wieder in der Hundertschaft, würde ich untergehen.

Zwischen den Augenbrauen der Staatsanwältin erschien eine unzufriedene, kleine Falte.

»Das sehe ich anders«, bemerkte sie spitz. »Immerhin haben Sie und Adrian im Fall Bleier/Bollmann eng zusammengearbeitet. Die Akte könnten wir eigentlich schließen.«

»Eigentlich?« Ich horchte auf.

Bussis ballistische Untersuchung hatte bestätigt, dass Alfred Bollmann mit der Waffe, die Marleen Rigowski gezogen hatte, erschossen worden war. Und den Beamer, der an dem Abend, an dem Ronja Bleier ermordet worden war, verschwunden war, hatten die Kriminaltechniker in der Wohnung der Wachfrau sichergestellt.

»Adrian glaubt, dass Marleen Rigowskis Bruder in Bezug auf das Handy von Ronja Bleier eine Falschaussage gemacht hat«, informierte mich Röhmer.

Ach so. Klar. Adrian wollte Rheinhart immer noch drankriegen. Weil ihn wurmte, dass der Typ das größere Auto fuhr.

Natürlich war es mehr als wahrscheinlich, dass Rheinhart das Handy bei seiner Schwester gefunden und ohne Skrupel alle Spuren entfernt hatte.

Allerdings hätte ich die Sache auf sich beruhen lassen. Natürlich war Rheinhart ein gewalttätiger Irrer, aber eben kein Mörder. Letztendlich hatte er wohl nur versucht, seine kleine Schwester zu beschützen.

Seine Schwester war drogenabhängig gewesen, hatte zwei Menschen umgebracht und war selbst gestorben. Trotz allem tat Rheinhart mir leid. Was meine Untauglichkeit einmal mehr bestätigte.

Nach Marleen Rigowskis Tod hatte der Wachmann kein Wort mehr gesprochen. Die Drogentests und die Razzia in seiner Firma hatten bewiesen, dass er clean war. Und weder die Abteilung für Wirtschaftskriminalität noch die Steuerprüfung hatten ihm – zu Adrians Ärger – irgendein strafbares Verhalten nachweisen können. Die vermeintlich dubiose Sicherheitsfirma war so sauber wie ein Tischtuch in einer Waschmittelwerbung. Rheinharts Eigentumswohnung war abbezahlt, seiner Exfrau überwies er seit der Scheidung brav den Zugewinnanteil an seiner Firma in monatlichen Raten, ansonsten verteilte er Überschüsse als Boni an die Mitarbeiter. Der in den Akten verzeichnete Kommentar zu seinen auffällig übersichtlichen Finanzen lautete: *Dann krieg ich wohl keinen goldenen Sarg, wenn ich morgen tot umfalle.*

»Was halten Sie von weiteren Ermittlungen in diese Richtung, Frau Beelitz?«, bestand Röhmer auf einer Antwort, obwohl die kaum relevant war, wenn ich ab morgen bei Aldi Würstchengläser sortierte.

»Solange Herr Rheinhart bei seiner Aussage bleibt, Bleiers Handy zufällig im Gebüsch gefunden und ohne böse Absicht gereinigt zu haben, werden wir ihm nichts anderes nachweisen können«, antwortete ich trotzig. »Rheinhart ist nicht dumm, er wird kaum widerrufen. Deshalb halte ich eine weitere Befragung für Zeitverschwendung.«

Unangenehme Sekunden lang musterte Röhmer mich nachdenklich.

»*Ich* glaube, dass eine jahrelange Suchterkrankung wie die von Marleen Rigowski auch Auswirkungen auf die Familie hat«, erklärte mir die Staatsanwältin dann langsam. »Sie kann zu einer Co-Abhängigkeit der Angehörigen führen. Ehefrauen von Alkoholikern entsorgen zum Beispiel heimlich das Altglas, damit die Nachbarn nichts merken.«

Ach ja?

»Ich habe Adrian gesagt, dass wir den Fall nicht weiterverfolgen. Er soll Rheinhart in Ruhe lassen, der Mann hat genug Probleme und die Polizei sicher Wichtigeres zu tun.«

Erstaunt sah ich auf.

Röhmer dachte das Gleiche wie ich?

»Im Übrigen kann ich auch Adrians Einschätzung Ihrer Arbeit nicht teilen«, fuhr die Staatsanwältin fort.

Hatte sie das wirklich gerade gesagt? Kurz meinte ich, ein Grübchen auf Röhmers Wange auftauchen zu sehen.

»Ich weiß aus eigener Erfahrung, wie holprig der Wiedereinstieg in den Beruf sein kann. Sie haben aber nicht nur beim Todesfall Giovanni Neri selbstverständlich die Tatortarbeit übernommen, sodass der Suizid letztendlich sicher festgestellt werden konnte, Sie haben auch aus Bollmanns unübersichtlichen Akten die richtigen Schlussfolgerungen gezogen. Vor allem jedoch haben Sie die sich rasch entwickelnde Gefahrenlage in der Security-Firma überblickt und bemerkenswert souverän deeskaliert.«

»Was?« Ich richtete mich auf. Hätte Röhmer behauptet, ich hätte nackt Limbo getanzt, hätte mich das nicht mehr verblüfft.

»Natürlich ist der Ausgang der Situation tragisch.« Die Staatsanwältin hatte meine Verwunderung registriert. »Aber wenn ich die Berichte richtig interpretiere, hätten ohne Sie leicht weitere Personen zu Schaden kommen können. Das war mehr als gute Arbeit, Frau Beelitz.«

Mehr als gute Arbeit? Von dieser Seite hatte ich die Ereignisse bisher nicht betrachtet …

DANK

Von der Idee und den ersten Recherchen zur Geschichte von Eddie und Zombie bis zur Veröffentlichung des ersten Bandes der Jenseits-Trilogie sind etwa fünf Jahre vergangen. Ich freue mich, mich nun endlich bei all den Menschen bedanken zu können, die mich in dieser langen Zeit bei der Arbeit an diesem Buch unterstützt haben.

Meiner Familie danke ich für ihr Verständnis dafür, dass Mami schreibt.

Mein Mann Detlef hat nicht nur meine Recherchen fotografisch begleitet, sondern auch als Kameramann Buchtrailer gebastelt und gleich noch den Hauptdarsteller gespielt.

Meinen Eltern danke ich für die Unterstützung und das unermüdliche Babysitting und Jacqueline für die ›Leiche‹ ;-).

Ganz herzlichen Dank an das nette, engagierte und professionelle Team des Jobcenters und der Agentur für Arbeit in Bochum, dem ich bei der Arbeit über die Schulter sehen durfte, und an die KundInnen des Jobcenters, bei deren Beratungsgesprächen ich dabei sein durfte.

Ich freue mich sehr, dass ich die Schauplätze dieser Geschichte realitätsnah beschreiben konnte.

Ganz lieben Dank an Herrn Böttcher und Frau Dr. Schmalhorst, Herrn Rohleder, Frau Spiegler, Frau Greiter, Herrn Hannusch, Herrn Michalczak und Lothar Kipp.

Vanessa Heuer danke ich herzlich für die Hilfe bei der Berufsfindung für Eddie und Peter Adams für die Einblicke in die Polizeiarbeit.

Dem netten, kompetenten und engagierten Team der Polizei Bochum danke ich für die Recherchehilfe und dafür, dass Adrian im Präsidium aus dem richtigen Fenster guckt.

Ein großes Dankeschön an Nicole Schüttauf, Herrn Schüttauf und Herrn Werner.

Julia Neufeld-Becker danke ich für die psychologische Betreuung von Zombie ☺.

Oliver Preuß, Dieter Rosenbaum und mein Schwager Dieter haben meine Fragen zum Thema Waffen und Schießen beantwortet. Dankeschön!

Auf die Besuche bei unseren Bochumer Freunden Peter und Regina, ihrer Familie und all den lieben Menschen aus der Kleingartenanlage ›Friedlicher Nachbar‹ in Bochum-Gerthe freue ich mich immer sehr.

Danny hat übrigens Inspiration für Oma Ediths ›Hexenhäuschen‹ geliefert.

Detlef, Annette, Julia, Moni, Simone, meiner Mutter und Emma danke ich für das sorgfältige Lesen, ihre Meinung und die Bereitschaft, sich mit einem Zombie auseinanderzusetzen.

Ganz besonders danke ich Ulrike und ihrem Team von Grafit für die ›künstlerische Freiheit‹.

:-*

Und so geht es weiter:

EDDIE

Adrian, 15:02 Uhr: Rechtsmedizin hat angerufen. Marvin will mit
der Sektion beginnen. Wo zum Teufel steckst du?

Verdammt!

Ich legte das Handy auf den Badewannenrand, hob Lotti
aus der Wanne auf das bereitliegende Handtuch und rubbelte sie nicht gerade sanft trocken.

Meinem Kollegen und Teamchef zu erklären, dass ich
zwei hochbezahlte Rechtsmediziner warten ließ, weil meine
fünfjährige Tochter sich mit einer kompletten Flasche Body-
lotion eingecremt hatte und ich sie nicht glitschig wie eine
Ölsardine bei der Babysitterin absetzen konnte, sparte ich mir.

»Hopp, anziehen jetzt!«, befahl ich und gab Lotti einen
Klaps auf den nackten Hintern, woraufhin sie quietschend
losflitzte.

Sollen anfangen, bin in einer halben Stunde da, tippte ich
hastig zurück. Adrian würde ein Drama daraus machen.

Schuld daran, dass der Leiter des Ermittlungsteams, dem
ich im Kriminalkommissariat 11 zugeteilt war, zur Drama-
Queen mutiert war, war ich selbst. Dass ich mit ihm geschlafen hatte, nahm er mir nicht übel. Ihn störte, dass ich es
nicht für notwendig hielt, den Sex zu wiederholen.

Obwohl unser One-Night-Stand mittlerweile über vier
Monate her war, war Adrians männlicher Stolz noch immer
empfindlich gekränkt. Dass es ihm nicht gelungen war, mich
umgehend in den Streifendienst versetzen zu lassen, verdankte ich Staatsanwältin Dr. Röhmer. Die hatte unerwartet

viel Verständnis für meine angespannte private Situation aufgebracht und ein gutes Wort eingelegt.

Prinzipiell war Adrians schlechte Laune allerdings nicht unbedingt ein Nachteil. Denn seit er mir nur noch langweilige Sekretariatsarbeit zuteilte und die ›echten‹ Ermittlungen mit seinen neuen Kollegen Gregor, Maik und Daggi erledigte, hatte ich endlich den Halbtagsjob, den ich von Anfang an gewollt hatte. Ich brauchte keine Bereitschaft mehr zu übernehmen und nur noch selten Überstunden zu schieben.

Heute Morgen war allerdings ein Mann bei einem Streit vor eine U-Bahn gestoßen worden und die Kollegen hatten alle gut zu tun. Zurückstehen musste der ungeklärte Tod einer sechsundachtzigjährigen Frau, der absehbar auf einen natürlichen Tod oder einen Suizid hinauslief. Die Rechtsmedizin hatte den Termin zur Sektion der alten Dame für heute angesetzt.

So hatte Adrian mich abkommandiert, an der Leichenöffnung teilzunehmen, den Bericht zu schreiben und die Ermittlungen formal zu Ende zu bringen. Er wusste sehr wohl, dass Leichenöffnungen nicht zu meinen Lieblingsterminen zählten, und nutzte vermutlich gleichzeitig die günstige Gelegenheit, mir einen reinzuwürgen.

Als ich die SMS abgeschickt hatte, stand Lotti in einem dünnen, hellblauen Eisköniginnen-Tütü vor mir – Anfang März bei drei Grad über Null nicht die optimale Bekleidung.

Im gleichen Moment klingelte es an der Tür.

Na großartig. Wenn jetzt noch mein zukünftiger Exmann auftauchte und mich wieder mit irgendwelchen Tricks dazu bringen wollte, eine Unterhaltsverzichtserklärung zu unterschreiben, lief ich möglicherweise gleich Amok.

»Zieh noch eine Leggins drunter«, kommandierte ich Lotti weg und riss die Wohnungstür auf.

Flo stand vor mir.

»Hi.«

Flos Anblick brachte mich zum Lächeln. Meine neunzehnjährige Nachbarin sah für ihre Verhältnisse beinahe bieder aus. Das verwahrloste Straßenkind mit der zwei Hand hohen Irokesenfrisur war zu einer hübschen, jungen Frau mutiert. Ihr raspelkurzes Haar hatte jetzt seine brünette Naturfarbe und lenkte die Aufmerksamkeit auf ihr schmales Gesicht mit den schönen Rehaugen. Nur die etwa zehn Stecker zu viel in jedem Ohr ließen ihre Vorliebe für extravagantes Styling noch erahnen. Seit drei Wochen machte Flo eine Ausbildung zur Malerin und Lackiererin.

»Brauchst du nur eine Tiefkühlpizza oder dauert es länger?«, erkundigte ich mich, »während ich in meine Stiefel schlüpfte. Ihr erster Azubilohn stand noch aus und ab Mitte des Monats war Flos Sozialhilfe meistens ausgegeben und der Kühlschrank leer.

»Jo ist schon da!« Lotti schoss an mir vorbei und polterte auf Socken die Treppe hinunter.

»Kann ich mit dir reden?«, druckste Flo herum.

Irgendetwas in ihrem Tonfall ließ mich aufhorchen. Ich ließ meinen grünen Winterparka, den ich schon in der Hand hielt, sinken.

Seit der Trennung von Philipp lebten Lotti und ich in einem von drei baugleichen, graubraunen Zwanzig-Parteien-Wohnblocks im Bochumer Norden.

»Brennt's denn?« Ich musterte Flo prüfend.

Sie nickte. Schuldbewusst biss sie sich auf die Unterlippe, während sie mir einen zerknitterten Zettel hinhielt, der eng mit rosafarbener Schrift bedruckt war.

Ich dachte an die beiden Rechtsmediziner, die gerade ohne mich nach der Ursache für den Tod der alten Frau suchten.

Zugleich zog Flo ein weißes Stäbchen aus der Hosentasche, das wie ein Fieberthermometer aussah.

»Ich kapier das nich. Da steht, zwei Striche ist positiv«, sagte Flo. »Wat heißt'n dat jetz?«

Oh.

Ich schnappte ihr den Schwangerschaftstest aus der Hand.

Im gleichen Moment rummste meine Wohnungstür hinter mir zu. Und mein Schlüssel hing noch an der Pinnwand im Flur.

Stöhnend griff ich mir an die Stirn.

»Locker bleiben, Süße, das kriegen wir hin.« Meine Babysitterin Mütze brachte Chaos nicht aus der Ruhe. Vermutlich eine Überlebensstrategie, wenn man alleinerziehende Mutter von vier eigenen Jungs war und nebenher noch drei andere Kinder betreute.

In den letzten Monaten war die kettenrauchende Vierzigjährige mit der langen, pinkfarbenen Strähne in der graublonden Kurzhaarfrisur und dem Faible für knallbunte Armeekleidung so etwas wie meine Freundin geworden.

Ohne Mütze besäße ich möglicherweise heute noch keine Küche und hätte auch keine Ahnung, wie ich meinen wutschnaubenden Ex auf Abstand halten sollte.

»Der Papa von Jaz und Jo ist grade raus«, hatte sie auch für meine aktuelle Situation eine Lösung parat und zückte ihr Handy. »Den pfeife ich zurück. Der macht dir deine Bude in null Komma nix wieder auf.«

Neben Lotti hütete Mütze auch Jaz und Jo. Die beiden Mädchen lebten im vordersten der drei zu unserem Komplex gehörenden Wohnblocks.

Die fünfjährige Jo war genauso alt wie meine eigene Tochter, zwischen Lotti und Jo war es Liebe auf den ersten Blick gewesen. Jos große Schwester Jaz war elf, kleidete und schminkte sich aber wie eine Sechzehnjährige. Beide Mädchen hatten dunkle Haut, eine buschige, schwarze Afrokrause und grell lackierte Fingernägel.

Mein Blick wanderte auf die Uhr. Es gelang mir nicht, Mützes Optimismus zu teilen.

»Aufstehen, Krone zurechtrücken, weitermachen«, kommandierte Mütze, die mir meine Resignation anscheinend ansah. Sie hatte das Handy am Ohr, als sie mich ins Treppenhaus schob.

Während ich in den dritten Stock zurückschlurfte, wunderte ich mich einmal mehr, wie ich es immer wieder schaffte, mein Leben in eine einzige Aneinanderreihung von Katastrophen zu verwandeln.

Adrian würde mich die nächsten drei Wochen Kaffee kochen lassen, wenn ich die Sektion verpasste. Und wenn er einen schlechten Tag hatte, verpetzte er mich auch noch. Dann konnte ich morgen bei unserem Kommissariatschef Böck oder Staatsanwältin Röhmer antanzen und mir anhören, dass es für Ermittlungen entscheidend und außerdem Vorschrift war, dass ein zuständiger Kriminalbeamter einer Leichenöffnung beiwohnte und mit den Medizinern gemeinsam die Ergebnisse auswertete.

Und Flos Schwangerschaft zählte zu den echten Katastrophen.

Ich rüttelte an meiner ins Schloss gefallenen Wohnungstür, als würde sie dadurch wie von Zauberhand aufspringen. Zumindest konnte der Tag nicht mehr schlimmer werden.

»Hi«, hörte ich hinter mir im Treppenhaus jemanden sagen.

Ich drehte mich um und mir wurde klar, dass ich mich sogar in diesem Punkt geirrt hatte.

»*Sie?*«

So eine Scheiße, das glaubte ich jetzt nicht!

»*Sie* sind die Mutter von Jos Freundin Lotti?«, vergewisserte ich mich, obwohl die Antwort ja offensichtlich war.

»*Sie* sind Jos Vater?«

Die Polizistin guckte mich an, als wäre ein Ufo gelandet.

In dem Moment, in dem ich in ihre seltsam grünen Augen sah, war die Erinnerung wieder da. So musste es sich anfühlen, wenn ein Dumdumgeschoss in deinem Kopf explodierte.

Meine kleine Schwester liegt am Boden. Hellrotes Blut sprudelt aus der Schussverletzung, die ihren Hals zerfetzt hat. Ich presse meine Hände in der Wunde, ohne eine Chance, sie zu schließen.

Als ich Beelitz das letzte Mal begegnet war, war meine Welt schwarz geworden. Realistisch betrachtet verdankte ich es aber vermutlich der Polizistin, dass ich heute überhaupt noch hier stand.

Die auf den ersten Blick unscheinbare Frau mit den kurzen, dunklen Haaren, dem schlabberigen Kapuzenpulli und der zerrissenen Jeans, hatte es irgendwie geschafft, Ruhe zu bewahren, während meine Welt unterging. Während ihr arroganter Kollege mich nur zu gern erschossen hätte, als ich Amok lief.

Ich hingegen war bisher … nun ja, nicht auffallend höflich gewesen. Die Entschuldigung war fällig.

»Sorry, wir hatten keinen guten Start.« Ich hielt ihr meine Hand entgegen, ohne auf sie zuzugehen. Es bestand eine gewisse Wahrscheinlichkeit, dass sie Angst vor mir hatte. »Hätten Sie gleich gesagt, dass Sie Lottis Mutter sind, hätte ich mich besser benommen.«

Der forschende Blick ihrer grünen Augen verunsicherte mich. Beelitz hatte mich ausrasten und zusammenbrechen sehen und im Moment hatte ich das Gefühl, ich würde nackt vor ihr stehen.

Misstrauisch kam sie einen Schritt näher. »Wenn Sie meine Wohnung aufkriegen, würde mir das schon reichen.«

Zögernd griff sie meine Hand. Dabei hielt sie so viel Abstand wie nur möglich, als wäre sie gezwungen, das sabbernde Warzenschwein im Tierpark zu streicheln.

»Zombie«, sagte ich, obwohl sie meinen Spitznamen sicher nicht vergessen hatte.

»Eddie«, antwortete sie tatsächlich.

»Eddie?« Merkwürdiger Name für eine Frau. Passte aber hervorragend zu ihren merkwürdigen Augen. Sie hatte meine Hand wieder losgelassen. Ich schloss irritiert die Faust. Ihr fester Griff kribbelte noch in meiner Handfläche.

»Einfach nur Eddie?«, wollte ich es jetzt genauer wissen.

Sie seufzte. »Eine Abkürzung für Edith.«

»Edith? Im Ernst?«

Sie legte den Kopf schief. »Im Ernst, Joseph.«

Touché.

Sie hatte sich meinen Vornamen gemerkt und betonte ihn spöttisch auf die gleiche Art wie meine Mutter: wie einen oberbayrischen Landwirt. Ich verdrehte die Augen.

»Jo«, korrigierte ich mit englischer Aussprache. »Mein Vater hieß ebenfalls Joseph und war als amerikanischer GI in Werl stationiert. Meine Mutter hat's nicht so mit Englisch.«

Ein Lächeln huschte über ihr Gesicht.

»Ich hab den Namen von meiner Oma«, erklärte sie. »Die ist eine oberschlesische Kräuterhexe.«

Zu einem anderen Zeitpunkt, in einem anderen Leben, wäre ich in diesem Moment voll auf sie abgefahren. Doch

nun war meine Welt so dunkel, dass nicht mal Eddie Beelitz'
Lächeln Licht hineinbrachte.

»Was ist? Können Sie mir jetzt die Tür aufmachen, Jo?«,
riss sie mich aus meinen Gedanken.

»Wenn Sie mich deswegen nicht festnehmen.« Ich zog
mein Schlüsselbund aus der Tasche und löste zwei der kleinen Metallhaken, die in unterschiedlichen Größen daran
baumelten. Den ersten fädelte ich in das Türschloss ein.
Dann schloss ich die Augen und lauschte auf das leise Kli-
cken der winzigen Zylinder, die ich mit dem zweiten Haken
einen nach dem anderen im Schloss herunterdrückte. Dass
Ding war so ausgenudelt, dass das wie von selbst ging. Die
Tür sprang auf.

Beelitz starrte mich entgeistert an. »Dafür müsste ich Sie
eigentlich wirklich festnehmen.«

»Dann könnte ich Ihnen aber nicht mehr aufmachen,
wenn Sie das nächste Mal draußen stehen.« Ich hielt ihr die
Tür auf.

Sie zögerte. So dicht traute sie sich offenbar doch nicht an
mir vorbei.

Leseprobe aus:

Lucie Flebbe: Jenseits von schwarz
ISBN 978-389425-590-9
Erscheint Frühjahr 2019

Mehr von Lucie Flebbe:

Lucie Klassen (jetzt Flebbe)
Der 13. Brief
ISBN 978-3-89425-349-3
Der 1. Fall für Lila Ziegler, auch als E-Book erhältlich

Die 20-jährige Lila pfeift auf das von ihren Eltern für sie
geplante Jurastudium und erschleicht sich bei Privatdetektiv
Danner erst einen Schlafplatz, dann einen Job. Unversehens
landet sie wieder auf der Schulbank ...

Lucie Flebbe (vormals Klassen)
Hämatom
ISBN 978-3-89425-367-7
Der 2. Fall für Lila Ziegler, auch als E-Book erhältlich

Als Krankenhauspatientin wird Lila Ziegler Zeugin, wie
eine junge Putzfrau an einem Herzinfarkt stirbt. War das
tatsächlich ein natürlicher Tod?

Fliege machen
ISBN 978-3-89425-381-3
Der 3. Fall für Lila Ziegler, auch als E-Book erhältlich

Ein Hund ist schuld, dass Lila Ziegler auf der Straße landet.
Sie mischt sich unter die Obdachlosen und Straßenkids, um einen
Mann namens ›Fliege‹ zu finden – ein eiskalter Job!

77 Tage
ISBN 978-3-89425-411-7
Der 4. Fall für Lila Ziegler, auch als E-Book erhältlich

Ungewöhnlich hohe Todesfallzahlen bei einem Pflegedienst,
ein mysteriöser Blog und unerwarteter Besuch: Für Lila Ziegler
kommt es knüppeldick ...

Das fünfte Foto
ISBN 978-3-89425-417-9
Der 5. Fall für Lila Ziegler, auch als E-Book erhältlich

Lila Ziegler und Ben Danner ermitteln unter Schrebergärtnern.
Wo ist Sabine Kopelski? Hat ihr Mann sie unter dem
Teich begraben?

die Lila-Ziegler-Krimis

Tödlicher Kick
ISBN 978-3-89425-435-9
Der 6. Fall für Lila Ziegler, auch als E-Book erhältlich
Der Nachwuchsstürmer ist tot und eine ehemalige Prostituierte steht
unter Verdacht: Detektivin Lila Ziegler und ihr Partner Ben Danner
ermitteln in Kreisen, in denen echte Kerle noch was zählen.

Prinzenjagd
ISBN 978-3-89425-458-9
Der 7. Fall für Lila Ziegler, auch als E-Book erhältlich
Zwei prominente Tote innerhalb kürzester Zeit auf dem Gelände
des Allee-Hotels – ist dies der Beginn einer Mordserie? Lila Ziegler
findet heraus, was sie so hat nicht wissen wollen …

Am Boden
ISBN 978-3-89425-475-9
Der 8. Fall für Lila Ziegler, auch als E-Book erhältlich
Der Student Jonas steht in Verdacht, einem Freund einen tödlichen
Stoß versetzt zu haben. Zugleich erklärt Lila Ziegler ihrem Vater
den Krieg und zeigt ihn wegen häuslicher Gewalt an. Sie ahnt nicht,
was sie damit auslöst …

Totalausfall
ISBN 978-3-89425-494-0
Der 9. Fall für Lila Ziegler, auch als E-Book erhältlich
Lila Ziegler hat einen Selbstmordversuch knapp überlebt. In einer
psychosomatischen Klinik soll sie sich nun erholen. Aber erst als
eine Psychologin ermordet aufgefunden wird, beginnt Lila an etwas
anderes zu denken, als ihrem Leben ein Ende zu setzen …

*»Flebbe ist es gelungen, mit dieser Romanfigur dem deutschen Krimi
ein neues, markantes Gesicht zu verleihen, die alten Kommissare
und langweiligen Ermittlerduos sind nunmehr von gestern.«*
Doreen Liebig, Ostthüringer Zeitung

*»Die Lila-Ziegler-Serie, die geradzu mustergültig Unterhaltung und
Gesellschaftsreportage miteinander verwebt, bleibt ein echter
Markstein auf dem Feld des zeitgenössischen Krimis.«*
Jens Dirksen, Westdeutsche Allgemeine Zeitung